Brigitte Kanitz

PIZZA AMORE

Buch

Das norddeutsche Landei Sina leidet unter einer Menschenphobie. Was ziemlich ungünstig ist, so als Grundschullehrerin. Und außerdem auch zu ziemlich peinlichen Situationen führen kann. Das geht so nicht weiter, findet Nachbarin Esther. Sie schnappt sich Sina und reist mit ihr nach Rom. Da sind ja bekanntlich reichlich Menschen unterwegs. Und die Nähe zu Seiner Heiligkeit schadet sicher auch nicht, wenn man auf eine Wunderheilung hofft. In Rom angekommen gibt es zwar gewisse sprachliche Hindernisse, die Sina verwirren, aber sie stellt sich der Herausforderung. Und zum Glück hat sie auch noch Esther an ihrer Seite. Die furchtlose Rentnerin verknallt sich jedoch Hals über Kopf in einen jungen Offizier der Schweizer Garde und will sich nun vor lauter Liebeskummer in den Tiber stürzen. Sina will eigentlich nur noch zurück in ihr Heimatdorf. Wenn da bloß nicht der schöne Römer Pietro wäre, der aber dummerweise Priester ist. Oder etwa doch nicht?

Autorin

Brigitte Kanitz wuchs in Rom, Lugano und Hamburg auf. Sie arbeitete als Redakteurin für diverse Printmedien, bevor es sie zurück nach Italien zog, wo sie seit vielen Jahren als freie Autorin lebt. Für Blanvalet hat sie bereits eine ganze Reihe von romantischen Komödien geschrieben.

Weitere Informationen zur Autorin finden Sie unter

www.BrigitteKanitz.de

Von Brigitte Kanitz bereits erschienen

Immer Ärger mit Opa · Oma packt aus · Onkel Humbert guckt so komisch · Die Herzensammlerin

Brigitte Kanitz

PIZZA AMORE

Roman

blanvalet

Sollte diese Publikation Links auf Webseiten Dritter enthalten, so übernehmen wir für deren Inhalte keine Haftung, da wir uns diese nicht zu eigen machen, sondern lediglich auf deren Stand zum Zeitpunkt der Erstveröffentlichung verweisen.

MIX
Papier aus verantwortungsvollen Quellen
FSC® C014496

Verlagsgruppe Random House FSC® N001967

1. Auflage

Neumarkter Str. 28, 81673 München
Redaktion: Ivana Marinović
Umschlaggestaltung und -motiv: www.buerosued.de
JaB · Herstellung: sam
Satz: Vornehm Mediengestaltung GmbH, München
Druck und Bindung: GGP Media GmbH, Pößneck
Printed in Germany
ISBN 978-3-7341-0635-4

www.blanvalet.de

Für meine Mutter, Christa Kanitz (1928 – 2015),
die in den Sechzigerjahren in Rom als große blonde
und blauäugige Deutsche für so manchen Auffahrunfall
sorgte, wenn sie über die Straße schritt.

ERSTER TEIL

1

Verflixt eng hier

Er kam direkt auf mich zu. Groß, durchtrainiert, weißblond, mit hellen, beinahe farblosen Augen. Ein Nordmann, ein Krieger, ein Eroberer.

Okay, in Wahrheit nur ein Sportlehrer. ABER: Er hatte ein Grübchen am Kinn, und auf dieses Grübchen musste ich jedes Mal starren, wenn ich ihn sah. So von unten herauf, weil er locker einen halben Meter größer war als ich. Na, sagen wir dreißig Zentimeter.

Ich starrte also, während er mit lässigem Gang über den Pausenhof der Grundschule von Norderbüll auf mich zusteuerte. Kein Kindergeschrei durchschnitt die weihevolle Stille. Erst in zwei Stunden sollte das Fest zum Ende der Sommerferien beginnen, und im Augenblick versammelte sich nur das Kollegium der Waldschule plus einiger freiwilliger Helfer, um mit den Vorbereitungen zu beginnen.

Neben mir stand Esther, meine zweiundsechzigjährige Nachbarin, und starrte ebenfalls. Auf den Mann und sein Grübchen.

»Großer Gott!«

Ich stieß sie mit dem Ellenbogen in die Seite – der Sportlehrer war schon fast in Hörweite. Mir war ihr Verhalten peinlich. Mein eigenes auch, aber das bemerkte er bestimmt nicht, weil er mich eher selten richtig wahrnahm. Meine Nachbarin hingegen, die mich mit ihrem silbergrauen Haar und der markanten Adlernase um mehr als einen Kopf überragte, war nicht zu übersehen.

Esther hatte von sich aus vorgeschlagen, mich zu begleiten. Sie könne sich nützlich machen, hatte sie gemeint und einen langen, orakelhaften Blick durch mein Küchenfenster zum Himmel geworfen. Dort waren schon am Vormittag fette dunkle Wolken aufgezogen, und wir beide wussten, was das bedeutete: Bei Regen fand das Schulfest in der Turnhalle statt. Viele, sehr viele Menschen würden sich auf eher beengtem Raum tummeln.

Keine ideale Situation für mich.

Allein schaffst du das nicht, Sina, hatte Esthers Blick gesagt.

Möglich.

Aber vielleicht machte sie auch alles nur noch schlimmer.

So wie jetzt. Zum ersten Mal seit Monaten begegnete ich Jan, ohne dass andere Leute um uns herum waren, und ausgerechnet bei dieser einmaligen Gelegenheit blieb Esther eisern an meiner Seite.

Ich stieß sie ein zweites Mal in die Rippen. Jede gleichaltrige Freundin hätte schon längst kapiert, dass sie sich verdrücken sollte.

Nicht so Esther.

»Du hast recht«, fügte sie zum Glück um einiges leiser hinzu. »Der ist wirklich zum Anbeißen.«

Wieder einmal bereute ich es, meine Nachbarin ins Vertrauen gezogen zu haben. Hätte ich ihr bloß nie verraten, dass ich seit meinem ersten Tag als Vertretungslehrerin an der Schule – seit genau fünf Monaten und zweieinhalb Wochen – in diesen bombastisch aussehenden Sportlehrer verliebt war. Und dass sich diese Sommerferien, in denen ich ihn höchstens mal von Weitem zu Gesicht bekam, endlos und zäh dahinzogen.

Hätte ich doch meine Klappe gehalten!

Dummerweise waren meine Freundinnen aus Kindertagen, die inzwischen wie ich Mitte dreißig waren, in aller Welt verstreut. Sie machten Karriere oder hatten irgendwen Wichtiges geheiratet. Nur ich lebte noch in Norderbüll, einem Ort dicht an der dänischen Grenze mit tausendneunhundertneunzig Einwohnern und wenig Chancen, dass es noch mal zweitausend würden.

Also blieb mir nur meine ältere Nachbarin als Freundin. Besser als nichts. Hatte ich zumindest bis gerade eben gedacht.

Während Jan näher kam, überdachte ich diese Einstellung.

Nervös zupfte ich an meinem neuen Sommerkleid herum, das ich mir extra für heute im Internet bestellt hatte und das in verschiedenen Grautönen schimmerte. Ich fand es außerordentlich elegant, zudem kaschierte es ein paar meiner Pölsterchen, die ich mir im Lauf der Jahre aus einem ganz bestimmten Grund angefuttert hatte. Ich fühlte mich todschick, hielt mich aufrecht und übte mich in einem verführerischen Lächeln.

»Vielleicht hättest du dir nicht unbedingt das Turiner Grabtuch überwerfen sollen«, murmelte Esther.

Das kokette Lächeln, das ich für Jan aufgesetzt hatte, musste bei diesem feinfühligen Kommentar irgendwie missraten sein, denn er riss erschrocken Mund und Augen auf.

Na, na. So schlimm konnte mein Ausdruck auch nicht sein! Mit einiger Mühe brachte ich meine Gesichtsmuskulatur unter Kontrolle.

Esther kicherte. »Er verliert aber eindeutig an Ausstrahlung, wenn er wie ein Koi-Karpfen guckt.«

»Wie bitte?«, fragte Jan, der nun vor uns stand.

»Äh … nichts«, erwiderte Esther und strich sich über ihren kurzen grauen Pagenkopf. »Ich sagte nur zu der lieben Sina, dass es bestimmt ein kolossal schönes Schulfest wird.«

Entweder hatte er sie nicht richtig gehört, oder er beschloss, die seltsame ältere Dame nicht so wichtig zu nehmen. Seltsam, weil sie annähernd so groß war wie er selbst – also knapp eins fünfundachtzig – und weil sie an einem warmen Spätsommertag Wollhose und Rollkragenpullover trug. Esther fror immer, auch bei vierzig Grad im Schatten. Was vermutlich daran lag, dass sie nur aus Haut und Knochen zu bestehen schien. Dabei aß sie so viel wie zwei Schleswig-Holsteiner Bauern zusammen.

Jetzt streckte sie ihre große sehnige Hand aus. »Hallo. Esther Claasen.«

»Angenehm, Jan Dierksen.«

Ich schloss kurz die Augen, damit keiner von beiden den Anflug von Bitterkeit in meinem Blick sehen konnte. Zum einen hätte meine eigene kleine, weiche Hand in seiner liegen sollen, zum anderen beneidete ich Esther und Jan brennend um ihre wunderbaren norddeutschen Nachnamen. Sie passten an diesen Ort zwischen Flensburg im Osten und der Insel Sylt im Westen. Sie passten in das flache weite und fruchtbare Land mit dem endlosen Himmel darüber.

Sina Wagner hingegen verband man eher mit schneebedeckten Alpengipfeln, mit braunen Kühen und seltsamen langen Blasinstrumenten.

Dabei war ich hier geboren! Ich war eine waschechte Nordfriesin, wenn auch erst in zweiter Generation. Mein

Großvater, Hubert Wagner, war einst von München aus als Zimmermann auf die Walz gegangen, hatte sich kurz vor der dänischen Grenze rettungslos in eine blonde Bauerstochter verliebt und war geblieben. Mein Vater wurde Ragnar getauft, so nordisch wie möglich. Darauf hatte meine Großmutter bestanden, die sich ständig von der Schande reinwaschen wollte, einen Mann aus Bayern geheiratet zu haben. Also quasi einen Ausländer, der auch noch so komisch redete und dabei das »R« mit der Zunge rollte.

Ragnar Wagner. Armer Papa!

Da war ich mit Sina noch gut weggekommen, fand ich. Hätte Oma bei mir ein Wörtchen mitzureden gehabt, hätte ich vielleicht als Kunigunde oder Kriemhild durchs Leben gehen müssen.

Sina Dierksen, sagte ich im Stillen. Und das nicht zum ersten Mal in den vergangenen Monaten. Sina Dierksen klang deutlich besser als Sina Wagner. Geradezu himmlisch.

Himmlisch?

Mir fiel ein, dass es da eine gewisse Schwierigkeit geben könnte, falls Jan seine Liebe zu mir entdecken, mich am Traualtar erwarten und mir seinen Nachnamen schenken würde. Es hatte etwas mit dem lieben Gott im Himmel und seinem Stellvertreter auf Erden zu tun. Auch so ein Erbe meines Opas, und Oma hatte nichts dagegen ausrichten können.

Mit einer energischen Handbewegung wischte ich meinen eigenen störenden Einwand beiseite.

»Alles klar bei dir?« Jans Stimme ließ mich wieder die Augen öffnen, und ich hörte umgehend damit auf, wirr in der Luft herumzufuchteln.

Er hatte Esthers sehnige Hand losgelassen und sah aus seiner enormen Höhe auf mich herab.

»Alles bestens«, sagte ich schnell. Mutig fügte ich hinzu: »Schön, dich zu sehen.«

Einer von uns musste doch mal den ersten Schritt machen, überlegte ich. Ein knappes halbes Jahr der stillen Verliebtheit war genug. Ich war schließlich eine emanzipierte junge Frau. Wer sagte denn, dass ich darauf warten musste, bis Jan Dierksen vor mir auf die Knie fiel?

»Ich freue mich sehr, dass du gekommen bist«, schob ich immer noch mutig, wenn auch etwas steif hinterher.

»Äh, ja«, erwiderte er. »Das ganze Kollegium ist hier verabredet.«

Er begriff nichts. Gar nichts!

Ich machte einen halben Schritt auf ihn zu. »Jan …«

Esther zog mich mit einem Ruck zurück. »Vorsicht!«, rief sie. »Da … ist ein Riesenkäfer!«

Jan hüpfte zur Seite. Besonders mutig war er ja nicht.

Ich funkelte Esther an.

»Irgendjemand muss dich ja davon abhalten, dich lächerlich zu machen«, zischte sie mir ins Ohr.

Jan hörte sie nicht, da er ziemlich hysterisch rief, wo denn der verdammte Käfer sei. Er habe eine Insektenphobie.

Interessant. Eine Phobie. Ich selbst konnte mit so etwas auch aufwarten. Da hätten wir schon mal eine Gemeinsamkeit. Passten wir deshalb vielleicht besser zusammen?

Bevor ich ihn auf seine kleine Schwäche ansprechen konnte, fing sich Jan wieder und sagte mit leicht zitternder Stimme: »Fangen wir jetzt endlich mal an? Ahrends hat mich angerufen. Ich bin für den Aufbau verantwortlich.«

Piet Ahrends war der Rektor unserer Schule. Klang auch so schön norddeutsch.

»Das Fest wird sicher in die Turnhalle verlegt«, fügte er hinzu. »Von Osten zieht ein heftiger Sturm auf. In spätestens einer Stunde gießt es hier wie aus Kübeln.«

Esther warf mir einen besorgten Seitenblick zu. Ich achtete nicht weiter auf sie, zu sehr war ich noch in meine Überlegungen über Gemeinsamkeiten zwischen Jan und mir versunken.

»Sina?«, fragte er. »Hörst du mir zu? Wir sollen drinnen aufbauen.«

»Wunderbar.«

Esther seufzte. »Ungefähr achtzig kreischende Kinder und doppelt so viele sabbelnde Eltern auf ziemlich engem Raum zusammengepfercht.«

»Verdammt!«

»Wie bitte?«, fragte Jan.

Upps!

So kannte er mich nicht. So zornig und fluchend. Für ihn war ich die kleine, stets lächelnde Vertretungslehrerin für Deutsch und Kunst, ein bisschen pummelig, aber mit schönem langem Haar, irgendwo zwischen Blond und Braun, und bronzefarbenen Augen.

Okay, wahrscheinlich hatte er mich nie gründlich genug angesehen, um die ungewöhnlichen Farben an mir zu bemerken. Ich tat ja auch meistens alles, um unsichtbar zu bleiben. Schlang die Haare in einen Knoten, schminkte mich nicht, trug dunkle Klamotten. Schwarz, Dunkelblau & Co. machen bekanntlich schlank. Außerdem schlug ich sämtliche Einladungen zu Partys aus, die ich im Laufe des Frühjahrs und Sommers von Kollegen erhalten hatte, und galt in der Schule als Einzelgängerin.

Den Grund dafür kannte hier niemand.

Außer Esther, in deren länglichem Gesicht mit der leicht gebogenen Nase jetzt ein Ausdruck tiefster Besorgnis erschien.

»Was hat sie denn?«, wandte Jan sich ratlos an meine Freundin.

»Demophobie«, sagte Esther mit Grabesstimme.

Herzlichen Dank auch, dachte ich. Jetzt bin ich bei allen unten durch.

Was wahrscheinlich nicht so schlimm war, denn ich wusste schon seit einer Woche, dass mein Vertrag nicht verlängert werden würde. Die Lehrerin, für die ich eingesprungen war, kam früher als gedacht aus der Elternzeit zurück, und eine zusätzliche Stelle für mich war nicht frei.

Pech, Sina. Der Traum, eine Festanstellung in meinem Heimatort zu ergattern, war geplatzt. Was bedeutete, dass ich bald wieder würde pendeln müssen. Ins große, laute, volle Flensburg. Für meine Verhältnisse eine Art Mexiko-Stadt des Nordens.

Falls ich überhaupt so schnell etwas anderes fand. Gut möglich, dass ich eine Weile arbeitslos sein würde. Ich sah mich schon einen tristen Herbst und noch tristeren Winter lang eingesperrt in meiner Wohnung sitzen, mit der knochigen Esther als einziger Gesellschaft.

»Wie bitte?« Jans schöne hohe Stirn legte sich in Falten, als er nun wieder auf mich hinunterblickte. »Soll das bedeuten, du hast Angst vor Demos?«

»So ungefähr«, murmelte ich.

»Von so etwas habe ich ja noch nie gehört.«

»Ist ziemlich selten.« Warum tat sich nie der Boden unter einem auf, wenn das gerade dringend nötig war?

Esther wollte zu einer längeren Erklärung anheben,

aber da näherten sich zum Glück ein paar andere Lehrer und Helfer, begrüßten uns, klopften einander auf die Schultern und freuten sich ganz offensichtlich auf einen verregneten Nachmittag Mitte August in einer stickigen Turnhalle.

Die Menschen waren schon seltsam, fand ich.

Mit hängenden Schultern folgte ich der Truppe. Esther hielt sich dicht neben mir, Jan war längst von ein paar jungen großen, furchtlosen Kriegerinnen … ähm, Grundschullehrerinnen umzingelt, die es mir unmöglich machten, zu meinem Objekt der Begierde vorzudringen.

Innerhalb einer Stunde wurden Sportgeräte beiseite gerückt, Tische und Bänke aufgestellt, Luftballons aufgeblasen und Girlanden verteilt, während ich mich mit Esther in ein leeres Eck in der Nähe des Büfetts verdrückte, Servietten faltete und sehnsüchtige Blicke Richtung Jan warf, der sich in der Aufmerksamkeit des weiblichen Kollegiums sonnte. Mütter und Großmütter schleppten Schüsseln mit Kartoffelsalat und Würstchen, Berge von Frikadellen und unzählige Bleche mit Butter- und Streuselkuchen sowie diverse Torten an.

Besonders der süße, buttrige Duft machte mir schwer zu schaffen.

»Untersteh dich!«, rief Esther aus, als sie mich leise hechelnd vor dem Tisch mit den süßen Verführungen erwischte.

»Ich kann nicht anders. Ich bin ein Pawlowscher Hund oder so etwas Ähnliches. Die Leute da …«, ich zeigte in die Runde, » … sind meine Glocke. Die Kuchen sind meine Belohnung.«

Inzwischen war die Turnhalle auch mit Kindern bevölkert. Normalerweise hatte ich mit den Kleinen kein Problem. Aber im Alltag sah ich ja auch nur rund zwanzig von ihnen in unserem Klassenzimmer vor mir. Die Erst- und Zweitklässler waren lieb, meistens ruhig und für mich leicht zu ertragen.

Doch heute waren sämtliche Schüler da – plus Geschwister, plus Eltern, plus Großeltern, plus vermutlich Verwandte dritten bis zehnten Grades.

So voll war es geworden, dass man sich kaum noch frei bewegen konnte. Der Lärm dröhnte in meinen Ohren, ständig wurde ich von jemandem angerempelt, mein persönlicher Schutzraum existierte nicht mehr.

Panik nahte.

Es gab nur eine Abhilfe. Ich blickte das sahnige, mit Nusskrokant ummantelte Tortenkunstwerk vor mir an. Und hechelte gleich noch etwas stärker.

»Das redest du dir bloß ein«, sagte Esther schnell. »Du kannst mit Stress auch anders fertigwerden, wenn du nur willst.«

»Ach ja, zum Beispiel?«

»Mit Meditation.«

»Schon versucht, klappt nicht.«

»Psychotherapie.«

»Damit bin ich durch. Das weißt du doch. Hat auch nicht funktioniert.«

»Alkohol.«

»Ich werde lieber dick als leberkrank.«

»Sex.«

»Oha!« Mein Blick schnellte durch die Turnhalle auf der Suche nach Jan Dierksens blondem Haarschopf. Inzwischen war er von so vielen Frauen umringt, dass ich vermutlich nur noch mit roher Gewalt zu ihm durchgekommen wäre. So etwas lag mir bloß nicht. Enger Körperkontakt mit wildfremden Menschen war für mich der reinste Horror. »Sex scheidet aus«, erklärte ich Esther leise.

»Es gibt noch andere Männer.«

»Nicht für mich.«

Was ein Irrtum war, aber das konnte ich zu dem Zeitpunkt noch nicht wissen.

Die füllige ältere Dame, die am Kuchentisch bediente, schaute von einer zur anderen und fragte arglos: »Warum soll diese hübsche Deern denn nichts Süßes bekommen? Ist sie Diabetikerin?«

»Schlimmer«, erwiderte Esther.

Die Dame legte die Stirn in Falten, ganz ähnlich wie Jan vorhin. Der hatte dabei aber besser ausgesehen. Noch bevor sie nachhaken konnte, brach die Hölle los. Jemand brüllte etwas, andere schrien dazwischen. Alles rannte scheinbar ziellos hin und her. Ich spürte, wie mein Herz losraste, gleichzeitig brach mir der Schweiß aus.

»Ist Feuer ausgebrochen?«, fragte Esther die Kuchendame.

»Nein, nein. Gleich fängt die Tombola an. Die Leute freuen sich einfach nur.«

Das sollte Freude sein? Die waren doch alle hysterisch!

Ich jetzt auch.

»Sina, stopp!«, rief Esther.

Zu spät.

Mit beiden Händen schnappte ich mir die Sahne-Nuss-Torte, hielt mit einer Hand die Kuchenplatte hoch und brach mit der anderen ein großes Stück ab. Das stopfte ich mir nach und nach in den Mund, kaute kaum, schluckte und schluckte. Schon war das nächste Stück dran, und dann noch eins und noch eins. Ich verschlang die *ganze*

Torte. Ich mampfte und würgte und schielte schon nach dem Bienenstich direkt neben mir. Der war als Nächster dran.

Ein Mann in meiner Nähe stieß ein seltsames Geräusch aus. Ich brauchte einen Moment, um zu verstehen, was es war. Gelächter.

Der Mann lachte sich schlapp über mich, die kleine unscheinbare Lehrerin, die in aller Öffentlichkeit eine hemmungslose Fressorgie veranstaltete. Wie sollte er auch ahnen, dass es gerade diese Öffentlichkeit war, die mich praktisch dazu zwang.

Essen, essen, essen.

Um nicht zu schreien. Um nicht komplett durchzudrehen.

Ich erstarrte. Die einzige Bewegung an mir war ein Sahneklecks, der langsam mein Kinn hinunterwanderte und dann zu Boden fiel.

Das Lachen setzte sich fort, von einem zum anderen, jagte durch die Turnhalle, blieb nirgends hängen, erstarb nicht, flog weiter, bis zu Jan Dierksen.

Sein Blick fand mich, und er begriff sofort, worum es ging. Nun würde er zu meiner Rettung herbeieilen, die gemeinen Leute zum Schweigen bringen, mich in seine starken Arme schließen, einfach hochheben (ich würde mich auch ganz, ganz leicht machen) und dann in Sicherheit tragen.

Bestimmt hatte er auf seinem Smartphone längst gegoogelt, was Demophobie bedeutete, und nun ahnte er, dass ich nur dann meine Panik vor Menschenansammlungen in den Griff bekam, wenn ich sehr viel auf einmal aß. Sein Verständnis für mich wäre ebenso groß wie seine Zuneigung zu mir.

Träum weiter, Sina!

Jan öffnete den Mund … und lachte. Lachte am lautesten von allen. Lachte mich aus und brach mir das Herz.

Es war Esther, die mich rettete.

Sie packte mich an der Hand und zog mich hinter sich her. Raus aus der stickigen, menschenvollen Turnhalle, quer über den Schulhof, im strömenden Regen weiter durch die Straßen. Die gemeinen Leute ließen wir hinter uns. Oder besser: die unwissenden Leute.

2
Ave Maria

»Ab unter die Dusche«, befahl Esther und knallte meine Wohnungstür hinter uns zu. »Ich mach uns in der Zeit einen Tee.«

Sie schob mich in mein winziges Bad, wo ich reglos in meinem pitschnassen neuen Kleid herumstand und mich zu Tode schämte.

Wie hatte das nur passieren können?

Wie hatte ich mich so sehr vor aller Welt lächerlich machen können?

War doch lecker, sagte ein kleiner Teufel in meinem Innern. *Sahne-Nuss hatten wir lange nicht mehr.*

Ich hasste dieses Geschöpf meiner Fantasie, das ich mir genauso vorstellte, wie die bösen kleinen Teufelchen früher in meinen christlichen Kinderbüchern dargestellt wurden: daumengroß, rot, mit winzigen Hörnern und listigen Äuglein. Der Typ erschien meist dann, wenn ich einen meiner Anfälle hatte und war nur schwer wieder zu vertreiben. Manchmal wünschte ich mir, zum Ausgleich würde mal ein liebes weißes Engelchen auftauchen. Aber das passierte nie.

Wahrscheinlich brauchte ich dringend einen Exorzisten, der mir das Teufelchen austrieb. Leider fand sich so einer nicht in den Gelben Seiten.

Vielleicht wurde ich ja auch langsam verrückt. Wäre

kein Wunder nach so vielen Jahren mit einer Angststörung. Seit einer kleinen Ewigkeit fürchtete ich mich vor größeren Menschenansammlungen. Es hatte irgendwann in meiner Kindheit angefangen, allerdings wusste ich nicht mehr wann oder warum. Und es wurde nicht besser, nur schlimmer.

Schade, dass wir den Bienenstich verpasst haben, teilte mir mein Mini-Beelzebub mit.

»Halt die Klappe!«

Immer mit der Ruhe. Wenigstens sind wir jetzt diesen eingebildeten Muskelprotz los.

Wenn das mein Unterbewusstsein war, das mir seine Einschätzung von Jan Dierksen kundtat, war ich echt übel dran. Dann könnte mein Liebestraum so gut wie ausgeträumt sein.

Ist er schon! Ist er schon!

Ich heulte los. Die Tränen vermischten sich mit dem Regenwasser, das aus meinen Haaren tropfte. Dem fiesen kleinen Mann wurde das offenbar zu nass und er verschwand.

Wenigstens etwas.

Doch kaum war er weg, musste ich wieder an Jan denken. Wie er gelacht hatte, am lautesten von allen. Den Kopf in den Nacken geworfen, die strahlend weißen Zähne entblößt, während die muskulöse Brust unter dem hellblauen Polohemd bebte.

Meine Knie knickten unter mir ein, und ich landete unsanft auf dem kalten Fliesenboden. Monate der Hoffnung, der heimlichen Liebe, der Sehnsucht – mit einem Schlag zerstört.

Mein Traum von einer glücklichen Zukunft – hämisch weggegrinst.

Mochte ja sein, dass meine Liebe vorerst nur einseitig gewesen war, aber ich war mir sicher gewesen, den Sportlehrer im kommenden Schuljahr zu erobern. Ich musste nur zwanzig Pfund abnehmen, vielleicht ein bisschen in die Höhe wachsen und mein anderes klitzekleines Problem loswerden. Wer verliebt ist, glaubt, dass er alles schaffen kann. Und so war ich auch drauf gewesen. Optimistisch, voller Tatendrang. Bis vor einer guten halben Stunde.

Nun jedoch holte mich mein ganzes Elend ein. Ich war wieder einsam. Niemand liebte mich, niemand würde mich jemals lieben.

War natürlich Quatsch.

Ich hatte schon ein paar sehr nette Freunde gehabt, nur war leider nichts Dauerhaftes draus geworden. Meine Momente großen Appetits hatten sich als echte Beziehungskiller herausgestellt.

Hatte ich ja gerade wieder erleben dürfen.

Während ich förmlich vor Selbstmitleid zerfloss, spürte ich, wie mir kalt wurde. Besonders untenrum, wo ich durchnässt auf den Fliesen saß.

Im selben Moment hämmerte Esther gegen die Badezimmertür: »Warum höre ich die Dusche nicht laufen? Hockst du etwa auf dem Boden und holst dir eine Blasenentzündung?«

Esther, dachte ich dankbar. Esther hatte mich wenigstens gern. Sie kümmerte sich um mich.

»Ich liebe dich!«, rief ich.

»Alles klar, ich gieß mal 'n büsschen Rum in den Tee. Und nun mach zu.«

Unter leise quietschenden Geräuschen rappelte ich mich auf und stieg unter die Dusche. Den nassen Lappen, der vormals ein schickes Kleid gewesen war, stopfte ich in eine Plastiktüte. Später würde die in den Müll wandern. Nichts sollte mich an diesen schrecklichen Tag erinnern.

Als ich bald darauf fest in einen Bademantel gewickelt in meiner Küche erschien, hatte Esther sich bereits umgezogen und ihr Haar getrocknet. Sie trug wieder einen dicken Pulli und eine schwere Hose, diesmal beides in Dunkelgrün. Das Gewitter hatte einen Temperatursturz mit sich gebracht, und so wirkte ihre Kleidung durchaus angebracht.

»War kurz bei mir drüben«, erklärte sie überflüssigerweise.

Ich nickte und setzte mich an den schmalen Resopaltisch. Meine Küche war genauso minimalistisch eingerichtet wie die ganze Wohnung. Weiße Hängeschränke, weiße Küchengeräte, keinerlei Schnickschnack. Auch im Wohn- und Schlafzimmer fehlten starke Farben ebenso wie Kissen oder Reisesouvenirs. Schlicht und funktional war mir am liebsten und gab mir Sicherheit. Die Welt da draußen war schon unordentlich genug. Ich ließ mir einen großen Becher Tee einschenken, der verdächtig stark nach Rum duftete.

»Eigentlich ist mir schon von der Torte schlecht«, protestierte ich.

»Nicht reden, trinken.«

Das tat ich. Einer Frau wie Esther Claasen widersprach man nicht. Das hatte ich ziemlich schnell nach ihrem Einzug nebenan bemerkt. Ein halbes Jahr war das her. Sie hatte bei mir geklingelt und mir in ein paar wenigen Sätzen ihr Leben erzählt. Witwe nach über dreißig Jahren mehr oder weniger glücklicher sowie kinderloser Ehe mit einem Kieler Kaufmann. Schulrektorin im Vorruhestand. Außerdem stadtmüde und landlebenlustig. Aber so ganz allein irgendwo in der Walachei wollte sie auch nicht sein. Also habe sie sich für die freie Wohnung in diesem hübschen Vier-Familien-Haus am Rand von Norderbüll entschieden.

Dann sollte ich von mir erzählen, aber ich hatte abgewunken. Das hätte vermutlich die ganze Nacht gedauert, und ich war auch nicht der mitteilsame Typ. Insgesamt brauchte es jedoch nur drei Tage, bis Esther alles über mich in Erfahrung brachte. Fast alles. Grundschullehrerin, Single, überschaubarer Freundeskreis, der Großvater aus dem Süden eingewandert, die Eltern Landwirte, keine Geschwister.

Das war der einfache Teil.

Mein kleines Problem behielt ich lange für mich. Da Esther anfangs selbst keine Lust auf Ausflüge in die große Stadt hatte, fiel ihr nicht auf, dass ich am liebsten zu Hause war, wenn ich nicht in der Waldschule unterrichtete. Sie verstand jedoch nicht, warum ich partout nicht mit zum »Tanz in den Mai« wollte. Der fand jedes Jahr in einem großen Festzelt auf dem Gelände der Freiwilligen Feuerwehr statt, wo sich buchstäblich ganz Norderbüll versammelte. Allein bei der Vorstellung packte mich das blanke Grauen. Ich behauptete einfach, ich hätte furchtbare Kopfschmerzen, aber ich ahnte, Esther nahm mir das nicht ganz ab. Sie glaubte bestimmt, ich wollte nicht mit einer alten Schachtel auf dem Fest gesehen werden, und obwohl ich ihr hundertmal das Gegenteil schwor, war sie einige Wochen lang ziemlich verschnupft.

Erst als meine Eltern Anfang Juni sehr widerstrebend einen Nachmittag lang ihre fünfzig Schwarzbunten – ihre geliebten Holsteiner Rinder – verließen, um ihr einziges Kind zu besuchen, flog ich auf.

Es war ein schöner warmer Sommertag, und ich hatte den Kaffeetisch auf meinem Balkon gedeckt.

Mama ließ ihren Blick lange zwischen mir und dem selbst gebackenen Kirschkuchen hin- und herwandern. »Da fehlt ja noch gar kein Stück«, sagte sie.

»Antje«, mahnte Papa. »Lass sie in Ruhe.«

Mama entstammte einer alteingesessenen nordfriesischen Familie. Die sagten grundsätzlich geradeheraus, was sie dachten.

»Was denn, Ragnar? Man darf ja wohl mal fragen, ob das einzige Kind endlich seine Essstörung in den Griff bekommen hat.«

»Ich habe keine Essstörung«, sagte ich.

»Sie hat keine Essstörung«, sagte Papa gleichzeitig.

»Warum weiß ich davon nichts?«, erklang vom Nachbarbalkon Esthers empörte Stimme.

Ich zuckte heftig zusammen. Papa auch. Nur Mama blieb stoisch.

Esther schob ihren Kopf um den Sichtschutz herum. »Ich komme mal eben rüber.«

»Wer ist das?«, zischte Mama, während der Kopf meiner Nachbarin verschwand.

»Esther Claasen.«

»Schöner Nachname.« Auch Mama haderte mit Wagner, aber Papa hatte sich bei der Hochzeit geweigert, ihren Mädchennamen anzunehmen. Dabei hätte Ragnar Olafsen echt besser geklungen. Sina Olafsen auch.

»Hat sie etwa einen Schlüssel zu deiner Wohnung?«, erkundigte sich Mama, als zwei Minuten später Esthers energische Schritte in meinem Flur zu hören waren.

»Klar, und ich zu ihrer. Das ist ganz normal unter guten Nachbarn und Freunden.«

Meine Eltern tauschten einen Blick und schüttelten einmütig die Köpfe. Sie waren ziemlich misstrauische Leute, was auch daran liegen mochte, dass sie von den Bauern in der Umgebung ein wenig schräg angeschaut wurden, weil …

Mama schlug das Kreuzzeichen.

Eben deshalb.

Katholiken waren den Menschen auf dem flachen, durchweg protestantischen Land äußerst suspekt. Aber die Männer in meiner Familie waren nicht bereit gewesen, ihren Glauben aufzugeben. Weder Opa noch Papa. Von Onkel Thilo ganz zu schweigen. Ein kurzer kalter Schauder erfasste mich, als ich an Onkel Thilo dachte. Das passierte mir jedes Mal. Keine Ahnung, warum.

Tja, und die Frauen hatten mitzuziehen, sprich konvertieren müssen, wenn sie Hubert und später Ragnar haben wollten.

Meine Eltern verstanden sich zwar im Prinzip recht gut mit ihren Nachbarn, aber sie schlossen bei uns zu Hause trotzdem immer sämtliche Türen dreimal ab. Vielleicht fürchteten sie ja eine nordische Version des Ku-Klux-Clans. Oder etwas in der Art.

Jemandem einen Schlüssel zu geben, der nicht zur Familie gehörte, bedeutete für sie, sein Schicksal herauszufordern.

Esther hatte inzwischen meinen Balkon erreicht und beobachtete mit aufgerissenen Augen, wie Mama ihr Kreuzzeichen beendete.

Sie brauchte dafür immer sehr lange. Als würde sie auch nach vierzig Jahren noch üben.

»Sie sind katholisch, und Sina hat eine Essstörung!«, rief Esther aus.

»Habe ich nicht«, sagte ich.

»Hat sie nicht«, sagte Papa.

»Nur manchmal«, ergänzte Mama.

»Das müssen Sie mir genauer erklären.« Esther quetschte sich zwischen meine Eltern auf die schmale Holzbank, die ich vor Jahren auf dem Flohmarkt von Norderbüll erstanden hatte. Damals war ich noch mutiger und innerlich stabiler gewesen, und so ein Ausflug hatte mir Spaß gemacht.

Während Ragnar, Antje und Esther schneller Freundschaft schlossen, als Mama das Ave-Maria beten konnte, holte ich ein Gedeck für meine Nachbarin, goss Kaffee ein, schnitt den Kuchen auf und legte jedem ein großes Stück auf den Teller.

Nur mir nicht. Aus Trotz. Niemand sagte mir eine Essstörung nach!

Zwanzig Minuten später wusste Esther über meine Angst vor größeren Menschenansammlungen Bescheid.

»Und wie hast du damit dein Lehramtsstudium geschafft? Volle Hörsäle und Prüfungen müssen doch der Horror gewesen sein.«

»Anfangs bin ich noch ganz gut klargekommen«, erklärte ich. »Es wurde erst mit der Zeit schlimmer, und die Prüfungen habe ich nur mit Ach und Krach geschafft. Deshalb bekomme ich auch nur Vertretungsposten.«

»Aber mit den Kindern hast du keine Probleme.«

»Nein, zum Glück. Vielleicht weil ich als Kind selbst noch ganz in Ordnung war. Jedenfalls bis zu einem gewissen Alter.« Mehr wollte ich nicht dazu sagen, aber Esther erfuhr noch, dass ich alle möglichen Therapien begonnen und wieder abgebrochen hatte und mir bei Panikattacken nur damit zu helfen wusste, sehr schnell sehr viel Essen in mich reinzustopfen. Vorzugsweise Süßes.

Ich fürchtete, sie würde mich jetzt abstoßend finden, und merkte, wie viel mir selbst schon an ihr lag, aber sie schaute mich nur interessiert an.

Da war keine Spur von Ekel in ihrem Blick.

»Wie bist du auf die Idee mit dem Essen gekommen?«

»Das ist schon einige Jahre her«, erklärte ich mit einem Anflug von Stolz in der Stimme. Niemand hatte mich bisher für meine Strategie gelobt. »Da wollte ich eine Freundin in Kiel besuchen und bin mitten in ein Straßenfest geraten.«

Noch bei der Erinnerung daran wurde mir ganz anders. Ich hatte Schweißausbrüche bekommen, mir war schwarz vor Augen geworden und mein Herz hatte wild geschlagen.

Ich hatte schon den Mund geöffnet, um laut zu schreien, weil ich nur so den inneren Druck loswerden konnte, da steckte mir eine Frau ein Blaubeertörtchen in den Mund. Vor lauter Überraschung vergaß ich meine Panik, kaute und fühlte mich von einer Sekunde auf die andere gar nicht mehr so schlecht.

»Seitdem esse ich, wenn ich Angst bekomme.«

Um die Anerkennung in ihren Augen nicht zu verlieren, verschwieg ich, dass die Mengen an Essen sich jedoch vervielfacht hatten.

»Faszinierend«, sagte Esther. »Und wie hat diese Angst überhaupt angefangen? Ist dir mal was passiert?«

»Ich weiß es nicht«, gestand ich.

Esther blickte von Mama zu Papa und wieder zurück. Doch die hoben nur die Schultern.

Weil ich plötzlich das Gefühl hatte, meine Eltern beschützen zu müssen, sagte ich: »Und es wird schlimmer.« Esthers Anerkennung war mir auf einmal nicht mehr so wichtig. Mama und Papa sollten von ihr nicht ins Kreuzverhör genommen werden.

»Inwiefern?«

»Ein Törtchen allein reicht nicht mehr.«

Esther hob die Brauen. »Sondern?«

Mama räusperte sich. »Es muss schon ein ganzer Kuchen sein. Oder eine Torte.« Sie schaute dabei zu meiner Nachbarin hoch. Auch im Sitzen überragte Esther meine Eltern um eine gute Kopflänge. Wir waren nun mal keine große Familie.

Papa stieß eine Art Grunzen aus.

»Was denn, Ragnar?«, fragte Mama scharf. »Seit wann darf ich nicht mehr die Wahrheit sagen? Unsere Tochter hätte uns längst Enkelkinder schenken können, wenn sie nicht diese Macke hätte.« Sie sah mich an. »Und diese rostigen Augen.«

»Bronzefarben«, sagte ich.

»Bronzefarben«, sagte natürlich auch Papa. Er war immer mein Verbündeter gewesen, während Mama ihre Liebe zu mir oft nicht so direkt zeigen konnte.

Beide zuckten erschrocken zusammen, als Esther den Kopf in den Nacken warf und in wieherndes Gelächter ausbrach.

Ich kannte das schon von meiner Nachbarin, aber wer sie zum ersten Mal so erlebte, bekam es schon mal mit der Angst zu tun. Leider schlug sie dann auch noch beiden kräftig auf die Oberschenkel. Sogar Papa stieß einen Schmerzenslaut aus.

Irgendwie war die Stimmung anschließend dahin. Der Kirschkuchen wurde schweigend und ziemlich hektisch verdrückt, und selbst nachdem Esther sich zurückgezogen hatte, wollten meine Eltern bald aufbrechen.

Mama betete im Stillen immer wieder das Ave-Maria. Das konnte ich ihr ansehen, weil sie nicht ohne Lippenbewegungen dazu auskam. Vielleicht dachte sie ja, der Leibhaftige sei in meine Nachbarin gefahren.

Nicht in Esther, hätte ich gern erklärt, ließ es aber lieber bleiben. Es reichte, wenn sie glaubten, dass ich eine Essstörung hatte. Von dem kleinen roten Teufelchen, das mich dazu antrieb, mussten sie nichts wissen. Papa forderte mich auf, bald mal zu Besuch zu kommen, und ich versprach es.

Doch der Sommer verstrich, ohne dass ich aufs Land hinausfuhr. Schon seit Langem war es mir unangenehm, mein Elternhaus zu betreten. Ich wusste selbst nicht, warum.

Aber diese Abneigung wurde mit den Jahren stärker, fast im selben Tempo, wie meine Panikattacken zunahmen. Und heute in der Turnhalle – ich schüttelte mich innerlich –, heute hatten sie ihren vorläufigen Höhepunkt erreicht.

Elend saß ich jetzt in meiner Küche und hielt mich an dem warmen Becher fest. Als ich den Tee ausgetrunken hatte, fühlte ich mich, als hätte ich ein Fässchen Rum intus. Mir war immer noch schrecklich übel von dem Sahne-Nuss-Exzess. Meine Erinnerungen schwammen ineinander, dafür sah ich Esthers Gesicht doppelt. Ich vertrug Alkohol nicht so gut.

»Wie geht es eigentlich deinen Eltern?«, erkundigte sie sich.

Das war jetzt echt unheimlich!

»Kannst du Gedanken lesen?«, fragte ich zurück. Ich

sagte wohl eher etwas wie »Kannschtudales«, aber sie verstand mich trotzdem.

»Nö«, erwiderte sie und schaute aus dem Küchenfenster hinaus in den strömenden Regen. »Aber es war so ein schöner Sommertag, als sie hier waren.«

Das war sehr, sehr nett von ihr, fand ich. Sie hätte auch sagen können, dass meine Fressorgie vorhin in der Waldschule sie an den Besuch von Antje und Ragnar im Juni erinnert hatte.

»Ischliebedisch«, nuschelte ich.

Esther grinste amüsiert. »Das weiß ich schon. Ich dich auch.«

»Könntest du mich nicht adoptieren?«, fragte ich, schon etwas klarer im Kopf.

»Na, na, was würden deine Eltern dazu sagen?«

Sofort musste ich wieder weinen, weil ich mir vorstellte, wie traurig sie sein würden. Ragnar vielleicht einen Ticken mehr als Antje.

Esther legte mir eine sehnige Hand auf den Arm. »Mir war nicht klar, dass es so schlimm um dich steht.«

In ihrer Stimme klang ein Hauch von Mitleid mit. War normalerweise nicht ihre Art. Esther hatte eher wenig Verständnis für die Schwächen anderer. Bei mir machte sie offenbar eine Ausnahme.

Und tatsächlich hatte sie nur einmal in diesem Sommer einen Anfall der kleineren Art miterlebt. Wir waren an einem sehr heißen Tag zum Baggersee gefahren. Als wenig später mehrere Dutzend Jugendliche laut grölend den kleinen Strand besetzten, brauchte ich drei ganze Tafeln Nougatschokolade vom Kiosk, um den Stress zu bewältigen.

»Glaubst du, Jan wird sich trotzdem in mich verlieben?«, fragte ich meine ältere Freundin.

»Warum denn nicht?«, gab sie zurück, obwohl ihr Blick etwas anderes sagte. »Aber willst du wirklich einen Mann haben, der wegen einer kleinen Schwäche so gemein ist?«

Kleine Schwäche. Das hatte sie jetzt wirklich nett gesagt.

Erst einen Moment später drang die Bedeutung ihrer Worte zu mir durch.

Jan war gemein gewesen, daran gab es keinen Zweifel. Er hatte noch lauter gelacht als alle anderen. Ich sah sein rot angelaufenes Gesicht vor mir und empfand wieder diese entsetzliche Scham. Esther hatte recht. Er verdiente meine Liebe nicht.

Bis hierhin alles klar. Die Frage war bloß, wie ich meine Gefühle für ihn ausknipsen sollte. Mein Herz war schließlich kein Lichtschalter. Schon strömten mir wieder die Tränen über die Wangen.

Mann! So viel heulte ich sonst in einem ganzen Monat nicht.

3

Ein Wunder muss her

»Von wem hast du eigentlich diese ungewöhnliche Augenfarbe?«, fragte Esther. »Wenn ich mich recht erinnere, sind die deines Vaters braun und die deiner Mutter hellblau.«

Klarer Fall von Ablenkungsmanöver.

Leise schniefend ging ich darauf ein. »Und meine sind rostig.«

»Das hat bloß Antje behauptet, aber sie hat es bestimmt nicht so gemeint. Ich finde, sie sind ganz besonders schön.«

»Danke.« Ich fühlte mich sofort getröstet. »Ist vielleicht ein Wunder des Herrn.«

Esther schaute auf einmal ausgesprochen nachdenklich drein.

»Was ist?«, fragte ich.

»Nichts. Ich hätte da vielleicht eine Idee, wie dir zu helfen ist. Aber erst mal musst du ins Bett. Schlaf dich aus.«

»Es ist noch gar nicht Abend«, protestierte ich, gähnte jedoch herzhaft, während meine Wangen wieder trocken wurden. Ich kannte das bereits. Auf eine Panikattacke folgte stets eine ungeheure Müdigkeit.

Esther ignorierte meinen Einwand. »Nun geh schon. Und wenn du morgen wieder fit bist, machen wir einen kleinen Ausflug.«

»Wohin?«, fragte ich alarmiert und war schlagartig wieder nüchtern. »Komm mir jetzt bloß nicht mit Konfrontationstherapie.«

Wow! Ich hatte das Wort fehlerfrei ausgesprochen!

»Das funktioniert nicht«, setzte ich hinzu. »Ich will auf keinen Fall in die Stadt!«

Esther lächelte gutmütig. »Wer sagt denn was von Stadt? Wir besuchen deine Eltern auf ihrem Bauernhof. Es gibt eventuell eine Möglichkeit, wie wir dich kurieren können.«

Ich blieb äußerst misstrauisch, konnte jedoch meine Neugier nicht unterdrücken. »Und was soll das sein? Vielleicht Kühe streicheln? Oder etwa Bäume umarmen? Vergiss nicht, ich bin auf dem Land aufgewachsen und habe trotzdem diese … Sache.«

»Kühe streicheln! Ha! Bäume umarmen!« Esther lachte ihr Pferdelachen, bevor sie hinzufügte: »So was meine ich nicht. Mir ist nur eingefallen, dass ihr katholisch seid …«

»Ich nicht so besonders«, unterbrach ich sie. »Es gab die Erstkommunion und die Firmung in St. Marien Schmerzhafte Mutter in Flensburg, aber seitdem habe ich meine Religion kaum noch praktiziert.«

Meinen persönlichen winzigen Luzifer verschwieg ich wohlweislich.

»St. Marien Schmerzhafte Mutter? Die Ärmste!« Esther sah aus, als wüsste sie nicht, ob sie wieder lachen oder eher weinen sollte. Sie entschied sich für einen neutralen Gesichtsausdruck. »Wie auch immer. Katholiken glauben doch an Wunder, richtig?«

»Zumindest einige.«

»Gut. Ich habe neulich nämlich eine Einladung zu einer Butterfahrt bekommen.«

»Was?« Entweder hatte die viele Sahne meine Gehirnzellen verstopft, oder Esther bekam Spontan-Alzheimer.

»Guck nicht so, ich erklär's dir ja schon. Also, diese Butterfahrt war mal was anderes als der übliche Seniorenausflug nach Helgoland. Die sollte nach Südfrankreich gehen. Nach Lourdes, wo die Madonna mal …«

»Ich weiß, dass die Muttergottes dort der jungen Bernadette erschienen ist«, unterbrach ich sie. »Dafür bin ich katholisch genug.«

»Schon gut. Also, das Angebot richtete sich vor allem an Alte und Kranke, was ich schon etwas beleidigend fand, da ich weder das eine noch das andere bin. Aber egal. Außerdem dachten die wohl, eine olle Protestantin findet auch noch Platz im Bus. Zumal die hier im Norden bestimmt lange nach genügend Katholiken suchen müssen. Auch wurscht. Mir wurde klar, dass sehr, sehr viele Menschen jedes Jahr zu solchen Orten pilgern und um ein Wunder beten.«

»Ja, und?«

»Na, als du jetzt auch mit dem Thema angefangen hast, hatte ich eine Idee. Nenn es Erleuchtung.«

»Esther! Mach dich nicht über meinen Glauben lustig!«

»Papperlapapp! Ich finde jedenfalls, so etwas ist genau das, was du jetzt brauchst.«

»Ein Wunder? Ich?«

»Ganz genau.«

»Du machst Witze.«

»Es ist mein voller Ernst.«

»Esther. Du bist ein Vernunftmensch. Pensionierte Schulrektorin. Und evangelisch.«

»Na und?«

»Du kannst so etwas nicht vorschlagen. Das passt nicht zu dir.«

Meine Freundin rieb sich über die Adlernase und blickte mich dann aus klugen Augen an. Nur ganz schwach glaubte ich, ein verschmitztes Lächeln darin zu erkennen. Mir kam der leise Verdacht, dass ich Esther nicht besonders gut kannte. Vielleicht hatte sie mit ihrem verantwortungsvollen Rektoratsposten auch jegliche Seriosität abgestreift.

»Man sollte immer offen für neue Erfahrungen sein«, sagte sie.

Ich wollte anmerken, dass ich weder bei uns im Kuhstall noch auf der Weide je eine himmlische Erscheinung gesehen hatte, ließ es aber lieber.

»Papa ist aber auch nicht strenggläubig«, erwiderte ich stattdessen. »Und ich fürchte, Mama ist in ihrem Herzen immer noch Protestantin.«

Esther runzelte die Stirn. »Sonst gibt es keine Verwandten, die dem lieben Gott ein wenig näherstehen und dir helfen könnten?«

»Na ja«, gab ich gedehnt zurück, während mir der gewohnte eisige Schauder über den Rücken lief. »Da wäre mein Onkel Thilo. Papas älterer Bruder.«

»Und was macht dieser Onkel?«

»Er ist Kardinal im Vatikan.«

Esther riss die Augen auf. »Ist nicht wahr!«

»Doch!«

»Das ist ein Zeichen!«

»Hör schon auf.«

»Den guten Mann brauchen wir! Was genau macht er dort?«

»Er arbeitet in der vatikanischen Behörde für Wunder«, informierte ich sie widerstrebend.

Esthers Augen traten fast aus ihren Höhlen. »Das ist wirklich ein Zeichen«, flüsterte sie geradezu ehrfürchtig.

»Eher nicht. Unsere Familie ist entzweit.«

»Wie das?«

»Ich glaube, Papa war immer sauer, weil Onkel Thilo mit seinem Vornamen so viel besser weggekommen ist als er selbst.«

»Verstehe ich nicht.«

»Er heißt nicht gern Ragnar Wagner. Da fühlt er sich so zerrissen, sagt er. Zwischen Nord und Süd.«

»Aha. Das ist aber wohl kaum ein Grund für eine Familienfehde.«

»Finde ich auch. Wahrscheinlich ist da noch mehr, wovon ich nichts weiß. Außerdem hasst Onkel Thilo uns. Das behaupten jedenfalls meine Eltern.«

»Warum denn?«

»Keine Ahnung.«

»Nun, das werden wir herausfinden«, erklärte Esther entschieden. »Oder nein. Vielleicht rühren wir besser nicht dran. Könnte kontraproduktiv sein. Die Vergangenheit ist ein anderes Land. Manchmal lässt man sie besser ruhen.«

Ich staunte noch über so viel Weisheit, als sie hinzufügte: »Und schlafen kannst du später.« Sie sprang auf und machte sich an meiner Kaffeemaschine zu schaffen. »Wir bitten deinen Onkel Thilo, beim himmlischen Vater ein gutes Wort für dich einzulegen.«

Wie sie das so sagte, klang es direkt nach einem Kinderspiel.

Ein paar Minuten darauf begann ich, mir ernsthafte Sorgen um meinen Magen zu machen. Auf die Sahne-Nuss-Torte und das Fässchen Rum folgte jetzt ein Becher

Kaffee, der vermutlich Tote wieder zum Leben erweckt hätte.

»Jesus Christus!«, entfuhr es mir. Normalerweise neigte ich nicht zu religiösen Ausrufen, aber vermutlich färbte Esthers Gerede von einem himmlischen Wunder so langsam auf mich ab.

»Austrinken, anziehen, mitkommen.«

Okay, sie war anscheinend der Meinung, wir hätten vorerst genug diskutiert.

Schweigend folgte ich ihrem Befehl. Mir war nicht ganz wohl bei dem Gedanken, so unangekündigt bei meinen Eltern aufzutauchen, nachdem ich mich mehr als zwei Monate lang nicht hatte blicken lassen. Ob ich sie kurz anrufen sollte?

Während ich schnell in Jeans (die mehr kniff als sonst), T-Shirt und einen Sommerpulli schlüpfte, entschied ich mich dagegen. Vielleicht würden sie mir ausreden wollen, Esther mitzubringen. Doch auf eine ganz und gar unlogische Art verspürte ich ein winziges Fünkchen Hoffnung in mir. Die Hoffnung, dass meine Freundin mit ihrer verrückten Idee mir womöglich helfen konnte.

Die durfte nicht zerstört werden.

Der Regen ließ bereits ein wenig nach, als wir in Esthers Kleinwagen aus Norderbüll hinausfuhren, und als wir an den größtenteils abgeernteten Rapsfeldern vorbei auf mein kleines Heimatdorf zuhielten, stahlen sich sogar die Strahlen der tief stehenden Sonne durch die aufreißende Wolkendecke.

»Das ist ein Zeichen«, behauptete Esther schon wieder und machte ein ganz verzücktes Gesicht, während sie gleichzeitig geblendet die Augen zusammenkniff. »Der liebe Gott lässt dir ausrichten, dass alles gut wird.«

»Nicht, wenn du gegen den Trecker da knallst, weil du nicht mehr richtig gucken kannst.«

Esther stieg auf die Bremse, wir verfehlten einen der mannshohen Reifen um Haaresbreite und wurden von dem Bauern mit einem Stinkefinger gegrüßt.

»Sind hier alle so nett?«, fragte sie.

Ich kicherte. »Das war der alte Heinrich Lüttjens. Der mag Fremde nicht besonders.«

»Sag bloß.«

»Immerhin sitzen wir jetzt nicht auf einer Wolke.«

Esther warf mir einen schrägen Blick zu und presste die Lippen aufeinander.

Bis wir den Hof meiner Eltern erreichten, schwiegen wir, und erst als wir vor dem hundert Jahre alten, aber liebevoll gepflegten Gebäude aus rotem Backstein hielten, meinte Esther: »Wir sollten diplomatisch vorgehen.«

Was genau sie sich darunter vorstellte, erklärte sie mir nicht. War auch unnötig, denn sie vergaß ihre eigene Taktik, kaum dass unsere Eltern mit überraschten Gesichtern vor uns auftauchten. Papa war in seinen wuchtigen grünen Gummistiefeln aus dem Stall hergelaufen, Mama stand in der Haustür und wischte sich die Hände an ihrer karierten Küchenschürze ab.

»Hallo«, begann Esther. »Wir müssen Kontakt mit Ihrem Verwandten, dem Kardinal, aufnehmen. Ich weiß, Sie haben da irgendeinen Streit, aber den vergessen Sie mal ganz schnell. Sina ist besessen und braucht Hilfe von höchster Stelle.«

Hui!

Das mit der Besessenheit war mir neu. Okay, nicht vollkommen neu. Die Befürchtung hatte ich ja vor ein paar Stunden auch schon gehabt, betraf aber nur meinen kleinen roten Freund, der ob seiner Größe auch nicht so wahnsinnig gefährlich wirkte.

Dass jedoch Esther so etwas Schreckliches von mir denken konnte, traf mich echt tief.

Ich dachte an mein Teufelchen. Es war während der Fahrt wiederaufgetaucht und hatte sich voller Vorfreude die winzigen roten Hände gerieben. Wahrscheinlich hoffte es auf einen von Mamas köstlichen Blechkuchen. Vorzugsweise in Verbindung mit einem plötzlichen Zusammentreffen sämtlicher Dorfbewohner in der guten Stube.

Viele Menschen auf engem Raum – sehr viel Kuchen für Sina.

Jetzt aber wurde Däumling-Satan ganz blass und starrte ängstlich auf Esther. Dann verdrückte er sich zur Sicherheit ganz.

Kluges Kerlchen.

Hätte ich gekonnt, wäre ich ebenfalls mal eben verschwunden.

Antje war auch bleich geworden, und Ragnar hielt die Mistforke hoch, als wollte er sie Esther zwischen die Rippen stoßen.

»Immer mit der Ruhe«, sagte ich mit fester Stimme. »Hallo Mama, hallo Papa. Ich wollte euch endlich mal besuchen. Das ist alles.«

Esther atmete einmal tief ein und aus, Antje bekam wieder etwas Farbe im Gesicht, Ragnar ließ zögernd die Mistforke sinken.

»Das hast du uns vor zweieinhalb Monaten versprochen«, meinte Mama vorwurfsvoll.

Meine Schultern sackten herab. »Ich weiß. Tut mir leid. Es gab so viel zu tun.«

»Auch noch in den Sommerferien?« Sie musterte mich

gründlich. Ihr konnte ich nichts vormachen. »Was ist passiert?«

»Lassen Sie mich mal erklären …«, hob Esther an, wurde aber von mir mit einer strengen Geste zum Schweigen gebracht.

Ich war ein wenig überrascht, dass sie tatsächlich den Mund wieder zuklappte.

»Es gab heute einen … kleinen Vorfall«, gestand ich meinen Eltern.

Mama sah sich hektisch um, doch weder der alte Hofhund Tomtom noch die paar Hühner machten den Eindruck, als würden sie uns zuhören. Tomtom hatte früher einfach Karl geheißen, aber weil er null Orientierungssinn besaß und sich ständig verlief, wurde er von meinem optimistischen Papa nach seinem Auto-Navi umgetauft. Hatte bloß nichts geholfen.

»Kommt erst mal rein«, sagte Mama dann, obwohl weit und breit kein Nachbar zu sehen war, der uns belauschen konnte. Sie fürchtete beinahe zwanghaft um den guten Ruf unserer Familie. Zu dem Makel unserer Religion durfte nicht noch mehr hinzukommen. Zum Beispiel eine Tochter, die sich in gewissen Situationen höchst merkwürdig benahm.

Darauf hatte Esther nur gewartet. Deshalb also hatte sie sich eben so brav zurückgehalten.

Mamas Gastfreundschaft ging nicht so weit, dass sie die gute Stube für uns öffnete. Die war nur für besondere Anlässe da.

Aus unerfindlichen Gründen war ich froh darüber. Ich mochte den Raum nicht.

Stattdessen marschierte sie vorneweg in die gemütliche Bauernküche, Esther dicht auf den Fersen.

Papa meinte, er müsse sich kurz frisch machen, und ich blieb für einen Moment allein in der Diele stehen. An den Wänden hingen einige Familienbilder. Vor meinen Augen wuchs ich noch einmal heran, vom Baby über das Krabbelkind zur Erstklässlerin mit Zahnlücke und schließlich zur Gymnasiastin und jungen Frau.

Ich lächelte.

Mir wurde bewusst, dass ich ein glückliches kleines Mädchen gewesen war. Zumindest bis zum Alter von etwa acht Jahren. Danach sah ich nicht mehr ganz so unbeschwert aus und schaute eher verschreckt in die Kamera. Wie ich so dastand, kramte ich in meiner Erinnerung, aber mir fiel nichts ein, was diese Wesensveränderung ausgelöst haben könnte.

Papa gesellte sich zu mir. Er roch nach Kernseife, aber auch immer noch nach Kuhstall. Es war der vertraute Geruch meiner Kindheit.

Für ein paar Sekunden fühlte ich mich ihm so verbunden wie früher, aber ich zerstörte den Augenblick, indem ich ihn fragte: »Warum hängt hier überhaupt kein Foto von Onkel Thilo?«

Papas Gesicht verschloss sich, seine Kieferknochen mahlten. Aber ich hatte noch genau gesehen, wie sein Blick zu der handbemalten alten Truhe gezuckt war, die neben der Treppe zum oberen Stockwerk stand.

Ich ließ das Thema fallen und sagte, ich müsse auch ins Bad.

Als ich wieder herauskam, hörte ich die Stimmen von Ragnar, Antje und Esther in der Küche. Sie schienen nett zu plaudern, also wagte ich es, sie noch etwas länger allein zu lassen.

Ich huschte zu der Truhe, hob mit einiger Mühe den

Deckel an und blickte hinein. Ein Sammelsurium aus Winterkleidung, selten benutztem Geschirr, Fotos und Zeitschriften befand sich darin. Ziellos wühlte ich herum, bis meine Finger ein zerknittertes großformatiges Foto herauszogen.

Ich war mir sicher, ich hatte es durch Zufall erwischt, nicht durch göttliche Fügung.

Also, ich war mir zu neunzig Prozent sicher.

Eine Gruppe Priester war darauf abgebildet. Sie standen in ihren dunklen Soutanen zusammen und lächelten mehr oder weniger breit in die Kamera. Im Hintergrund erhob sich der mächtige Petersdom in Rom. Onkel Thilo erkannte ich sofort. Er war der einzige Mann, der streng dreinschaute. Der kalte Schauder, der mich wie üblich beim Gedanken an ihn erfasste, gefror auf meinem Rücken zum Eisblock.

Kardinal Wagner ähnelte seinem jüngeren Bruder sehr, obwohl sein Gesicht weniger Falten aufwies. Kein Wunder, er verbrachte sein Leben nicht bei Wind und Wetter auf den Feldern. Die braunen Augen schauten nicht annähernd so warmherzig wie Papas, und der Mund war zu einem verkniffenen Strich zusammengepresst. Ich fand, er stach unangenehm aus der Gruppe seiner Priesterkollegen heraus.

Schon wollte ich das Bild zurück in die Truhe legen, als mir am rechten Rand ein anderer Mann auffiel. Er war ebenfalls ganz in Schwarz gekleidet, doch seinem Gesichtsausdruck fehlte dieser gewisse Anflug von Frömmigkeit. Stattdessen grinste er breit, und seine Augen funkelten vor Vergnügen. Und ja, er sah bombastisch gut aus. Groß, dunkle Locken, helle Augen, kantiges Kinn, edle Nase. Ein Bild von einem Mann.

Ich konnte mich gar nicht sattsehen.

Und während ich ihn so betrachtete, geschah etwas mit mir. Zum einen schrumpften meine Gefühle für einen gewissen Sportlehrer zu einem Nichts zusammen, ganz so als hätte Jan Dierksen nie existiert. Zum anderen spürte ich neuen Mut und neue Hoffnung in mir aufsteigen, fühlte mich geradezu euphorisch.

Es schien mir, als bräuchte ich diesen Mann nur lange genau anschauen, und ich könnte mein Leben in den Griff bekommen.

Verrückt.

Esther tauchte in der Diele auf. »Wo bleibst du denn? Ich will endlich zur Sache kommen. Oh …« Sie nahm mir das Foto aus der Hand, und ich empfand es wie einen Verlust.

Bescheuert.

»Das da muss der böse, böse Onkel Thilo sein«, stellte Esther fest und tippte mit ihrem Fingernagel auf seine Brust. »Er ähnelt deinem Vater.«

»Wieso böse?«

»Zum einen sieht er nicht besonders nett aus, zum anderen habe ich so eine dunkle Ahnung. Vermutlich bin ich prophetisch begabt.«

»Mensch, Esther! Es reicht!«

»Schon gut.« Sie blickte noch einmal auf das Bild. »Und wer ist der da rechts am Rand? Irgendein berühmter Schauspieler?«

»Ich glaube, er gehört zu den Priestern«, sagte ich leise und hörte selbst, wie unnatürlich meine Stimme klang. Ganz unpassend erotisch.

Esther sah mich tadelnd an. Ich gab mir alle Mühe, kühl zurückzuschauen. Schien mir nicht gut zu gelingen.

»Diesen irren Blick kenne ich doch. Reiß dich zusammen, Sina. Ein Mann der Kirche? Du hast genug Schwierigkeiten, auch ohne dich in einen Priester zu verlieben.«

»So ein Quatsch«, erwiderte ich, während in meinem Herzen höchste Aufruhr herrschte.

Konnte das möglich sein? Angeblich gab es die Liebe auf den ersten Blick, obwohl mir das noch nie passiert war. Aber Liebe beim ersten Foto? Das war ziemlich verrückt, oder?

Ich tat so, als würde ich das Bild wieder in die Truhe legen, faltete es jedoch heimlich zusammen und steckte es in meine Jeanstasche, während ich Esther in die Küche folgte.

Meine Eltern empfingen uns mit tiefernsten Mienen.

»Wir haben uns beraten«, begann Mama.

Papa nickte. »Sina muss erfahren, was Thilo ihr angetan hat.«

4
Butter bei die Fische

Vollends verwirrt rutschte ich auf die Eckbank. Einen großen Teil meiner Kindheit hatte ich hier in der Küche verbracht. Hatte gespielt, Hausaufgaben gemacht und Mama beim Kochen geholfen. Die Zinnteller an den Wänden waren mir ebenso vertraut wie die zerkratzte Tischplatte, der grüne Kachelofen in der Ecke und die geblümten Vorhänge an den zwei kleinen Fenstern. Ich versuchte, mich so geborgen zu fühlen wie damals, doch es wollte mir nicht gelingen.

»Onkel Thilo?«, fragte ich. »Den kenne ich doch gar nicht. Habt ihr nicht mal erzählt, er sei kurz vor meiner Geburt aus der Gegend weggezogen?«

»Schon«, sagte Papa und schaute hilfesuchend zu Mama.

Beide waren an der Spüle stehen geblieben, während Esther sich zu mir auf die Bank gesetzt hatte. Obwohl sie an diesem Nachmittag schon ziemlich viel Unsinn verzapft hatte, war ich froh, sie bei mir zu haben.

Jetzt ließen sich meine Eltern gleichzeitig auf die beiden Stühle aus hellem Kiefernholz nieder. Das Schweigen dehnte sich aus, bis es wie eine gummiartige Masse durch die Küche waberte.

Meine Verwunderung wuchs, und mir wurde reichlich mulmig zumute.

»Antje«, bat Papa endlich. »Erzähl du es bitte.«

»Warum? Es ist dein Bruder.«

»Schon, aber er hat wegen dir …« Abrupt brach er ab und knetete hilflos seine breiten rauen Hände.

»Nu ma Butter bei die Fische«, sagte Esther in breitestem Plattdeutsch und forderte damit meine Eltern auf, zur Sache zu kommen. Offenbar hatte sie erkannt, dass die Vergangenheit in unserer Familie doch kein anderes Land war und dass wir erst die Wahrheit erfahren mussten, bevor wir unser Ziel anvisieren konnten.

Sie traf genau den richtigen Ton.

Mama schaute mich fest an und legte los. »Du warst acht Jahre alt, da haben wir die Hochzeit meiner kleinen Schwester Stine gefeiert.«

»Tante Stine«, murmelte ich und kramte in meiner Erinnerung. Aber ich wusste absolut nichts mehr von dem Ereignis.

Stine wohnte schon seit vielen Jahren mit ihrer Familie in Flensburg, demzufolge sah ich sie selten. In letzter Zeit gar nicht mehr.

»Den Empfang haben wir hier im Haus gegeben«, fuhr Mama fort. »Dein Onkel Thilo hatte auch eine Einladung bekommen. Er war erst kurz zuvor zum Priester geweiht worden und fiel ein bisschen unangenehm auf.«

Papas Gesicht verdüsterte sich, Mamas Tonfall blieb gleichmäßig. Sie sah aus wie jemand, der eine unangenehme Pflicht möglichst schnell und möglichst sachlich hinter sich bringen wollte.

Esther trommelte vor Ungeduld mit den Fingern auf der alten zerkratzten Tischplatte, erst als ich sie mit dem Ellenbogen anstieß, ließ sie es bleiben.

Mama sprach inzwischen weiter: »Er hatte sich für

diese Laufbahn entschieden, nachdem … also … ach, lassen wir das. Jedenfalls sahen wir ihn an dem Tag zum ersten Mal seit mehreren Jahren wieder. Er hatte zugenommen und lief in seiner nagelneuen schwarzen Soutane mit dem weißen Kragen zwischen den anderen Hochzeitsgästen herum wie ein … wie ein …«

Sie war nicht sonderlich fantasiebegabt und kam nicht so recht weiter.

Esther half aus: »Wie ein dicker Pinguin zwischen eleganten Flamingos.«

»Hm, ja, danke schön.«

»Jederzeit.«

Als Flamingos hätte ich unsere rustikalen nordfriesischen Verwandten jetzt nicht unbedingt bezeichnet, aber es klang nett.

»Antje«, mahnte Papa.

»Ist ja schon gut. Also, Sina. Du warst damals ein besonders offenherziges Kind. Überall beliebt und immer fröhlich. Du hast jeden einzelnen Hochzeitsgast fest umarmt, dich hochheben lassen und ihn oder sie auf die Wange geküsst. Und als du mit allen durch warst, hast du noch einmal von vorn angefangen, weil es dir so viel Spaß gemacht hat.«

»Oh«, flüsterte ich. Die Vorstellung, ich könnte freiwillig Körperkontakt zu einem Haufen mehr oder weniger fremder Leute suchen, war geradezu verstörend. Auf einmal hätte ich es vorgezogen, nicht mehr zuhören zu müssen.

»Und dann …«, Mama zögerte kurz, vollendete jedoch mit neuer Entschlossenheit den Satz: »Dann mischte sich Onkel Thilo ein.«

»Wenn er sie geschlagen hat«, warf Esther knurrend

ein, »fliege ich morgen nach Rom und knall ihm nachträglich eine. Kardinal hin oder her.«

»Nein, nein. Er wurde nicht handgreiflich«, sagte Mama schnell. »Aber was er tat, war eigentlich schlimmer.«

»Inwiefern?« Esther klang immer noch kampfeslustig.

Ich selbst rutschte auf der Bank ein ganzes Stück tiefer, bis ich gerade noch über die Tischkante schauen konnte. Mamas Blick jedoch hinderte mich daran, ganz abzutauchen.

Dann erklärte sie Esther, was geschehen war. »Thilo hat Sina vor allen Leuten eine schreckliche Strafpredigt gehalten. Dummerweise waren Ragnar und ich ausgerechnet in dem Moment für eine Weile im Stall. Die Kühe mussten gemolken werden, die nahmen keine Rücksicht auf Hochzeitsfeste. Soweit mir später erzählt wurde, hat er sie furchtbar angebrüllt. Es gehöre sich nicht, fremde Menschen abzuküssen, und wenn sie das jemals wieder tun würde, dann drohe ihr das ewige Fegefeuer.«

Ich wartete auf den eisigen Schauder, stattdessen wurde mir schrecklich heiß. Was ja passender war.

Dann versuchte ich, mich in das kleine lebensfrohe und vertrauensvolle Mädchen hineinzuversetzen, das ich offenbar mal gewesen war. Es wollte mir nicht recht gelingen. Dafür stellte ich mir vor, wie ein großer schwarz gekleideter und überaus zorniger Mann sich über mich beugte, mich anschrie und mir eine fürchterliche Strafe ankündigte.

Kein Wunder, dass ich so ein übles Trauma davongetragen hatte.

»Aber warum ist Onkel Thilo so ausgerastet?«, fragte ich mit zitternder Stimme. »Was soll denn so schlimm an dem gewesen sein, was ich getan habe?«

»Möchte ich auch gern wissen«, bemerkte Esther. »Sie war doch nur ein Kind.«

Mama wandte sich wieder direkt mir zu. »Wir haben auch keine Erklärung dafür gefunden. Thilo war nun mal sehr verklemmt. Jedenfalls, seit er sich für ein Leben als Priester entschieden hatte. Schon einem anderen Menschen die Hand zu schütteln war für ihn zu viel Körperkontakt.«

»Dann liegt meine Störung also in der Familie«, stellte ich fest. Der Gedanke, einen so wichtigen Teil meiner Persönlichkeit mit meinem ungeliebten Onkel gemein zu haben, an den ich mich nicht einmal erinnern konnte, war irgendwie gruselig.

»Könnte sein«, gab Mama widerwillig zu. Anschließend fuhr sie fort: »Stine hat dich dann von ihm weggeholt, aber da war der Schaden schon angerichtet.«

In ihre Augen trat ein weicher Ausdruck, und auf einmal war ich mir hundertprozentig sicher, dass sie mich immer über alles geliebt hatte. Sie tat nur manchmal etwas kühl und abweisend.

»Es gab dann einen bösen Streit zwischen Ragnar und Thilo. Ich dachte, die bringen sich gegenseitig um. Zum Glück waren ein paar kräftige Männer da, die sie auseinanderbrachten. Thilo hat sich seitdem nie wieder bei uns blicken lassen.« Sie legte eine kurze Pause ein, bevor sie hinzufügte: »Nun ja. Danach hast du dich verändert, dich irgendwie immer mehr …«

»Abgekapselt?«, schlug Esther vor.

»Ja«, sagte Mama, ohne ihren Blick von mir zu lösen. »Und du hast dich unter Menschen nicht mehr wohlgefühlt. So hat das alles angefangen.«

»Ich weiß von alldem nichts mehr.«

»Gut verdrängt«, erklärte mir Esther. »Nur hast du damals eben diesen Knacks weggekriegt, und mit den Jahren ist es immer schlimmer geworden.«

Papa, der die ganze Zeit geschwiegen hatte, meinte jetzt: »Mein Bruder war schon immer ein Tyrann. Und als er früher …«

»Lass gut sein«, unterbrach ihn Mama. »Für heute ist es genug.«

Ich spürte, dass es da noch etwas gab, das sie mir verschwiegen, aber ich bohrte nicht weiter nach. Im Augenblick hatte ich genug mit der Erkenntnis zu tun, dass mein unbekannter Onkel der Auslöser meiner Angststörung gewesen war.

»Ein Grund mehr, nach Rom zu reisen«, sagte Esther. »Der Mann hat dein Leben zerstört. Er ist dir ein Wunder schuldig.«

Ich tippte mir gegen die Stirn. Erstens fand ich mein Leben gar nicht sooo schlimm. Nur manchmal etwas anstrengend. Und peinlich. Und … na ja, ein bisschen einsam. Und … okay, ziemlich beängstigend. Zweitens glaubte sie doch wohl nicht wirklich, ich würde mich in den Hexenkessel der Ewigen Stadt trauen? Hatte sie etwa vergessen, wie es mir erging, wenn mehr als eine Handvoll Leute um mich herum war?

Aber sie achtete gar nicht auf mich. »Sagen Sie mal, lieber Ragnar, wie heißt noch mal diese Behörde, für die er arbeitet?«

»Die Congregatio de Causis Sanctorum«, gab Papa fehlerfrei zurück. »Die Kongregation für Selig- und Heiligsprechung.« Als er bemerkte, wie wir ihn alle anstarrten, setzte er mit einem bescheidenen Lächeln hinzu: »Das habe ich mal auswendig gelernt.«

Esther legte ihre Stirn in Falten. »Sehr beeindruckend, in der Tat. Doch was haben diese Herrschaften mit Wundern zu tun?«

»Nun«, erklärte Papa und wirkte auf einmal wie ein gelehrter Mönch, nicht wie ein einfacher Bauer. »Meines Wissens gibt es auch noch weitere Behörden, die solche Phänomene untersuchen. Ganz gleich, ob es sich um eine weinende Madonnenstatue oder gar um die Erscheinung der Muttergottes wie zum Beispiel in Lourdes in Frankreich oder in Fátima in Portugal handelt. Aber mein Bruder Thilo ist ebenfalls ein Fachmann auf diesem Gebiet. Wenn nämlich jemand heiliggesprochen werden soll, der zu Lebzeiten kein Märtyrer war, dann muss derjenige nachweislich mindestens ein Wunder vollbracht haben. Dazu gehört zum Beispiel die Heilung eines Schwerkranken.«

»Interessant«, meinte Esther.

Meiner Freundin gelang es offenbar mühelos, ihm zu folgen. Ich hatte da leichte Schwierigkeiten. Mama stand sogar der Mund offen.

Erneut stahl sich ein zurückhaltendes Lächeln auf Papas Lippen. »Mich fasziniert die Sache. Deswegen halte ich mich auf dem Laufenden.«

Ich begriff: Mochte zwischen Ragnar und Thilo auch Eiszeit herrschen – im Grunde bewunderte Papa seinen älteren Bruder für dessen wichtige Arbeit. Neidisch schien er nicht zu sein, das hätte auch nicht zu ihm gepasst, aber insgeheim war er bestimmt stolz, dass einer wie Thilo es aus der einfachen Familie Wagner so weit nach oben geschafft hatte.

Eine Weile sagte niemand etwas, jeder in seine Gedanken versunken.

Als Esther plötzlich aufstand, schraken wir anderen gleichzeitig zusammen. »Komm jetzt, Sina, wir fahren zurück.«

»Warum denn?«, fragte Mama. »Wir haben unsere Tochter so lange nicht gesehen, und jetzt ist sie kaum mal eine Stunde da.«

»Keine Zeit«, erwiderte Esther.

»Ihr könntet wenigstens zum Abendessen bleiben«, sprang Papa seiner Frau zur Hilfe.

Mama sah wirklich sehr unglücklich aus, und mein Herz flog ihr zu.

»Es ist alles meine Schuld«, murmelte sie. »Hätte ich mich damals mit mehr Entschiedenheit …«

»Psst«, machte Papa.

Wieder hatte ich den Eindruck, dass es da noch etwas gab, das mir meine Eltern verschwiegen. Etwas ungemein Wichtiges.

Und erneut wollte ich es lieber nicht so genau wissen. Ich musste erst einmal verdauen, dass ich ein Trauma von meinem fiesen Kardinalsonkel abbekommen hatte.

»Ich habe sowieso keinen Hunger«, gestand ich. Mein Bauch war noch mehr als voll.

»Außerdem«, sagte Esther, »müssen wir nach Hause. Packen und unseren Flug buchen.«

»Was?« Wilde Panik stieg in mir auf, wie ich sie sonst nur inmitten einer Menschenmenge erlebte. Der Schweiß brach mir aus allen Poren, und mir wurde schwarz vor Augen.

»Wir fliegen nach Rom«, verkündete Esther. »Am besten gleich morgen früh. Dieser Onkel Thilo hat Sina krank gemacht. Er wird auch dafür sorgen, dass sie wieder gesund wird.«

»Die arme Frau ist verrückt geworden«, sagte Mama zu Papa.

Der wog bedächtig den Kopf hin und her.

»Frau Claasen«, begann er dann ruhig. »Ich halte das für keine gute Idee. Unsere Tochter kann unmöglich eine solch weite Reise unternehmen. Es fällt ihr ja schon schwer, sich in einer Stadt wie Flensburg aufzuhalten, ohne einen Anfall zu erleiden. Sie werden mir also darin zustimmen, dass es ganz und gar unmöglich für sie ist, in einem Moloch wie Rom zurechtzukommen.« Er klang wieder sehr gelehrt, fand ich und beruhigte mich ein wenig.

Mama war da wesentlich direkter: »Das ist eine Schnapsidee.«

Auch korrekt.

Für den Moment hatte ich nichts dagegen, mich wieder wie ein Kind zu fühlen und meine Eltern über mich bestimmen zu lassen.

Esther jedoch blieb unbeeindruckt. »Wenn wir nichts unternehmen, wird es noch böse mit ihr enden. Es könnte passieren, dass Sina als einsame Eremitin auf einem Berg endet.« Sie dachte offenbar kurz an die landschaftliche Beschaffenheit unserer Heimat, denn sie fügte hinzu: »Oder auf einer Hallig.«

»Übertreiben Sie da nicht ein wenig?«, fragte Papa höflich.

»Sie haben nicht mehr alle Tassen im Schrank«, erklärte Mama.

»Und *Sie* haben ja keine Ahnung, was los ist!«, ereiferte sich Esther. »Sie haben ja auch kaum Kontakt zu Ihrer Tochter!«

»Na hören Sie mal!«, rief Mama. »Ich versuche alle

paar Tage, Sina zu erreichen. Es ist nicht meine Schuld, wenn sie nicht ans Telefon geht!«

Esther wischte den Einwand mit einer Handbewegung zur Seite.

»Heute Nachmittag ist Sina durchgedreht«, fuhr sie fort, »bloß weil sich ein paar Eltern, Schüler und Lehrer in der Turnhalle der Waldschule versammelt haben. Es war ein harmloses, lustiges Fest, bei dem sich alle ganz prima amüsiert haben. Bis Ihre Tochter eine Fressattacke bekommen hat.«

Mist!

Ich hatte schon gehofft, ich könnte meinen Eltern den kleinen Vorfall verschweigen. Im Laufe der letzten Stunde hatten sie vielleicht schon gar nicht mehr daran gedacht, dass ich vorhin im Hof so etwas in der Richtung erwähnt hatte.

Prompt umwölkten sich ihre Gesichter, und in ihren Augen standen all die Sorgen, die sie sich ständig um mich machten.

»Sahne-Nuss-Torte«, fügte Esther unerbittlich hinzu. »Und zwar die ganze.«

Alle Blicke richteten sich auf mich.

Es war so weit.

Ich hielt es auf der Bank nicht mehr aus und rutschte unter den Tisch.

Sehen musste ich keinen mehr, aber hören konnte ich sie leider nur allzu gut.

»Das ist ja entsetzlich«, murmelte Mama.

»Es wird mit den Jahren immer schlimmer«, ergänzte Papa. »Vielleicht haben Sie recht, und unsere Tochter ist wirklich besessen. Nur wäre dann eine andere Behörde im Vatikan zuständig. Ich glaube, eine eigene

Abteilung für Exorzismus gibt es nicht, aber ich habe von Priestern gehört, die sich um diese unglücklichen Menschen kümmern. Die agieren mehr im Geheimen, weil sie von der Gesellschaft mit größtem Misstrauen bedacht werden.«

Ich erschrak furchtbar.

Vor meinem inneren Auge spielten sich die Szenen eines Horrorfilms ab: Eine junge, einstmals hübsche Frau mit bronzefarbenen Augen und einer ungewöhnlichen Haarfarbe, die nun die hässliche Fratze des Bösen zeigt und von einem verzweifelten Priester mit Beschwörungsformeln, Weihwasser und einem überdimensionalen Holzkreuz bedrängt wird.

Verzweifelt, weil bei mir bestimmt Hopfen und Malz verloren waren.

Mini-Teufelchen blieb übrigens schön in Deckung. Ich hätte ihn gern beruhigt und ihm gesagt, er müsse sich keine Sorgen machen. Er sei einfach zu klein, um Besitz von mir zu ergreifen. Doch ich ließ es bleiben. Im Moment war ich äußerst verunsichert.

Papa beugte sich leise ächzend unter den Tisch und musterte mich eindringlich, wie ich da so hockte. »Sag mal, meine Kleine, sprichst du manchmal in fremden Zungen? Besitzt du übernatürliche Kräfte? Stößt du ungebührliche Flüche aus?«

Mannomann!

Der kannte sich aber aus!

Ich wurde knallrot vor Empörung. »Niemals! Nein! Und … na ja, manchmal, vielleicht.«

Letzteres galt den Flüchen.

Also bitte! Wer kommt denn im Leben ganz ohne Schimpfworte aus? Das müsste ja ein Heiliger sein.

»In Ordnung.« Papas Gesicht verschwand wieder nach oben.

Esther räusperte sich umständlich. »So oder so müssen wir unbedingt etwas unternehmen, finden Sie nicht auch? Ich würde ja vorschlagen, dass Sie Ihre Tochter selbst nach Rom begleiten, aber wenn Sie mit dem Kardinal so zerstritten sind …«

»Das könnte schwierig werden«, stimmte Mama ihr zu.

»Und vergessen wir das Vieh nicht.« Das war wieder Papa.

Einen Moment lang schwieg Esther verwirrt, dann sagte sie: »Ach so. Die Kühe. Klar.«

Ich sah, wie Mama unter dem Tisch nach Papas Hand griff. »Glauben Sie denn wirklich, dass Onkel Thilo unserer Sina helfen kann? Ist das nicht alles ziemlich …«

»Weit hergeholt?«, half Esther aus. »Schon möglich. Aber haben Sie eine bessere Idee?«

Sie bekam nur ein doppeltes hilfloses Schweigen zur Antwort.

»Na, sehen Sie. Außerdem hat Sina sowieso keine Arbeitsstelle mehr …«, sie ignorierte das gleichzeitige erschrockene Luftholen, » … und sie kann sich genauso gut auch online bei anderen Schulen bewerben, anstatt einsam in Norderbüll zu versauern. Ums Geld braucht sich übrigens niemand Sorgen zu machen. Ich bin zum Glück recht wohlhabend.«

»Wir nehmen keine Almosen an«, sagte Papa streng. »Unsere Tochter hat ihr eigenes Geld, und wir geben gern etwas dazu.«

Einen unangenehmen Moment lang fühlte ich mich wie ein junges Mädchen, nicht wie eine erwachsene Frau.

»Einverstanden«, sagte Esther beschwichtigend.

»Übrigens träume ich schon seit Jahren davon, einmal die Ewige Stadt zu sehen. Es wird bestimmt wunderbar, all die historischen Stätten zu besichtigen. Und ganz nebenbei lösen wir Sinas kleines Problem.«

Mir reichte es!

Stinkwütend fuhr ich hoch.

Leider war mir entfallen, dass ich unter dem Tisch saß.

»Aua!«, rief ich, als mein Kopf gegen die massive Holzplatte knallte.

Dann kroch ich vorsichtig zurück auf die Bank. Drei Augenpaare schauten mich teils mitleidig, teils irritiert an.

»Habt ihr vergessen, dass ich auch noch da bin?«, fragte ich, wollte darauf aber lieber keine Antwort hören. »Vielleicht möchte mal jemand wissen, was ICH will?«

»Aber natürlich«, versicherten mir meine Eltern im Chor.

»Nö«, sagte Esther.

5
Kein Herz und keine Krone

Die nächsten vierzig Stunden verschwanden für mich hinter einer dichten grauen Nebelwand. Ich war mir sicher, dass mir Esther spätestens als wir wieder zu Hause in Norderbüll angekommen waren irgendein Betäubungsmittel in meinen Tee gegeben hatte, aber sie schwört bis heute auf alle Heiligen, dass sie nichts dergleichen getan hat.

Doch wie sollte ich es mir sonst erklären, dass ich tatsächlich diese Reise mit ihr antrat?

In eine Stadt, die hoffentlich ihre Konditoreien fest verrammelte, weil ich sonst für nichts garantieren konnte?

Wo mich Ängste erwarteten, die ich mir in meinen schlimmsten Albträumen nicht ausmalen konnte. Wenn schon eine volle Turnhalle in der norddeutschen Provinz mich aus der Fassung bringen konnte, was würde dann erst, sagen wir mal, auf der Spanischen Treppe geschehen?

Vor dem Trevi-Brunnen?

Oder gar auf dem riesigen Petersplatz, wo sich Menschen aus aller Welt drängelten, um in den Petersdom zu gelangen?

Ob eventuell der Papst höchstpersönlich zu meiner Rettung eilen würde?

Eher nicht.

Der hatte Wichtigeres zu tun. Für den Frieden in der Welt beten, zum Beispiel. Und wirklich kranke Menschen segnen. Nicht eine durchgeknallte junge Frau aus Deutschland mit einer komischen Augenfarbe und übermäßigem Appetit.

Aber vielleicht begegnete ich ja einem anderen Mann der Kirche, der sich meiner annehmen würde. An Onkel Thilo dachte ich dabei weniger.

In der folgenden Nacht schlief ich tief und fest wie selten. Und den gesamten Sonntag lang hatte ich das Gefühl, nicht ganz bei mir zu sein. Trotzdem packte ich einen Koffer, trotzdem ließ ich Esther unsere Flüge für Montagfrüh buchen, trotzdem brachte ich der alten Frau Stein unter mir einen Wohnungsschlüssel, damit sie meine Blumen gießen konnte.

»Nanu«, sagte sie erstaunt. »Sie verreisen zusammen mit Frau Claasen? Von ihr habe ich nämlich auch den Schlüssel bekommen. Wie nett. Wo soll es denn hingehen?«

»Nach Rom«, antwortete ich benebelt.

»Oh, wie wunderbar! Ich habe schon Dutzende Male *Ein Herz und eine Krone* gesehen.« Ihre Augen glänzten verträumt. »Audrey Hepburn und Gregory Peck. Ach, wie überaus romantisch! Ich wünschte, ich könnte mit Ihnen fahren.«

Kurz tauchte ich aus meinem geistesabwesenden Zustand auf. »Das können wir gern regeln«, erklärte ich der alten Dame. »Sie fahren einfach an meiner Stelle. Ich bleibe sowieso lieber hier zu Hause in Sicherheit. Aber Sie müssten bitte schnell eine psychische Störung entwickeln. Sonst nimmt Frau Claasen sie nicht mit.«

Gerda Stein starrte mich eine gefühlte Minute stumm an. Dann knallte sie mir die Tür vor der Nase zu.

Hm. Hätte ich an ihrer Stelle auch gemacht.

Am Montag brachen wir in aller Herrgottsfrühe in Richtung Hamburg-Fuhlsbüttel auf. Ich bin mir hundertprozentig sicher, dass ich als Schlafwandlerin aufgestanden und so in Esthers Auto gelandet war, denn ich erinnerte mich kaum noch an Einzelheiten der Fahrt.

Am späten Vormittag saßen wir im Flieger nach Rom. Das Menschengewusel am Airport hatte ich überstanden, ohne meinen Notvorrat an Schokoriegeln angreifen zu müssen, und im Flugzeug selbst war ich ebenfalls außergewöhnlich ruhig gewesen. Eben wie benebelt.

Oder lag es daran, dass ich nach wie vor das Foto des römischen Priesters in meiner Hosentasche trug? Während unter uns die Alpengipfel mit ein paar Klecksern ewigen Schnees vorbeizogen, linste ich unauffällig zu Esther.

Kurz nach dem Start war sie eingeschlafen und seitdem nicht wieder zu sich gekommen. Vermutlich war sie seit Samstagabend wach geblieben, um mich jederzeit an der Flucht hindern zu können.

Wie üblich trug sie einen dicken Rollkragenpulli und schwere Wollhosen. Zusätzlich hatte sie sich von einer Flugbegleiterin zwei Decken bringen lassen. Trotzdem schien sie zu frösteln. Ein paarmal lief ein Zittern durch ihren langen dünnen Körper. Sie wirkte nicht annähernd so energisch wie im Wachzustand. Eher schwach und gebrechlich. Eine Welle der Zuneigung erfasste mich, doch schon in der nächsten Sekunde loderte heißer Zorn in mir auf.

Was tat diese Frau mir an?

Sina Wagner in Rom! Verstopfte Straßen, hupende Autos, knatternde Mofas, schreiende und gestikulierende

Menschen, Massen von Touristen, die sich vor alten Gemäuern stauten …

Nee, oder?

Voller Panik schaute ich mich um. Mein Blick fiel auf eine Flugbegleiterin. Es war dieselbe, die Esther vorhin mit Decken versorgt hatte. Sie war jung, bildhübsch und besaß eine beneidenswert süße Stupsnase. Außerdem sah sie aus, als ob sie vor nichts und niemandem Angst hätte. Die Professionalität in Person. Ob ich sie bitten konnte, mich aussteigen zu lassen? Möglicherweise gab es einen Fallschirm für Gäste, die sich ihr Reiseziel anders überlegten. Dann würde ich in einem abgelegenen Südtiroler Bergdorf landen und fortan ein bescheidenes und menschenscheues Leben führen.

Oh Gott! Was hatte Esther mir bloß in den Tee gemischt! Jetzt drehte ich wirklich durch.

Rasch schob ich die Hand in meine Jeanstasche und zog das Foto heraus. Ich hatte es so geknickt, dass nur der schöne Priester darauf zu sehen war. Ganz zart strich ich mit den Fingerspitzen über seine dunklen Locken.

Augenblicklich beruhigte sich mein Herzschlag, und nach einer Weile fühlte ich mich schon wieder sehr viel besser. Mein Südtiroler Schicksal war abgewendet, zumal wir bereits über die Po-Ebene flogen.

Eine weitere Stunde später wurde Esther schlagartig wieder munter. Sie schlug die Augen auf, streckte sich und fuhr sich durch ihren grauen Pagenkopf. »Kaffee wäre gut.«

»Hast du verpasst, wir landen gleich.« Tatsächlich verlor die Maschine bereits an Höhe.

»Geht es dir nicht gut, Sina?«, fragte Esther mit einem fürsorglichen Ton in der Stimme.

Wie kam sie bloß darauf? Etwa weil ich schätzungsweise kalkweiß im Gesicht war und meine Hände um die Armlehnen krallte? Weil meine Augen weit aufgerissen waren und mein Blick haltlos umherirrte?

»Ich werde auf der Stelle zurückfliegen. Du hast mich unter Drogen gesetzt, um mich so weit zu bringen. Aber jetzt ist Schluss. Basta. Finito.«

»Du kannst Italienisch?«, erkundigte sich Esther.

»Hast du nicht zugehört? Ich fliege wieder nach Hause.«

Esther seufzte. »Sina, meine Liebe. Glaubst du, ich mache das hier zum Vergnügen?«

»Natürlich. Du hast doch gesagt, du wolltest schon immer mal nach Rom.«

»Mag sein, aber in erster Linie bin ich in höherer Mission unterwegs. Um dich zu retten.« Das klang zu edel, um wahr zu sein, fand ich, aber meine Freundin schaute mich ruhig und aufrichtig an. »Und ich kann nur wiederholen: Ich habe dir keinerlei Beruhigungsmittel gegeben. Du bist in eine seltsame Stimmung verfallen, als wir den Hof deiner Eltern verlassen haben. Es muss der Schock über die Sache mit deinem Onkel Thilo gewesen sein. Du standst völlig neben dir. Erst hatte ich Angst um dich, aber dann merkte ich, dass dein Zustand hilfreich sein konnte. Immerhin habe ich dich so gesund und munter ins Flugzeug bekommen.«

»Stimmt. Und gleich werde ich gesund und munter wieder aussteigen, gesund und munter zum nächsten Ticketschalter gehen und gesund und munter wieder nach Hause fliegen.«

So ganz normal klang das viele »gesund und munter« nicht, aber Esther tat netterweise, als hätte sie es nicht bemerkt.

»Wie du willst«, sagte sie schließlich. »Ich kann dich nicht zwingen, deine Angststörung loszuwerden.«

Bevor ich etwas erwidern konnte, schloss sie die Augen und faltete die Hände. Betete sie etwa? Mir war noch nie aufgefallen, dass Esther religiös war.

Als wir wenig später die Maschine verließen, wünschte uns die stupsnasige Flugbegleiterin einen schönen Aufenthalt in der Ewigen Stadt.

Da wir die Letzten waren und niemanden aufhielten, blieb ich kurz stehen. »Herzlichen Dank, aber meiner wird leider sehr kurz sein. Ich fliege noch heute nach Deutschland zurück.«

Sie hob zwei perfekt geschwungene Augenbrauen. »Oh, das wird schwierig werden.«

»Warum?«, fragte ich alarmiert.

Die Flugbegleiterin lächelte. »Offen gestanden, wir hatten Glück, dass wir noch runtergekommen sind. Der Kapitän befürchtete schon, wir müssten nach Neapel ausweichen.«

»Warum?«, fragte ich wieder. Eine böse Vorahnung beschlich mich.

»Die römischen Fluglotsen streiken. Mindestens bis Mittwoch, heißt es.«

Esther mischte sich ein: »Wirklich? Und ich dachte, mittlerweile wird in Deutschland mehr gestreikt als in Italien.«

»Das warst du!«, fuhr ich sie an.

»Wie bitte?«

»Du hast den Streik herbeigebetet! Ich hab's vorhin genau gesehen!«

Das Lächeln der Stupsnasigen verrutschte. Sie wirkte auf einmal nicht mehr ganz so professionell. »Wenn ich Sie nun bitten dürfte weiterzugehen …«

Esther zog mich hinter sich her. »Nehmen Sie es meiner Bekannten nicht übel!«, sagte sie noch über die Schulter. »Sie ist außerordentlich gläubig.«

»Wohl eher außerordentlich bekloppt«, kam es murmelnd zurück.

»Hast du das gehört?«, fragte ich Esther.

»Nein«, behauptete sie, aber ihr wütendes Gesicht sagte etwas anderes. Dennoch zog sie mich weiter in die Fluggastbrücke. In dieser langen Röhre war es inzwischen menschenleer, und so traf mich das Chaos in der Ankunftshalle umso heftiger. Menschen rannten scheinbar ziellos hin und her, Smartphones piepten und klingelten, Rollkoffer ratterten, Kinder plärrten, Absätze klackerten, Lautsprecher gaben blecherne Durchsagen von sich.

Ich blieb stehen und weigerte mich weiterzugehen.

»Keinen Schritt weiter!«, schrie ich panisch.

Der Flughafen Leonardo da Vinci ließ den schlimmsten meiner unzähligen Albträume wahr werden.

»Fass das Foto an, dann geht es schon.«

Ich starrte Esther an. »Woher weißt du …?«

»Ach, Gottchen, Sina. Seit wir bei deinen Eltern waren, greifst du dir ständig in die rechte Jeanstasche.« Sie kicherte. »Ich dachte schon, du hättest da eine alte Hasenpfote versteckt. Also hab ich einmal nachgeschaut, als du gestern Nacht geschlafen hast. Die Hose lag zerknautscht neben deinem Bett. Und siehe da, wen ich entdeckt habe.«

»Du warst mitten in der Nacht in meiner Wohnung?«, fragte ich irritiert, während um mich herum die halbe Menschheit in mehr Sprachen herumschrie, als ich zählen konnte.

Mir kam der Gedanke, dass ich bei meiner Freundin mal ein paar Grenzen ziehen musste. So gern ich sie hatte, sie war nicht meine Mutter.

Esther hob kurz die knochigen Schultern. »Ich wollte nur sicherstellen, dass du nicht verschwindest.« Sie bedachte mich mit einem nachsichtigen Blick. »Interessanterweise war das Bild mit deinem Onkel so gefaltet, dass nur der Priester mit dem Schauspielergesicht darauf zu sehen war. Und heute früh hattest du zwar eine frische Jeans an, aber das Foto ist eindeutig mitgewandert. Seit Fuhlsbüttel hast du mindestens zwanzigmal in die Tasche gefasst. Also, wenn der schöne Mann Gottes dir hilft, deine schlimmsten Ängste zu bekämpfen, dann werden wir auch eine Liebestragödie im Geiste der *Dornenvögel* überstehen.«

»Dornenvögel?«, fragte ich verwirrt zurück.

Esther seufzte gleich noch einmal. »Für manche Dinge bist du einfach zu spät geboren. Richard Chamberlain als Pater Ralph auf Abwegen. Heißes Liebesdrama im heißen Australien. Es war *das* Fernsehereignis in den Achtzigerjahren.«

Empört stemmte ich die Hände in die Hüften und machte mich so groß wie möglich. War nicht allzu viel. Ich musste immer noch zu ihr hochschauen. »Du behauptest also, ich wäre so naiv, mich in einen Mann zu verlieben, der unerreichbar für mich ist?«

Esther ging ein paar Schritte vor, und mir blieb nichts anderes übrig, als ihr zu folgen, wenn ich ihr die Meinung sagen wollte.

»Warum denkst du nur so schlecht von mir? Ich bin vierunddreißig und nicht vierzehn.«

Da sie nichts darauf erwiderte, sondern bloß stur einen

Fuß vor den anderen setzte, empörte ich mich immer mehr.

»Hör mal. Bloß weil du schon über sechzig bist und keine Ahnung von der Liebe hast …«

»Keine Ahnung von der Liebe?«, fuhr sie mich an, ohne stehen zu bleiben.

Ich erschrak, weil sie so zornig wirkte, und vergaß ganz die Menschenmassen um mich herum. Erst später sollte mir aufgehen, wie clever sie mich durch das Flughafengebäude in Richtung Gepäckausgabe gelotst hatte. Weil ich mich so ereiferte, merkte ich nichts von meinen Ängsten.

»Mein liebes Kind«, begann Esther. Ihre Stimme war erst schneidend, wurde dann jedoch mit jedem weiteren Wort weicher. »Ich bin mein halbes Leben lang verheiratet gewesen. Mein Norbert und ich hatten unsere Höhen und Tiefen, und ein paarmal hätten wir uns fast getrennt. Wir waren beileibe nicht immer glücklich. Aber wir haben einander wirklich geliebt, aus tiefstem Herzen. Ihn gehen zu lassen war das Schwerste, was ich je getan habe.«

Mir fiel wieder ein, dass sie seit zwei Jahren Witwe war, und ich senkte beschämt den Kopf.

»Aber«, fuhr sie fort, »ich hätte nichts dagegen, mich noch einmal neu zu verlieben. Das Leben ist zu kurz, um es auf unbestimmte Zeit mit Trauer zu vergeuden.« Sie machte jetzt so lange Schritte, dass ich kaum mithalten konnte.

Vor ihr teilte sich die Menschenmenge wie das Rote Meer vor Moses. Niemand mochte offenbar mit dieser großen energischen Frau zusammenstoßen.

Verständlich.

Erst am Gepäckband blieb sie stehen, und ich konnte

endlich fragen: »Du willst dich allen Ernstes verlieben? Etwa in Rom?«

Esther lachte wiehernd, woraufhin auch hier ein paar Leute in unserer unmittelbaren Nähe zurückwichen.

Sehr angenehm. Ich fühlte mich gleich weniger bedrängt. Nur ein kleiner älterer Mann behauptete seinen Platz direkt vor dem Gepäckband. Er sah ein bisschen verbissen aus, wie er so auf das Loch starrte, aus dem die Koffer kommen sollten.

»Warum denn nicht?«, fragte Esther zurück. »Das scheint mir hier ein guter Ort zu sein. Für Romantik definitiv passender als Norderbüll.«

Okay, dem konnte ich nicht widersprechen.

Sie ließ ihren Blick über die Menge schweifen. »Bislang habe ich aber noch keinen entdeckt, der aussieht wie der junge Gregory Peck.«

Aha. Sie liebte denselben alten Film wie unsere Nachbarin Gerda Stein.

»Der spielte aber einen amerikanischen Journalisten.« Im Laufe der Reise hatte ich mich schlaugemacht. Zugegeben, ich war erstaunt gewesen über die Unmenge von Einträgen bei Google, als ich *Ein Herz und eine Krone* eingab. »Vielleicht sehen die echten Römer gar nicht so gut aus.«

Esther grinste. »Ach was. Ich werde schon einen finden, der mir gefällt. Aber ich verrenne mich ganz bestimmt nicht in eine unmögliche Liebe, so wie du das ständig tust.«

»Ständig? Na, hör mal!«

»Jan Dierksen?«, fragte sie zuckersüß.

»Das … hätte was werden können mit uns. Wenn ich nur noch etwas mehr Zeit gehabt hätte.«

»Und wenn er dich auch nur einmal als die hübsche junge Frau wahrgenommen hätte, die du bist, bevor er dich gnadenlos ausgelacht hat.«

Mist! Das saß!

Ich musste daran denken, wie unsichtbar ich mich in seiner Gegenwart immer gefühlt hatte.

»Und jetzt willst du deine Liebe einem katholischen Priester schenken, der Keuschheit und Ehelosigkeit gelobt hat«, fuhr Esther unerbittlich fort.

»Will ich nicht!«

»Von dem du bislang überhaupt nur ein Foto gesehen hast.«

»Ich verliebe mich nicht!«

»Das wäre aber schade«, sagte zu unserer Überraschung der kleine Mann vorne am Band, ohne den Blick davon zu lösen.

Alles klar. Der war erstens Deutscher und hatte zweitens gut zugehört.

»Ich würde Sie sofort zu meiner Prinzessin machen, Süße, und mit Ihnen auf meiner Vespa durch die Straßen Roms brausen.« Er wandte den Kopf, sah mich an, und ich entdeckte eine gewisse Lüsternheit in seinem Blick. »Und spätestens beim Tanzfest auf dem Tiber würden Sie Ihr Herz an mich verlieren.«

Herrgott!

Noch ein Filmfan!

Nein danke, dachte ich. Dann verzichtete ich doch lieber auf romantische Gefühle.

»Williii!«, schrie eine Frau irgendwo hinter uns. »Jetzt ist mein Koffer an dir vorbeigefahren. Das wird Stunden dauern, bis der wiederauftaucht. Wenn er nicht sofort geklaut wird.«

Willi Möchtegern-Gregory-Peck zuckte zusammen und starrte wieder brav auf das Gepäckband.

»Mach dir keine Sorgen, Schatzi«, sagte er laut. »Den kriege ich schon noch.«

Ich war versucht, nach dem Foto in meiner Hosentasche zu greifen, ließ es aber bleiben.

Dornenvögel?

Ach nee.

Ein Herz und eine Krone?

Dass ich nicht lachte!

6

Haltet den Dieb!

Wir amüsierten uns noch über Willi und sein ängstliches Schatzi, als wir bereits im Zubringerbus zum Bahnhof Termini saßen. Das war die günstigste Möglichkeit, nach Rom zu gelangen, und ich hatte bereits festgestellt, dass Esther ihr Geld gut zusammenhielt.

Mir sollte es recht sein. Ich war fest entschlossen, mit meinen eigenen Ersparnissen auszukommen und ihr nicht auf der Tasche zu liegen.

»Wie kann man nur so provinziell sein«, ereiferte sich Esther, während der Bus in ein nervenaufreibendes Schneckentempo überging. Wir hatten inzwischen die Vororte Roms erreicht – hohe Mietskasernen, verstopfte Straßen, keine Spur von Postkartenromantik.

»Nur weil sie in Italien sind, haben sie gleich Angst, ausgeraubt zu werden«, fügte sie hinzu und schnaubte verächtlich.

Ich schwieg und starrte fest auf die Kopfstütze vor mir. In das Verkehrschaos rauszuschauen war mir zu gefährlich. Eben erst waren wir von einem halben Dutzend Mofas so knapp geschnitten worden, dass ich die Straße unwillkürlich nach abgetrennten Gliedmaßen abgesucht hatte.

Stumpf geradeaus stieren bekam mir besser.

»Was ist denn da?«, fragte Esther und tippte gegen die Kopfstütze. »Etwa ein Bildschirm?«

»Nein«, erwiderte ich matt.

Eine Weile nicht reden, wäre nett gewesen. Schlagartig überfiel mich die gewohnte Müdigkeit nach Stressmomenten. Obwohl ich diesmal keinen Fressanfall bekommen hatte, brauchte ich dringend etwas Ruhe.

»Und warum guckst du dann drauf?« Esther schlug jetzt mit der ganzen Faust gegen die Kopfstütze.

Daraufhin drehte sich eine überraschend große und kräftige Frau zu uns um und bedachte uns mit einer Reihe von Worten, die definitiv italienisch klangen und ganz sicher nicht nett gemeint waren.

»Wie bitte?«, fragte Esther.

»Hören Sie auf, gegen meinen Sitz zu schlagen«, verlangte die Frau auf Deutsch mit starkem Akzent. »Sie benehmen sich wie eine Vierjährige.«

Esther wollte zu einer Erwiderung ansetzen, aber ich legte ihr schnell eine Hand auf den Arm.

»Wir wollen uns doch nicht mit der ersten Römerin streiten, die wir treffen«, bat ich.

»Okay«, gab Esther nach. »Aber freundlich sind die Leute hier nicht. Und wahrscheinlich alles Diebe und Betrüger.«

Zum Glück sprach sie leise, sodass die Frau vor uns sie nicht hören konnte.

Ich kicherte, und meine Müdigkeit verflog. »Wie kann man nur so provinziell sein«, wiederholte ich Esthers eigene Worte.

»Pah!«, machte sie. »Wer mit Flüchen belegt wird, darf ja wohl ein paar Vorurteile haben. Und das klang nach einer ganzen Menge Flüche.«

»Vielleicht ist sie ja besessen«, überlegte ich halblaut, weil ich mich an Papas Beschreibung einer von Luzifer heimgesuchten Person erinnerte. Allerdings hatte ich mal irgendwo gelesen, dass Italiener grundsätzlich schnell mit Kraftausdrücken zur Hand waren, und ich konnte mir nur schwer vorstellen, dass ein ganzes Land dem Bösen anheimgefallen sein sollte.

Esther musterte mich nachdenklich.

Verflixt! Sie kam schon wieder auf eine von ihren verrückten Ideen. Ich konnte es ihr förmlich ansehen.

»Apropos Flüche. Vielleicht bist du nur mit einem bösen Fluch belegt. Der müsste leichter auszutreiben sein als der Teufel persönlich.«

»Oh, bitte«, sagte ich. »Jetzt fang doch nicht wieder damit an.«

»Wieso denn nicht? Sobald wir eine Unterkunft gefunden haben, besuchen wir deinen Kardinal und fragen ihn um Rat.«

Ich horchte auf. »Soll das heißen, wir haben noch gar kein Hotel?«

»Nö. Dafür war keine Zeit.«

»Esther«, sagte ich bemüht geduldig. »Heute ist der 20. August. Den ganzen Monat lang herrscht Hochsaison in Rom.«

»Da habe ich was anderes gehört«, erwiderte sie ungerührt. »Die Römer fahren im August alle in die Ferien. Ans Meer oder in die Berge. Hoffentlich ist überhaupt noch der eine oder andere schicke Einheimische für mich dageblieben. Nun, wir werden sehen. Auf jeden Fall wird die Stadt halb leer sein.«

»Irrtum«, entgegnete ich, denn ich besaß Informationen aus erster Hand. »Rom ist brechend voll mit Touristen. Eine Freundin von mir war letztes Jahr um diese Zeit hier. Sie hat erzählt, als sie eines Abends mal zu viel Rotwein getrunken hat, hätte sie gedacht, sie wäre in Tokio. Nur die Kulisse passte nicht.«

Esther tat meinen Einwand mit einem Achselzucken ab.

Der Bus hielt gerade an der zwanzigsten oder dreißigsten roten Ampel. Es war früher Nachmittag, und es wurde unerträglich stickig im Innern. Die Klimaanlage schien ausgestellt zu sein. Oder sie funktionierte nicht. Durch die offenen Fenster drang lediglich der beißende Gestank der Abgase herein.

Mir wurde heiß und heißer. Mein Teufelchen hätte sich wohlgefühlt, doch offenbar traute es sich derzeit nicht in meine Nähe. Hätte ich bei dem, was neuerdings so über Exorzismus und Flüche geredet wurde, an seiner Stelle auch nicht gewagt.

Meiner Freundin hingegen konnte die Hitze nichts anhaben. Ohne eine einzige Schweißperle auf der Stirn trug sie ihre übliche Kluft aus dicker Wolle. Diesmal in Dunkelgrau.

Sehr viel farbenfroher war ich auch nicht gekleidet, aber wenigstens hatte ich zur Jeans eine weiße Bluse gewählt. Die klebte mir jetzt am Rücken.

»Dein Kardinal könnte uns gastfreundlich aufnehmen«, schlug sie vor. »Immerhin wird seine lang vermisste Nichte an seine Tür klopfen.«

Lang vermisst? Das wüsste ich aber!

»Nie und nimmer«, erwiderte ich. »Wer weiß, ob er überhaupt mit mir redet.«

Im Stillen hoffte ich natürlich, dass Onkel Thilo mit den Jahren um einiges freundlicher geworden war und mich mit offenen Armen empfangen würde.

»Du bist viel zu negativ«, beschied mir Esther. »Es

wird schon klappen. Ein Diener Gottes muss sich um die Armen und Obdachlosen kümmern.«

»Wir sind weder das eine noch das andere. Irgendein Hotel wird sich schon finden.«

»Oder wir bitten deinen Pater Ralph.«

»Wen?«

»Na, den schönen Priester.«

»Esther! Ich weiß noch nicht mal, wie der heißt.«

»Okay, er sieht Richard Chamberlain auch nicht besonders ähnlich.«

Vielleicht, überlegte ich, vertrug sie die Hitze ja doch nicht so gut, wie ich dachte.

»Ich sehe mal zu, ob ich ein Zimmer für uns buchen kann«, sagte ich, bevor sie sich länger über die *Dornenvögel* auslassen konnte.

Weitere fünf Ampeln später hob ich den Blick von meinem Smartphone. »Ein Hotel hätte ich gefunden. Da ist sogar noch was frei.«

»Na siehst du.«

»Die Sache hat nur einen kleinen Haken.«

»Welchen?«

»Es ist das Hotel Excelsior an der Via Veneto.«

»Klingt doch wunderbar.«

»Klingt vor allem teuer«, gestand ich und nannte ihr den Übernachtungspreis für ein Doppelzimmer.

Esther schnappte nach Luft. »Kommt nicht infrage. Ich will bloß ein paar Tage dort wohnen und nicht den ganzen Laden kaufen! Wir finden etwas anderes.«

Hatte ich mir schon gedacht und nicht gebucht. Wer den langsamen Bus dem viel schnelleren Leonardo-Expresszug vorzog, um ein paar Euro zu sparen, mochte zwar wohlhabend sein, war aber definitiv nicht verschwenderisch.

Dummerweise brachte meine weitere Suche kein passendes Ergebnis, und ich sah uns schon unter einer der vielen Tiber-Brücken nächtigen. Allerdings verriet ich Esther nichts von meinen Befürchtungen. Sonst würde sie mich wieder nur als zu negativ abkanzeln.

Als wir eine Stunde später den Vorplatz des Bahnhofs Termini erreichten, wartete sie mir zuliebe wieder, bis der Bus sich geleert hatte. Die unfreundliche Italienerin würdigte uns keines Blickes, als sie ausstieg.

Zum Glück sah sie nicht mehr, wie Esther ihr die Zunge rausstreckte. So ganz falsch hatte sie mit ihrer Einschätzung einer Vierjährigen wohl nicht gelegen.

Während ich meinen kleinen Rucksack auf den Rücken nahm, hängte Esther sich ihre Handtasche über die Schulter. Dann ließen wir uns vom Busfahrer unsere Koffer geben.

»Im Bahnhof finden wir bestimmt einen Informationsschalter für Touristen«, sagte Esther und wies auf das flache Gebäude mit dem modernen weit geschwungenen Vordach. »Da lassen wir ein Hotelzimmer für uns suchen.«

Ich musste ein paarmal hart schlucken. Hier draußen auf der Piazza dei Cinquecento war schon schrecklich viel Betrieb. Linienbusse kamen an und fuhren ab. Touristen strebten zu den offenen roten Doppeldeckern für die Stadtrundfahrten, vor dem Taxistand hatte sich eine lange Menschenschlange gebildet und überall wuselten fliegende Händler herum. Das Sprachengewirr war überwältigend, die Sonne brannte mir auf den Kopf, mein Rollkoffer knallte mir mit jedem Schritt in die Hacken.

Im Inneren des riesigen Bahnhofsgebäudes würde es bestimmt noch tausendmal schlimmer sein.

Selbst mein schöner fremder Priester konnte mir jetzt nicht mehr helfen.

»Esther«, sagte ich mit zitternder Stimme. »Das schaffe ich nicht. Das ist zu viel.«

Zu dumm, dass sie mich nicht hörte, weil sie schon zehn Meter voraus war. War das jetzt wieder Taktik, oder hatte sie mich in dem ganzen Trubel vergessen?

Mir blieb keine Wahl. Zähne zusammenbeißen und hinterher.

Bis ich Esther im Bahnhofsinnern eingeholt hatte, war ich mindestens dreimal angerempelt worden und sah vor lauter Panik schon bunte Lichter vor meinen Augen flimmern. Gleich würde mich das Dunkel einer Ohnmacht einhüllen.

»Hier«, sagte Esther und reichte mir ein kleines rundes Törtchen, das sehr rosa war, extrem süß schmeckte und mit Pudding gefüllt war.

Aber es half.

Die bunten Lichter verschwanden, und ich konnte meine Freundin wieder klar sehen.

»Dir fehlt was«, sagte ich.

»Nö. Mir geht's gut. Du bist diejenige, die fast wieder einen Anfall gehabt hätte.«

»Ich meine, dir fehlt deine Handtasche.«

»Unsinn. Eben habe ich sie noch bei dem Bäcker da drüben gehabt.«

»Aber jetzt nicht mehr.«

Esther machte eine Bewegung, wie um mir zu beweisen, dass ich mich irrte. War bloß schwierig, weil ihre Hand ins Leere griff.

Sie stutzte einen Moment.

Dann drehte sie durch.

»Haltet den Dieb!«, schrie sie so laut, dass tatsächlich ein paar Leute in unserer Nähe aufmerksam wurden.

Währenddessen nahm ich schnell meinen Rucksack vom Rücken. Der war noch da. Vermutlich hatte ich mehr Glück als Verstand gehabt.

Esther hüpfte jetzt auf und ab und drehte dabei den Kopf nach rechts und links.

Wahrscheinlich hoffte sie, ihre Handtasche in den Fängen eines davonrennenden Mannes zu entdecken. Oder einer Frau.

Sie variierte ihre Rufe nämlich und schrie auch: »Haltet die Diebin!«

Meine Gedanken wanderten zu Willi am Flughafen. So dumm war sein Schatzi gar nicht gewesen. Und wir hatten uns über die beiden lustig gemacht! Ich schämte mich eine Runde.

Immer mehr Schaulustige versammelten sich und beobachteten amüsiert die große, dünne Ausländerin, die schreiend herumhüpfte. Ein paar gaben in ihrer jeweiligen Landessprache ihre Kommentare dazu ab. War wahrscheinlich ganz gut, dass ich sie nicht verstand.

Mir klingelten inzwischen die Ohren, weil ich dicht neben Esther stehen blieb, während ihre Stimme ungeahnt schrille Höhen erreichte. Außerdem ließ die Wirkung des Puddingteilchens nach, und der Kreis der Leute wurde enger und enger.

Schon drohte die nächste Panikattacke.

Aber da nahte Rettung in Gestalt zweier Carabinieri. Sie waren jung und sahen in ihren dunkelblauen Uniformen aus, als wären sie gar nicht echt, sondern würden die Polizisten in einem Film spielen.

Esther hörte schlagartig auf zu hüpfen. »Haben Sie

meine Handtasche gefunden?«, fragte sie mit einem verräterischen Glitzern in den Augen.

Oha! Die war scharf auf Uniformträger. Besonders wenn sie so schick daherkamen wie diese hier. In mir regte sich der Verdacht, dass Esther nach ihrer langen Ehe und den vielen Jahren als gesittete Schulrektorin ein gewisses Nachholbedürfnis verspürte.

Wenn das bloß gut ging!

Der größere von beiden, der Esther dennoch nur bis zur Adlernase reichte, fragte auf Englisch, was los sei. Als er von dem Diebstahl erfuhr, bat er uns, mit auf die Wache zu kommen. Dazu mussten wir die gesamte Bahnhofshalle durchqueren, aber da der kleinere Carabiniere stoisch neben mir herging, hielten sich meine Ängste in Grenzen. Interessant!

Ein ständiger Polizeischutz wiegte mich also in Sicherheit. Das wäre *die* Lösung! Nur leider würde ich so etwas in meinem alltäglichen Leben in Norderbüll kaum bekommen, und einen privaten Bodyguard konnte ich mir nicht leisten.

Schade.

Der Carabiniere warf mir immer wieder Seitenblicke zu, was mich dann doch wieder nervös machte.

Hatte ich noch Zuckerguss im Gesicht?

Quetschte die Bluse meine Fettpölsterchen zu sehr ein und verlieh mir die Silhouette einer Weißwurst?

Hing mein Haar, das sich nicht zwischen Braun und Blond entscheiden konnte, strähnig herunter?

Oder fand er gar meine Augen zu rostig?

Wirklich blöd, aber Selbstbewusstsein gehörte nicht zu meinen Stärken.

Endlich sagte er etwas, nur ein kurzes Wort, und leise

genug, damit sein Kollege vor uns es nicht mitbekam: »Miele.«

Hä?

Sah ich etwa aus wie eine Waschmaschine? Italiener waren doch angeblich so charmant. Warum ausgerechnet der hier nicht?

Bevor ich auf der Stelle vor Enttäuschung tot umfallen konnte, übersetzte er das Wort auf Englisch: »Honey.« Dazu deutete er auf meine Augen und lächelte.

Boah! Das war ein Kompliment gewesen!

Er fand, meine Augen hätten die Farbe von Honig. Ich schenkte ihm auf der Stelle mein Herz und vergaß kurzzeitig sogar den schönen Priester.

Auf der kleinen kahlen Polizeistation mussten wir eine Ewigkeit warten. Vor uns war mindestens ein Dutzend weiterer Diebstahlopfer dran. Es roch nach uraltem kaltem Zigarettenrauch, nach Angstschweiß und billigem Rasierwasser. Nicht unbedingt die Duftmischung, die ich mit Rom in Verbindung gebracht hätte. Dennoch hielt meine romantische Stimmung an, und mein kleiner Carabiniere ließ mich nicht aus den Augen.

»Hat der Angst, du flüchtest?«, fragte Esther. »Du hast doch gar nichts verbrochen.«

»Er findet mich schön.«

»Wirklich?«

Ich funkelte sie an. »Brauchst gar nicht so ungläubig tun.«

»Ach was. Ich bin bloß neidisch. Meiner denkt wahrscheinlich, er ist ein paar Tage zu jung für mich.« Sie stieß einen kleinen Jammerlaut aus, wirkte aber nicht allzu unglücklich.

Versöhnlich lächelte ich ihr zu. Ich fand es bewundernswert, wie ruhig sie jetzt war. Offenbar hatte sie den Schock über den Diebstahl überwunden und akzeptierte die Dinge, wie sie waren.

Wir nahmen auf harten Plastikstühlen Platz, und ich lieh Esther mein Smartphone, damit sie ihre Karten sperren lassen konnte. Außerdem fand ich zu meiner Überraschung in einem Fach meines Portemonnaies ihren Personalausweis.

»Den habe ich da reingesteckt«, erklärte sie mir. »Zur Sicherheit. Falls eine von uns bestohlen wird, hat die andere …« Sie stockte.

»Was?«, hakte ich nach. »Was hat die andere? Wenn ich deinen Perso mit mir rumtrage und meinen eigenen auch habe … Oh nein! Sag, dass das nicht wahr ist!« Mir war eingefallen, dass Esther am Check-in in Hamburg ihren Reisepass vorgelegt hatte. Obwohl ich so benebelt gewesen war, hatte ich mich doch gewundert, da wir ja bloß nach Italien flogen.

Sie senkte den Kopf und wirkte zur Abwechslung tatsächlich verlegen. »Ich wollte es besonders gut machen, und ich wusste, dass du den Reisepass in der alten Kommode in deinem Wohnzimmer aufhebst, weil ich da mal nach Servietten gesucht habe. Besonders sorgsam gehst du mit deinen Papieren ja nicht um. Wenn bei dir zu Hause mal eingebrochen wird, sind die Sachen gleich weg.«

Einen Moment lang war ich zu sprachlos, um etwas zu erwidern. Dann sagte ich langsam: »Bei mir ist aber niemand eingebrochen. Mein Reisepass ist weg, weil er in deiner Handtasche war.«

Gegen diese Logik kam Esther nicht an und presste stumm die Lippen zusammen.

Als nur noch zwei Leute vor uns saßen und einige neue

verzweifelte Diebstahlopfer eingetroffen waren, wurde ein kleiner, zierlicher Japaner hereingeführt, der an beiden Händen Abschürfungen und geschwollene Knöchel aufwies.

»So eine Gemeinheit«, sagte Esther halblaut zu mir. »Nicht nur ausgeraubt, sondern auch noch zusammengeschlagen.«

Der Carabiniere, der den Japaner hereingebracht hatte, verstand Deutsch und bedachte Esther mit einem strengen Blick, der jedoch von einem heimlichen Grinsen neutralisiert wurde.

»Dieser Herr ist Karatemeister«, erklärte er uns. »Er hat vier Angreifer niedergestreckt. Nun wird überlegt, ob gegen ihn Anzeige erstattet wird.«

Esther hörte schon nicht mehr zu. Sie war aufgestanden und applaudierte nun dem mutigen Touristen aus Fernost. Prompt war die Hölle los auf der Station, weil alle Anwesenden wissen wollten, was passiert war, und in den Applaus einfielen, als sie es erfuhren.

Mir wurde wieder ganz mulmig, aber da sorgte mein kleiner Carabiniere für Ruhe, indem er den Japaner hinausbringen ließ und gleichzeitig Esther und mich in ein winziges Büro schob. Dort wurde unsere Anzeige aufgenommen, doch Hoffnung wurde uns keine gemacht. Wir sollten aber auch noch zur Deutschen Botschaft gehen und den Verlust unserer Pässe melden, hieß es. Die Botschaft sei gut zu Fuß zu erreichen, und wir könnten unsere Koffer in der Gepäckaufbewahrung lassen.

»Nur über meine Leiche«, zischte Esther. »Niemand wird mir mehr etwas klauen. Bestimmt keinen Koffer. Nicht mal mein Herz. Und schon gar nicht meine Unschuld.«

Unschuld? Ich hatte mich verhört, oder?

Der Beamte, der unsere Anzeige aufnahm, verstand sie nicht. Er sprach Englisch mit uns. Aber irgendein Signal von ihr musste er aufgefangen haben, denn jetzt zwinkerte er ihr zu – lüstern, definitiv.

Dummerweise war er dick und glanzköpfig und entsprach, soweit ich das beurteilen konnte, so gar nicht Esthers Geschmack.

Trotz der ganzen Aufregung musste ich schmunzeln. Mir kam der Gedanke, dass diese Reise nach Rom mich tatsächlich kurieren könnte. Nicht weil Onkel Thilo ein Wunder bewirken könnte oder ein Carabiniere sowie ein unbekannter schöner Priester mir Halt gaben. Einfach nur, weil ich so vielen verrückten Situationen ausgesetzt wurde, dass mir gar keine andere Wahl blieb, als meinen Verstand beisammenzuhalten, wollte ich nicht den Rest meines Lebens als Torten verschlingende, fette Frau auf einer einsamen Hallig verbringen.

Zehn Minuten später befanden wir uns auf dem Weg zur Deutschen Botschaft. Mein Herz nahm ich wieder mit, weil ich mir dachte, ich könnte es noch brauchen. Mein kleiner Carabiniere war jetzt sowieso mit einer hellblonden, blauäugigen Finnin beschäftigt.

Weit war der Weg tatsächlich nicht. Einmal links die Via Marsala entlang, dann gleich rechts in die Via Solferino und noch die Piazza Indipendenza überqueren. Die Kunst bestand darin, sich nicht überfahren zu lassen. Wir lernten schnell, dass Fußgänger bei italienischen Autofahrern nicht sonderlich hoch angesehen waren. Vorzugsweise wurden sie übersehen. Trotzdem standen wir schon bald vor dem hohen Gebäude mit der deutschen Fahne am Mast und atmeten schwer. Ohne unsere Koffer wären wir leichter vorangekommen, aber auch ich war nicht bereit gewesen, mich davon zu trennen.

Kaum hatten wir den Warteraum betreten, wurden wir von einem Mann um die fünfzig angesprochen. Ich fand, er glich entfernt unserem Willi vom Flughafen.

»Meine Henriette und ich sind hier, um uns zu beschweren.«

»Aha«, meinte Esther und ließ sich erschöpft auf einen Stuhl fallen.

»Ja. Wir finden, in Rom ist es viel zu laut. Das ist eine Frechheit.«

Esther und ich schauten uns an. Keine wagte, etwas zu sagen.

7
Die heilige Pizza

Eine Stunde später standen wir wieder draußen auf dem Bürgersteig und waren durcheinander. Nicht wegen unserer Reisepässe.

Eine freundliche Botschaftsmitarbeiterin hatte uns erklärt, wir müssten einfach nur nach unserer Rückkehr in Deutschland neue Pässe beantragen. Ersatzdokumente bräuchten wir nicht, da wir ja beide über einen gültigen Personalausweis verfügten.

Die italienischen Carabinieri hätten das wohl nicht gewusst und uns vergeblich zur Botschaft geschickt.

Nein, verwirrt waren wir wegen Heinz und Henriette Lüpke aus Bottrop, die an uns klebten wie Marcello Mastroianni an Anita Ekberg im Film *La dolce vita*.

Sie wichen einfach nicht von unserer Seite. Auch nicht, als wir uns mit unserem Gepäck wieder auf den Fußweg in Richtung Bahnhof Termini machten.

»Stellen Sie sich das vor«, empörte sich Heinz. »Da werden wir einfach aus der Botschaft geworfen, weil es angeblich nicht deren Problem ist, dass in Rom so viel Krach herrscht. Ich frage Sie, Frau Claasen: Wozu bezahlen wir so viele Steuern, wenn die Herren Botschafter sich nicht um uns kümmern?«

»Äh …«, machte Esther.

Heinz hatte sich meine grauhaarige Freundin als Verbündete ausgesucht, weil sie so einen distinguierten ersten Eindruck machte.

Die Betonung lag auf *ersten*.

Aber das wusste er natürlich nicht.

Esther legte ein flottes Tempo vor, doch er blieb unerschrocken an ihrer Seite.

Henriette hingegen ging neben mir her und lächelte duldsam. Sie verriet mir, ihr Heinz rege sich gern mal auf (ach was!) und man müsse ihn sich nur austoben lassen. Aber sie hätten letzte Nacht in Borgo Pio wirklich kein Auge zugetan.

Borgo Pio? Da klingelte etwas bei mir, aber ich kam nicht gleich drauf.

Da der Bahnhof schon in Sicht kam, ging ich bewusst langsamer. In mir regte sich die – zugegeben – ziemlich weit hergeholte Hoffnung, dass unser kräfteraubender Marsch zur Botschaft möglicherweise nicht vergeblich gewesen war.

Henriette seufzte leise. »Dabei haben wir extra eine Ferienwohnung in diesem Viertel direkt am Vatikan gemietet, weil es hieß, tagsüber seien da natürlich viele Touristen unterwegs, aber am Abend und in der Nacht komme die alte beschauliche Gegend zur Ruhe.«

Oder war meine Hoffnung doch nicht ganz so abwegig?

Meine neue Bekannte schickte einen zweiten Seufzer hinterher. »Aber letzte Nacht gab es in der Parterrewohnung ein großes Fest. Vielleicht eine Hochzeit. Oder eine Beerdigung. Die werden hier manchmal auch lautstark gefeiert. Und die Italiener haben wirklich entsetzlich viel Lärm gemacht. Wissen Sie, die Familie betreibt eine kleine Pizzeria direkt neben ihrer Wohnung. Kein richtiges Restaurant, dann hätten wir uns in dem Haus nicht eingemietet. Sie haben nur einen Tresen zum Verkauf außer Haus und einen Lieferservice.«

»Aha«, murmelte ich.

Esther und Heinz hatten sich ein Stück von uns entfernt, aber ich konnte ihn immer noch schimpfen hören, weswegen ich Mühe hatte, die wichtigen Informationen aus Henriettes Redefluss herauszufiltern.

»Es war schon immer unser Traum«, sagte sie gerade. »Drei Monate Rom, und zwar in den eigenen vier Wänden. Nun ja, in den gemieteten vier Wänden, um ganz genau zu sein. Aber eben nicht wie jeder x-beliebige Besucher in irgendeinem Hotel. Wir wollen leben wie die Römer und genügend Zeit haben, uns alles anzuschauen. Wir lieben beide Kunst und Geschichte, müssen Sie wissen, und wir bleiben noch bis Ende Oktober in der Stadt. Ist das nicht wundervoll?«

»Wenn es nicht zu laut ist«, antwortete ich geistesabwesend.

Mir war eingefallen, woher ich den Namen des Viertels kannte. Onkel Thilo lebte in Borgo Pio!

Nicht zu fassen!

Papa hatte mir seine Adresse in einer SMS geschickt. Dazu noch die Information, dass einige der Wohnhäuser in dieser Gegend zwischen Petersdom und Engelsburg zum Vatikan gehörten, obwohl sie nicht auf dem Boden des Kirchenstaates standen.

»Ach«, Henriette winkte ab. »Heinz kriegt sich schon wieder ein, und ich fand es eigentlich ganz nett, dem lustigen Treiben zuzuhören. Am liebsten hätte ich mitgefeiert. Aber verraten Sie ihm das bloß nicht.« Sie kicherte hinter vorgehaltener Hand.

Ich versprach es hoch und heilig und erkundigte mich dann beiläufig nach der Wohnung.

Henriettes Gesicht leuchtete auf. »Sie ist wunderschön. Liegt im vierten Stock und hat sogar einen kleinen Dachgarten. Leider ist sie viel zu groß für uns allein. Vier Zimmer, ein Salon und zwei Bäder.«

»Wie schade«, sagte ich und kam mir langsam richtig hinterhältig vor.

»Ja, ein befreundetes Ehepaar aus Bottrop sollte mit uns kommen, aber dann haben sie im letzten Moment abgesagt. Ehrlich gesagt, überlegen wir uns, ob wir uns nicht etwas Kleineres suchen, das auch etwas günstiger ist, aber in der Hochsaison ist das unmöglich.«

»Haben Sie daran gedacht, sich andere Mitbewohner zu suchen?«

Henriette sah mich aufmerksam von der Seite an. »Sicher, aber das ist nicht so einfach. Mit meinem Heinz kommt eben nicht jeder gut aus, und wir sind, nun ja, recht bürgerliche Leute, die nicht mit jedem können.«

Auf Deutsch: Die Lüpkes waren olle Spießer, und Heinz hatte einen an der Waffel. So hätte es zumindest Mama ausgedrückt.

Ich jedoch hielt mich höflich zurück und erwähnte ganz beiläufig, ich sei von Beruf Grundschullehrerin, während Esther pensionierte Schulrektorin sei.

»Oh«, machte Henriette und wirkte angemessen beeindruckt.

»Wir haben uns ganz kurzfristig zu dieser Reise entschlossen, weil wir … so ein dringendes Kulturbedürfnis verspüren.«

Wegen einer kleinen Lüge würde ich nicht gleich in der Hölle landen, oder?

Etwa im Fegefeuer?

Ach, Quatsch!

Trotzdem: Obwohl ich schon seit vielen Jahren meine Religion nicht mehr praktizierte, verspürte ich auf einmal den Drang, zur Beichte zu gehen. Wahrscheinlich färbte die Stadt mit ihren dreihundert Kirchen bereits auf mich ab.

»Wie wunderbar«, sagte Henriette. »Und wie lange werden Sie bleiben?«

Bis mein Onkel, der Kardinal, mir den Teufel, den Fluch und was weiß ich noch ausgetrieben hat, hätte ich fast geantwortet, sagte aber nur: »Da sind wir noch recht offen. Esther ist ja wie gesagt seit einiger Zeit im Ruhestand, und ich werde … erst später in diesem Jahr eine neue Stelle antreten.«

Sofern ich nach diesem Abenteuer noch zur Lehrerin taugen würde.

»HEINZILEIN!«, schrie Henriette. »Komm doch mal eben her!«

Himmel!

Warum mussten die Leute mir neuerdings so ins Ohr brüllen?

Ich rieb mir die Schläfen, während Heinzilein etwas lustlos zurückgetrottet kam.

Esther blieb zunächst stehen. Sie schien nicht gewillt, auch nur einen Meter zu viel zu laufen, und wir hatten immerhin schon wieder die Via Marsala erreicht. Doch als sie mitbekam, wie Henriette auf ihren Mann einredete und ich ihr zudem noch eindeutige Zeichen machte, folgte sie ihrem neuen Freund doch.

»Du willst per Anhalter fahren?«, fragte sie mich. »Wohin denn?«

»Das war ein hochgestreckter Daumen«, erklärte ich geduldig. »Kein zur Seite gestreckter. Das bedeutet, dass etwas geklappt hat, und nicht, dass ich mitgenommen werden möchte.«

»Aha«, erwiderte sie wenig überzeugt. »Und warum hat der Wagen da gehalten?«

Ein Fiat älteren Baujahrs stand mitten auf der Fahrbahn, und zwei Männer, ebenfalls älteren Baujahrs, streckten rechts und links die Köpfe zum Fenster raus.

»Keine Ahnung«, sagte ich.

»Ehi! Bella bionda!«, riefen sie im Chor.

Das verstand sogar ich und fuhr mir überrascht durchs Haar, das aus Sicht der Italiener um einiges heller war als gedacht. Blond mit Honigaugen – Rom gefiel mir immer besser.

»Die haben das auch falsch verstanden«, fügte ich hinzu und wandte den Männern meinen Rücken zu.

Prompt erklangen ein paar schrille Pfiffe.

Meine armen Ohren!

Außerdem hatten die Männer mich bestimmt nur mit einer tollen sexy Frau verwechselt. Die konnten nicht allen Ernstes mich meinen.

Heinz zog mich vom Bordstein weg und hob drohend die Faust.

Danke für die Rettung, Herr Lüpke, ich weiß bloß nicht, ob ich wirklich gerettet werden will. Und wenn, dann bitte von einem, der ein bisschen knackiger ist als Sie.

Okay, die beiden da in ihrem klapprigen Fiat waren auch keine Traumtypen, trotzdem fühlte es sich einfach gut an, nicht übersehen zu werden. Und vielleicht, ganz vielleicht, hatten sie ja wirklich mich gemeint.

Ich dachte an Jan Dierksen und fragte mich plötzlich, wie ich fast ein halbes Jahr lang in einen Mann hatte verliebt sein können, der mich praktisch nicht wahrgenommen hatte.

Unglaublich!

Mein peinlicher Auftritt vom Samstag war keine achtundvierzig Stunden her, und schon erkannte ich mich selbst nicht wieder.

So sehr war ich in meine Überlegungen versunken, dass ich erst wieder zu mir kam, als Esther sagte: »Das ist ein Zeichen.«

»Was? Die Männer im Fiat?«

»Quatsch. Wir ziehen beim lieben Heinz und der lieben Henriette ein. Die Miete ist auch erschwinglich. Du müsstest mir nur etwas vorstrecken, bis ich wieder an Geld komme.«

»Kein Problem.«

Zwar hegte ich leise Zweifel, was den *lieben* Heinz und die *liebe* Henriette betraf, doch ich hielt meinen Mund.

»Prima, dann können wir los.«

Sie erkundigte sich bei unseren neuen Mitbewohnern nach der günstigsten Fahrgelegenheit zu unserem Domizil und stimmte zähneknirschend zu, als Henriette meinte, zu viert und mit unserem Gepäck sollten wir am besten ein Taxi nehmen. Die seien hier nicht annähernd so teuer wie in Deutschland, fügte sie noch hinzu.

Als wir kurz darauf wieder auf dem Bahnhofsvorplatz ankamen, hatte sich die Schlange am Taxistand aufgelöst.

»Das ist ein Zei ...« Esther verstummte schlagartig, als ich ihr einen Finger in den Oberarm bohrte. Ich fand, Henriette schaute schon ein bisschen skeptisch. Es war klüger, sie nicht mit Esthers neu entdecktem Glauben an Zeichen und Wunder zu überfordern.

Heinz setzte sich wie selbstverständlich auf den Beifahrersitz und radebrechte mit dem Taxifahrer auf Italienisch über die beste Strecke und den günstigsten Tarif. Der ließ ihn einfach reden und fuhr los.

Kluger Mann.

Esther und Henriette hatten mich in ihre Mitte genommen, trotzdem erhaschte ich kurze Blicke auf Kirchen und Monumente, die ich bisher nur aus dem Fernsehen gekannt hatte. Eines, fand ich, sah aus wie eine riesige Schreibmaschine.

Heinz klärte mich darüber auf, dass es sich dabei um das Vittoriano handelte, das Nationaldenkmal für Viktor Emanuel II., den ersten König des geeinten Italiens. Ich fragte, ob wir eventuell auch das Kolosseum oder das Pantheon sehen würden, aber er schüttelte den Kopf. Das hier sei ja keine Stadtrundfahrt.

Ach so.

Ich ignorierte Heinz und nahm mir fest vor, in den nächsten Tagen allein all die wunderbaren Orte zu besichtigen, die ich wollte. Höchstens in Begleitung von Esther. Und natürlich erst, nachdem Onkel Thilo mich erfolgreich behandelt hatte.

Es heißt, dass man die Ewige Stadt nur hassen oder lieben kann. Auf dieser Fahrt im muffigen Taxi, eingequetscht zwischen zwei Frauen, die sich lautstark über meinen Kopf hinweg unterhielten, durchgeschüttelt von unzähligen Schlaglöchern, verwirrt von den jüngsten Geschehnissen in meinem Leben, ahnungslos im Hinblick auf meine Zukunft, geschah das Unglaubliche: Ich verliebte mich in Rom.

Die Stadtviertel saßen wie Kronen auf den Hügeln und glänzten in der Nachmittagssonne. Selbst die normalen Wohnhäuser hier im Zentrum strahlten Schönheit und Grandezza aus, obwohl der ockergelbe oder rostrote Putz hie und da abbröckelte und nicht alle von Graffitis verschont geblieben waren. Obwohl ihre Eingangsportale mit Mofas zugeparkt waren und die Fensterläden gefährlich locker in den Angeln hingen.

Schließlich überquerten wir den sachte dahinfließenden Tiber, dessen Wasser blau-grün-gelb schimmerte, und plötzlich erhob sich vor uns die mächtige Engelsburg. Durch die offenen Wagenfenster drang eine Duftmischung aus brackigem Wasser, blühenden Rosen und mir unbekannten Gerichten herein – plus natürlich der obligatorischen Abgase. Trotzdem roch es schon erheblich besser als auf der Polizeistation im Bahnhof.

Erst als wir in die Via della Conciliazione einbogen, in die große Prachtstraße, die einst wie eine breite Schneise in das mittelalterliche Viertel geschlagen worden war und nun schon von Weitem den Blick auf den Petersdom freigab, verstummten Esther und Henriette und schauten nach vorn.

Heinz, der ununterbrochen leise vor sich hin geschimpft hatte, räusperte sich und hielt uns mit getragener Stimme einen Vortrag.

»Bis vor etwas mehr als achtzig Jahren sah es hier vollkommen anders aus«, erklärte er. »Der große Gian Lorenzo Bernini hatte den Petersplatz nach dem Vorbild der antiken Foren mit seinen Kolonnaden umgeben. Sein Ziel war es, die Pilger zu überraschen, wenn sie aus den verwinkelten Gassen des Borgo Pio kamen, durch die Kolonnaden traten und den weiten Platz mit dem

Dom erblickten.« Er seufzte. »Das muss ein einmaliger Moment gewesen sein.«

Den Moment jetzt auf dieser breiten Straße mit dem atemberaubenden Anblick fand ich auch einmalig, hütete mich aber davor, Heinz zu unterbrechen. Ich spürte, er war voll und ganz in seinem Element. Wenn wir bei ihnen einzogen, würde mit Sicherheit eine ganze Reihe von Vorträgen dieser Art folgen.

Esther warf mir einen schnellen Seitenblick zu. Sie dachte dasselbe wie ich.

»Dann kam Mussolini«, sagte Heinz so zornig, als habe er persönlich ein Hühnchen mit dem Duce zu rupfen. »Er ließ einen großen Teil der schönen alten Gegend abreißen – darunter auch vier Kirchen und zahlreiche historische Paläste –, und eines der lebendigsten historischen Viertel Roms war verschwunden. An seiner Stelle verlief nun die neu entstandene Prachtstraße mit ihren vereinheitlichten Fassaden.«

Die letzten Worte spuckte Heinz förmlich aus, dann wurde auch er ganz still.

Das Bottroper Ehepaar war schon seit Wochen in Rom, und dennoch verschlug es ihnen vor Staunen die Sprache.

Selbst unser römischer Taxifahrer, der diese Strecke mit Sicherheit öfter fuhr, als er zählen konnte, und bis eben noch abwechselnd andere Verkehrsteilnehmer beschimpft und fröhliche Melodien gepfiffen hatte, klappte den Mund zu und schlug das Kreuzzeichen. So schnell übrigens, dass Mama aus dem Staunen nicht mehr rausgekommen wäre.

Auch ich selbst war mehr und mehr beeindruckt, je höher der Dom vor uns aufragte. Gleichzeitig jedoch verlor ich allen Mut. Diese imposante Kirche mit der mächtigen Kuppel, der riesige Petersplatz mit den symmetrisch angeordneten Kolonnaden und dem Obelisken in seiner Mitte – sie strahlten für mich nicht nur Schönheit aus, sondern auch unermessliche Macht. Und wie sollte ich kleines, schüchternes Landei aus Norderbüll es bitteschön fertigbringen, dass man mir dort zuhörte, mir half, sich meiner annahm?

Ich senkte den Blick und sackte förmlich in mir zusammen.

»Was hat sie denn nur?«, wollte Henriette von Esther wissen.

Meine Freundin, die womöglich ahnte, was in mir vorging, drückte mitfühlend meine Hand.

Dann erklärte sie Henriette: »Das ist nichts Schlimmes. Die arme Sina ist nur sehr erschöpft von der Reise. Sie war kurz vor unserer Abreise noch krank gewesen. Eine … Sommergrippe. Und sie ist noch nicht ganz wieder auf dem Damm.«

Esther tat mir mit einem Mal schrecklich leid. Sie log mir zuliebe, dabei war sie nicht katholisch. Sie durfte nicht beichten, konnte nicht von ihren Sünden freigesprochen werden und würde eventuell an einem sehr heißen, sehr unangenehmen Ort landen.

Alles wegen mir!

Und schon weinte ich wieder leise vor mich hin.

Mannomann! Ich war wirklich fertig.

»Außerdem ist sie traurig, weil sie noch so schwach ist und den Petersdom nicht angemessen bewundern kann«, fügte Esther schnell hinzu.

Besagter Ort wurde für sie geradezu höllisch heiß. Kein Vergleich zu dem römischen Augustnachmittag mit dem dampfenden Asphalt.

Erlösung erfuhren wir beide erst, als der Taxifahrer

rechts in das Viertel Borgo Pio abbog, dann einmal links und noch einmal rechts-links. Auf einmal befanden wir uns in einer anderen Welt. In dieser Straße wirkte Rom noch beinahe mittelalterlich, obwohl die Häuser bis zu vier Stockwerke hoch waren und sich statt Eselskarren kleine Autos aneinander vorbeiquetschten.

Die Gassen waren unglaublich eng, die Hauswände neigten sich einander zu, Wäsche flatterte von Fenster zu Fenster, alte schwarz gekleidete Frauen saßen auf geflochtenen Stühlen vor den Türen und beobachteten die Touristengruppen, die staunend an den Schaufenstern mit den sakralen Waren stehen blieben.

Wir hielten vor einer kleinen Pizzeria, die den klangvollen Namen *Santissima* trug.

Die Allerheiligste. Irgendwo in meinem Unterbewusstsein war dieses Wissen abgespeichert.

Als das Taxi stand, kam ein kleiner kugelrunder Mann herausgelaufen und sprach auf Heinz ein, dessen Gesicht sich wieder verfinstert hatte. Ich schätzte den Italiener auf Anfang sechzig, aber da er kein einziges Haar mehr auf dem Kopf trug, war das schwierig zu sagen.

»Das ist Santo, der Besitzer der Pizzeria«, erklärte mir Henriette. »Er will sich für den Krach von gestern entschuldigen. Ah, und da kommt auch schon Angelo, sein Sohn.«

Der Vater ein Heiliger, der Sohn ein Engel. Ein bisschen Latein war anscheinend aus dem Katechismus hängen geblieben.

»Ich wette, die Mutter heißt Madonna«, murmelte ich.

»Nein, Maria.«

»Passt auch«, erwiderte ich und hielt mich mühsam auf meinen wackligen Knien aufrecht. Langsam spürte ich die Erschöpfung der Reise, während die neuen Eindrücke und fremden Gesichter mich förmlich überrollten.

»Leider lebt sie nicht mehr«, plapperte Henriette weiter. »Sie wurde vor zwei Jahren von unserem Herrn zu sich gerufen. Der arme Santo kommt allein gar nicht gut zurecht.« Dabei schaute sie von mir zu Esther, als würde sie ernsthaft erwägen, eine von uns beiden mit einem kleinen runden Pizzabäcker zu verkuppeln.

Mit Schrecken stellte ich fest, dass Angelo direkt auf mich zukam. Er war ein paar Jahre jünger als ich und sah nicht besonders engelhaft aus. Eher wie ein römischer Gott. Ein heidnischer Gott, wohlgemerkt, der in seinem Götterhimmel fröhlich Unzucht trieb. Groß, schlank, durch und durch Latin Lover.

Hilfe! Mir wurde schlecht!

»Sie ist ganz weiß im Gesicht«, sagte Henriette zu Esther. »Oder eher grün.«

Angelo hatte mich erreicht und blitzte mich aus schwarzen, glühenden Augen an.

HILFE!

Sein Vater schubste ihn zur Seite und sagte etwas auf Italienisch, wovon ich nur die Worte »Signorina« und »Pizzeria« verstand.

Nein, danke, dachte ich, während meine Beine fast schon unter mir nachgaben. Pizza ist jetzt ungefähr das Letzte, was ich will.

Aber man fragte mich nicht groß, sondern führte mich in den kleinen Verkaufsraum.

Bestimmt war ich inzwischen völlig von der Rolle, denn ich bildete mir ein, direkt in die besorgten Augen meines schönen fremden Priesters zu schauen. Seine Stirn war leicht gerunzelt. Er wirkte regelrecht sorgenvoll, als er zusah, wie ich an ihm vorbeigeschleift wurde – um den Tresen herum und in ein Wohnzimmer, in dem es wunderbar kühl und schattig war.

Ich ließ zu, dass Santo, Esther und Henriette mich vorsichtig hinlegten, fragte mich noch kurz, wo Angelo abgeblieben war, und wunderte mich nicht mehr über die Halluzination, die ich eben gehabt hatte. Mir war wirklich sehr, sehr unwohl, und ich brauchte dringend Ruhe. Sobald ich mich ein bisschen erholt hätte, würde ich mir nicht mehr einbilden, den Priester mit einem vergessenen Stück Peperonipizza in der Hand am Tresen lehnen zu sehen.

Schon verrückt, was für Streiche einem die eigene Fantasie spielen konnte, wenn man so grenzenlos erschöpft war.

Der Unbekannte, der mir, ohne es zu wissen, so viel Kraft auf meiner Reise gegeben hatte – ausgerechnet hier, in der kleinen Pizzeria in Borgo Pio?

Ausgeschlossen.

Das Letzte, was ich noch hörte, während ich in einen Dämmerschlaf versank, war Esther, die fragte: »Was macht denn Pater Ralph hier?«

ZWEITER TEIL

8

Der gefallene Engel

Tief in der Nacht riss mich das laute Jaulen der Straßenkatzen aus meinem tiefen Schlaf. Es hörte sich an, als würden sie sich gegenseitig umbringen. Dabei hatten sie wahrscheinlich nur Sex – die Glücklichen!

Man hätte glauben können, nach einem Monat in der Ewigen und ewig lauten Stadt hätte ich mich wenigstens an die vielen Geräusche gewöhnt. Stattdessen saß ich nun aufrecht und zitternd in meinem Bett und lauschte angestrengt.

Die Viecher machten aber auch einen Krach! Kamen einfach über die Dächer der Nachbarhäuser herbeigehuscht und versammelten sich zu ihrem nächtlichen Konzert auf der Dachterrasse unserer Wohnung.

Jetzt schepperte etwas, dann folgte ein Ton, der verdächtig nach einem falschen Gitarrenakkord klang.

Was?

Quatsch!

Ich musste mich verhört haben. Katzen spielten nicht Gitarre.

Als es wieder ruhiger wurde, lehnte ich mich mit einem leisen Seufzen in die Kissen zurück. Meine Fenstertür ging auf die Dachterrasse hinaus und stand weit offen. Auch Mitte September herrschten noch hochsommerliche Temperaturen in Rom, und ich war froh über die kühle Brise, die ab dem späten Abend in mein Zimmer wehte.

Tagsüber fühlte ich mich wie in einem Backofen gefangen und floh oft auf die Terrasse hinaus, wo es unter einem großen gestreiften Sonnenschirm ein wenig besser auszuhalten war.

Nur meine Ruhe hatte ich neuerdings nicht mehr. Ständig kam jemand und wollte mich mit in die Stadt nehmen. Zum Kolosseum, zum Forum Romanum oder in den Petersdom, dessen riesige Kuppel meinen Horizont ausfüllte.

Jedes Mal dachte ich dann daran, wie ich mir vorgenommen hatte, diese wunderbare Stadt zu erkunden, sobald es mir besser ginge.

Nur: Es ging mir nicht besser.

Allein der Gedanke daran, einen Fuß auf die Straße zu setzen, löste eine kleine Panikattacke aus. Prompt gelüstete es mich nach Kuchen und Torten. Am besten gleich gegenüber in der Kaffeebar, aus der jeden Morgen so herrliche Düfte herüberwehten. Falls ich es jemals schaffen sollte, die fünf Meter bis dahin zu überwinden. Also verbot ich mir jeden Gedanken an einen Ausflug, bildete mir ein, ich müsste nur etwas Zeit verstreichen lassen, und stellte irgendwann zu meiner Überraschung fest, dass zumindest meine Hungergefühle nachließen.

Während der ersten Woche hatte sich noch niemand darüber gewundert, dass ich mein Zimmer nicht verließ. Heinz und Henriette Lüpke hatten Esthers Lüge von meiner Sommergrippe in der Nachbarschaft weitererzählt, und so glaubte alle Welt, ich müsse mich noch von dem Infekt erholen.

Als ich jedoch anfing, munter in der Wohnung herumzulaufen, und manchmal auch den Mut fand, bis hinunter zu Santo in die Pizzeria zu gehen, wurden unsere Mitbewohner misstrauisch.

»Wieso will sie denn nicht raus?«, hatte Henriette meine Freundin eines Tages gefragt. Die beiden älteren Frauen hatten im Flur gestanden, und mir war gar nichts anderes übrig geblieben, als ihrer Unterhaltung zu lauschen. Ich hielt mich in der Küche auf und wusste weder vor noch zurück.

»Das ist doch nicht normal. Ihr seid jetzt fast zwei Wochen hier, und das Mädel hat noch nichts von der schönen Stadt gesehen.«

Esther gab einen Laut von sich, den ich nicht einordnen konnte. Vielleicht war es ein Stöhnen, vielleicht aber auch ein Knurren.

Die Ärmste! Sie wusste ja selbst nicht mehr, was sie noch machen sollte, um mich hinauszulocken. Nach meiner Anreise im Schockzustand weigerte ich mich standhaft, auch nur einen Schritt vor die Haustür zu gehen. Da draußen wimmelte es nur so von knatternden Mofas, hupenden Autos und schreienden Menschen.

Nicht einmal mein schöner fremder Priester konnte mir noch helfen.

Ich war zu dem Schluss gekommen, dass ich mir seine Anwesenheit unten bei Santo wirklich nur eingebildet hatte. Auch Esther hatte ihn nicht mehr erwähnt, und außerdem war das Foto verschwunden. Natürlich hegte ich den starken Verdacht, Esther habe es mir weggenommen – wahrscheinlich, weil sie um meine geistige Gesundheit fürchtete –, aber beweisen konnte ich nichts.

Hinzu kam, dass ich ihn niemals wieder in der Pizzeria Santissima antraf, egal, zu welcher Tageszeit ich dort auftauchte. Ich gab es ungern zu, aber anfangs war diese Hoffnung der einzige Grund gewesen hinunterzugehen.

Inzwischen war ich gern bei Santo und dachte nur noch wenig an den Priester.

»Eine Sonnenallergie kann es jedenfalls nicht sein«, sagte Henriette jetzt. »So wie sie die Dachterrasse in Beschlag genommen hat, ist sie braun wie ein angebrannter Pizzaboden.«

Unwillkürlich fuhr ich mir mit der Hand übers Gesicht. Ab sofort würde ich auf meinen Teint achten. Eine verkohlte Sina sah bestimmt nicht hübsch aus. Selbst wenn die Haare heller geworden waren und die Augen fast bernsteinfarben wirkten. Neuerdings betrachtete ich mich sehr genau im Spiegel, und es gefiel mir immer besser, was ich sah.

»Hat sie vielleicht eine Essstörung?«, fragte Henriette jetzt.

Ich zuckte zusammen, und der Ton, den Esther daraufhin von sich gab, war eindeutig ein Stöhnen.

»Wie … wie kommst du darauf?«, fragte sie mit ungewohnt zittriger Stimme.

»Na ja, ich sehe sie praktisch nie etwas zu sich nehmen. Vielleicht geht sie nicht in die Stadt, weil sie Angst vor den Versuchungen hat?«

Fast hätte ich gekichert. Ich und magersüchtig. Ha!

Dann blickte ich auf das Glas Wasser in meiner Hand, das ich mir eben eingegossen hatte. Es war später Vormittag, und ich hatte noch nicht gefrühstückt.

Wenn ich es recht bedachte, hatte ich tatsächlich wenig Appetit seit ich in Rom war. Nicht nur auf süßes Gebäck, sondern auf Nahrung im Allgemeinen. Ich aß am liebsten Gemüse, Obst oder ein einfaches Nudelgericht. Und natürlich ein Stück von Santos Pizza. Aber die hatte nichts gemein mit den Kalorienbomben aus der Tiefkühltruhe. Sie war leicht und gesund.

Mit Magersucht hatte dieses Essverhalten allerdings nichts zu tun. Das war einfach gute Ernährung. Ich hätte Henriette gern darüber aufgeklärt, traute mich aber nicht, die Küche zu verlassen.

Einen Augenblick dachte ich noch über meinen Appetit auf frische Lebensmittel nach. Bestimmt hing das auch damit zusammen, dass Obst und Gemüse hier im Süden unvergleichlich lecker waren. Ich fühlte mich ausgezeichnet, und meine Klamotten saßen nach der kurzen Zeit schon etwas lockerer.

Meinem kleinen Teufelchen gefiel das gar nicht. Er war auffallend blass geworden und sehr, sehr dünn. Manchmal glaubte ich, sein Mini-Gerippe irgendwo in meinem Innern klappern zu hören. Fast tat er mir leid. Da hatte er sich so auf ein großes Festessen in Italien gefreut, und nun geschah das Gegenteil.

»Das ist nur eine Phase«, erklärte Esther jetzt mit der alten Entschiedenheit in der Stimme. »Sina muss sich noch akklimatisieren.«

Ich hörte, wie sie mit langen Schritten den marmornen Flur entlangging, wobei ihre Absätze laut klapperten. Ich staunte. Bisher hatte sie Gesundheitsschuhe getragen, die nur ein leises Quietschen von sich gaben. Gleich darauf fiel die Haustür ins Schloss. Henriette entfernte sich erst eine ganze Weile später, und ich atmete endlich auf. Ich ließ mich auf einen Plastikstuhl sinken. Die Küche war modern eingerichtet und erinnerte mich in ihrer Schlichtheit an meine eigene Küche zu Hause. Der Rest der Wohnung, und besonders der Salon, barg ein Sammelsurium von älteren und neueren Möbeln – vorwiegend massiv, voller Schnörkel und aus dunklem Holz. Wären die besonders hohen, weiß gestrichenen Wände nicht gewesen, hätte man sich erdrückt fühlen können. Henriette hatte mir erzählt, früher hätte hier eine Familie aus dem Großbürgertum residiert, die sehr viel Wert auf Pomp gelegt hatte. Davon zeugten immerhin noch die Marmorfußböden und die Kronleuchter aus Kristall. Die wirklich wertvollen Möbel hatten die früheren Eigentümer aber mitgenommen.

Nach einer Weile hatte ich mich entspannt und kehrte in mein Zimmer zurück.

Von diesem Tag an hatte ich ständig das Gefühl, beobachtet zu werden. Und erst heute Nachmittag, einen Monat nach unserer Ankunft, hatte sich Esther zu mir auf den zweiten Liegestuhl gesetzt und mich lange gemustert.

»So geht das nicht weiter.«

»Wieso? Dir gefällt es doch hier«, gab ich alarmiert zurück. »Du erzählst mir jeden Abend, was du wieder alles gesehen hast. Gestern die Katakomben, heute die Vatikanischen Museen.«

Ein verräterisches Glitzern, das mir eine Warnung hätte sein sollen, trat in Esthers Augen. Aber ich achtete nicht darauf.

»Die Schweizergardisten sehen umwerfend aus«, erklärte sie.

Auch das machte mich nicht misstrauisch. Ich war viel zu sehr mit meiner Verteidigung beschäftigt.

»Mir gefällt es im Augenblick, wie es ist. Lass mir noch Zeit.«

»Unmöglich. Heinz und Henriette wollen dich einweisen lassen.«

Ich fuhr hoch. »Was?«

»Keine Sorge. Ich hab's ihnen ausgeredet. Außerdem wurden die psychiatrischen Kliniken in Italien schon vor Jahren geschlossen.«

»Sehr beruhigend.«

»Aber ich kann sie nicht mehr hinhalten. Die wollen wissen, was mit dir los ist. Mit einer … ähm, geistig verwirrten Frau möchten sie keine Nacht länger unter einem Dach schlafen.«

Ich ahnte, das Bottroper Ehepaar hatte einen weniger höflichen Ausdruck benutzt, fragte aber lieber nicht nach. Besonders mit Henriette wollte ich es mir nicht verscherzen. Zu unserer größten Freude hatten Esther und ich nämlich festgestellt, dass sie eine begeisterte Hausfrau war. Oft ließ sie ihren Heinz allein losziehen, um die Wohnung zu putzen.

Für uns waren das paradiesische Zustände.

»Und von den Lüpkes mal abgesehen«, fuhr Esther fort, »mach ich mir auch Sorgen. Wir sind unserem Ziel noch kein Stück nähergekommen. Nicht mal angerufen hast du deinen Onkel.«

»Ich weiß«, gab ich kleinlaut zu. Auch dazu hatte ich mich nicht aufraffen können. So groß war meine Angst, von ihm abgewiesen zu werden, dass ich es lieber gar nicht erst versuchte.

Mein Magen krampfte sich zusammen. Inzwischen hätte ich wenigstens neue Hosen gebraucht. Alle meine Jeans hingen mir auf den Hüften. Aber Shoppen bedeutete in die Stadt gehen, also behalf ich mir mit Gürteln und Sicherheitsnadeln. Ein Einkauf im Internet wäre eine Alternative gewesen, doch absurderweise freute ich mich auf das Gefühl, in einer echten italienischen Boutique neue Hosen in zwei, drei Kleidergrößen kleiner anzuprobieren – und hineinzupassen. Obwohl ich mich in kein Geschäft traute.

Das war unlogisch? Natürlich. Ich war schließlich eine Frau. Wenn's um Klamotten geht, schalten wir das Großhirn aus.

»Und wie steht es um deine berufliche Zukunft?«, fragte Esther als Nächstes. »Du hast dich noch nirgends beworben, richtig? Die Schule hat inzwischen überall in Deutschland wieder angefangen. Wenn du nicht mit viel Glück irgendwo als Vertretung einspringen kannst, bist du arbeitslos.«

Als ob ich das nicht selbst gewusst hätte! Es war einer der Hauptgründe, warum ich mich so schrecklich fühlte, aber ich brachte nicht einmal die Energie auf, online nach Jobs zu suchen. Ich fühlte mich, als lebte ich in einer Art Parallelwelt, weit weg im römischen Spätsommer, wo es keine deutsche Tüchtigkeit gab, keine Jobcenter und keine sich auftürmenden Rechnungen.

So ganz unrecht hatten die Lüpkes wahrscheinlich nicht, was meinen Gemütszustand betraf.

Ich wandte meinen Blick von Esther ab. Wieso musste sie ständig Druck auf mich ausüben? Sie, Heinz und Henriette – ich konnte sie allesamt nicht mehr sehen. Der einzige Mensch, bei dem ich mich wohlfühlte, war Santo. Der kleine, dicke Pizzabäcker stellte mir keine Fragen, drängte mich zu nichts. Er war einfach da und mochte mich.

Als ich das erste Mal zu ihm hinuntergegangen war, hatte er mich nur angestrahlt und mir einen Hocker zugewiesen.

Ich hatte mich umgesehen und in dem schlichten Verkaufsraum sofort wohlgefühlt. Es gab da den Tresen, der noch aus den Fünfzigerjahren stammen musste, davor fünf mit rotem Plastik bezogene Hocker, und sonst nicht viel. Ein paar kitschige Bilder von Neapel und Capri an der Wand, und natürlich eine große Preisliste. Der echte Schatz lag hinter dem Tresen. Dort, wo Santo kochte, gab es eine große Arbeitsfläche aus Edelstahl, modernste Geräte und als Prunkstück den großen Holzofen.

In seinem kleinen Königreich hatte Santo bei meinem ersten Besuch angefangen, mir die Arbeitsschritte der Pizzazubereitung zu erklären. In so schnellem Italienisch, dass ich gar nichts verstand.

Aber mit der Zeit hörte ich mich ein. So erfuhr ich, dass in den Pizzateig nur Mehl, Wasser, Salz, Hefe, Olivenöl und eine Prise Zucker gehörten. Zwei Stunden musste er dann ruhen, damit die Pizza ihren ebenso luftigen wie knusprigen Boden bekam. Und das Hochwerfen war nicht einfach Show, sondern diente ebenfalls der Luftigkeit.

Santos Tomatensoße war selbstverständlich selbst gekocht, und als Käse kam nur bester Büffelmozzarella aus Kampanien infrage. Die Basilikumblätter pflückte ich für ihn von den Bäumchen auf der Dachterrasse, und als weiteren Belag beschränkte sich Santo auf bestes Gemüse, manchmal einen Hauch rohen Schinkens und selten mal Thunfisch. Immer duftete es verführerisch nach den verschiedenen Zutaten. Niemals sah ich ihn Peperonistreifen auf eine Pizza legen. Das bestärkte mich in meiner Vermutung, dass ich mir die Anwesenheit des fremden Priesters vor ein paar Wochen nur eingebildet hatte. Mir war nicht klar, ob ich erleichtert oder enttäuscht darüber war. Vermutlich von beidem etwas.

Bald schon begriff ich, dass Santo glücklich war, wenn

er jemanden hatte, der ihm zuhörte. Obwohl alle paar Minuten Laufkundschaft in die Pizzeria kam, Lieferanten anriefen oder Nachbarn vorbeischauten, musste er ein recht einsamer Mann sein.

Und so gewöhnten wir uns aneinander. Santo brachte mir nach und nach Italienisch bei, auch wenn mein Wortschatz zum größten Teil aus Lebensmittelbegriffen bestand. Der Pizzabäcker jedoch behauptete steif und fest, ich hätte ein großes Talent für die Sprache und würde schon nach ein paar Wochen besser sprechen als viele Leute nach Jahren.

Ich freute mich über das Lob, aber wahrscheinlich half mir auch mein kleines Latinum aus Schulzeiten. Immerhin stammte Italienisch von der alten Sprache der Römer ab.

Ich schwieg, hörte zu, lernte. Nebenbei erfuhr ich, dass am Tag vor meiner Ankunft tatsächlich eine Beerdigung in der Familie gefeiert worden war. Großtante Benedetta war gestorben, und man hatte die Gläser auf sie erhoben. Benedetta hieß so viel wie »die Gesegnete«. Ich fragte mich, ob es in Santos Verwandtschaft auch profane Namen gab.

Was mir noch auffiel, war der spezielle Blick, den Santo meiner Nachbarin Esther zuwarf, wenn diese zu einem ihrer Ausflüge aufbrach oder nach einem langen Tag erschöpft, aber glücklich zurückkehrte. Im Gegensatz zu mir legte sie ein paar Kilo zu, und nach einer Weile wirkte sie schon nicht mehr ganz so dürr.

Jeden Abend erzählte sie mir von ihren besonderen kulinarischen Abenteuern. Ständig drohte sie mir an, mich bald mal mitzunehmen, damit ich zum Beispiel die echte *trippa alla romana* probieren konnte. Oder eine Nudelsoße namens *pajata*. Als ich von Santo erfuhr, dass es sich dabei um Kutteln sowie um Kalbsdarm inklusive Muttermilchbrei handelte, musste ich heftig würgen.

Esther jedoch lachte nur, fuhr sich durchs hellbraun gefärbte Haar und strich ihr nagelneues knielanges, knallrotes Etuikleid glatt. Verschwunden waren Wollhosen und Rollkragenpullover. Esther fror nicht mehr, sie wärmte sich an Rom und den Römern. Zwar war sie nicht vollbusig genug, um als Sexsymbol durchzugehen, und auch ihre Größe und die Adlernase tauchten meines Wissens in keinem Männertraum auf, aber sie sprühte nur so vor Lebensfreude, und das machte einen großen Teil ihrer neuen Anziehungskraft aus.

Santo erlebte ihre Verwandlung Tag für Tag aus nächster Nähe mit. Es tat mir im Herzen weh, wenn ich zusah, wie er sich langsam, aber unaufhaltsam in sie verliebte.

Halt ein!, hätte ich am liebsten gerufen. Du bist nicht ihr Typ! Du müsstest vierzig Zentimeter größer und dreißig Jahre jünger sein. Eine schicke Uniform könnte auch nicht schaden. Möglichst bunt, mit vielen blitzenden Knöpfen und Medaillen dran. Aber natürlich sagte ich nichts dergleichen. In der Liebe musste schließlich jeder Mensch seine eigenen Fehler machen.

Abgesehen davon verbrachten wir friedliche Stunden miteinander. Santos Sohn Angelo sah ich zunächst nicht mehr. Er war am Tag meiner Ankunft zu einer Rucksacktour quer durch Europa aufgebrochen. Ich hatte ihn nur das eine Mal kurz gesehen, und da war ich so daneben gewesen, dass ich mich kaum noch an seinen Anblick erinnerte.

Inzwischen verstand ich genug Italienisch, um zu wissen, dass Santo ihn beinahe täglich zurückerwartete. Allerdings nicht voller Freude.

Der *disgraziato*, wie er ihn nannte und was ich mit einiger Mühe als »unglückseliger Schurke« übersetzte, hatte sein teures Studium nicht zu Ende geführt, brach den Mädchen reihenweise die Herzen und würde nun dem Vater helfen müssen. Als Pizzabote. Zu mehr tauge er nämlich nicht.

Ich verspürte ein wenig Mitleid mit Angelo und versuchte, mir vorzustellen, wie er künftig als gefallener Engel unglücklich und allein durchs Leben gehen würde. Ich hoffte, dass er seine Reise genossen hatte, denn wenn es nach seinem Vater ging, war der Spaß nun zu Ende.

Ich hätte mir keine Sorgen machen müssen, aber ich kannte Angelo ja noch nicht. Vor genau einer Woche war er heimgekehrt und brachte seitdem den armen Santo jeden Tag aufs Neue zur Weißglut.

So langsam fürchtete ich um die Gesundheit meines neuen Freundes. Wenn er mit seinem Sohn schimpfte, wurde er hochrot im Gesicht. Blaue Adern traten an seinen Schläfen hervor, die Augen quollen aus den Höhlen und Schweißtropfen traten auf seine Stirn.

So sehr sorgte ich mich um sein Wohlbefinden, dass ich beschloss einzuschreiten. Gestern Abend erst hatte ich Angelo zur Seite genommen und hinter mir her in die kühle Speisekammer gezogen.

Wieder einmal hatte er die Pizzen nicht ausgeliefert, die Santo mit so viel Liebe und Können zubereitet hatte. Nun waren sie kalt und labbrig, während der Pizzabäcker kurz vor der Explosion stand.

Ich schaffte Angelo erst mal aus der Gefahrenzone, doch er verstand das falsch und küsste mich. Sehr routiniert und lange. Ich war so überrumpelt, dass ich seinen Kuss erwiderte, bis ich ihn von mir wegstieß. Er strauchelte und brachte ein paar Konservendosen im Regal hinter ihm zum Scheppern, lachte aber bloß.

»*Bella Sina*, ich dachte, es gefällt dir.«

Hatte es auch. Extrem gut sogar. Ich konnte mich nämlich kaum noch daran erinnern, wann ich zuletzt geküsst worden war.

»Du bist sechs Jahre jünger als ich«, warf ich ihm vor.

»Acht«, berichtigte er mich.

Wirklich? So viele? Ganz so genau hatte ich das nicht wissen wollen.

»Und ich mag dich nicht«, setzte ich hinzu.

»Das hat sich aber anders angefühlt. Du hast mir auf die Unterlippe gebissen.«

Echt jetzt?

»Das war … ein Versehen.«

»Schon klar.« Angelo grinste mich frech und lüstern zugleich an.

Keine Ahnung, wie er das anstellte. Aber es machte ihn unglaublich anziehend. Ich wandte den Kopf ab und fixierte ein Glas mit sonnengereiften getrockneten Tomaten, bevor ich fragte: »Warum bist du so?«

Sein Grinsen wurde noch breiter. »Wie denn? Schön, charmant und sexy?«

»Frech, verantwortungslos und faul«, entgegnete ich mit meiner strengsten Lehrerinnenstimme.

Schien ihm nichts auszumachen. Wahrscheinlich erkannte er keine großen Unterschiede zwischen seiner Selbsteinschätzung und meiner Beschreibung. Dann wurde er mit einem Schlag ernst und schaute mir tief in die Augen. Beziehungsweise ins linke Ohr, weil ich mich strikt weigerte, ihn anzusehen. Aber ich spürte den sehr, sehr heißen Blick.

»Sina«, sagte er leise. »Ich könnte mich ändern, aber nur wenn du …«

»Was?«, fragte ich.

»Nur wenn du mir hilfst.«

»Ich? Wie stellst du dir das vor?«

»Mein Leben hatte bisher keinen Sinn. Ich habe mich für nichts interessiert, weder für mein Jurastudium noch für die Pizzeria. Und die Mädchen – *mamma mia!* – die sind langweilig, eine wie die andere. Wollen ein Haus, einen Mann, der für sie sorgt, eine Familie. Du aber, du bist anders.«

»Wie denn?«, erkundigte ich mich.

Inzwischen hatte sich die Luft in der Speisekammer um einige Grad erwärmt. Außerdem fühlte ich mich, als hätte ich einseitigen Mumps, so heiß war mein Ohr.

»Du bist wunderschön. Deine Haarfarbe ist etwas ganz Besonderes, und deine goldenen Augen sind magisch.«

Magische goldene Augen. Hm, das gefiel mir.

»Außerdem bist du klug und warmherzig. Glaubst du, ich merke nicht, was du für Papa tust?«

»Er ist mein Freund«, gab ich mit einem bescheidenen Lächeln zurück. Aber ich fühlte mich geschmeichelt. Schön, dass wenigstens ein Mensch bemerkte, was ich da tat. Obwohl es auf Gegenseitigkeit beruhte. Ohne die Stunden mit Santo wäre auch ich schrecklich einsam gewesen.

»Und dank dir ist er viel fröhlicher als früher. Sina, heirate mich!«

Letzteres hätte ich fast überhört, weil die Hitze in meinem Ohr nun wie Lava brodelte.

Ich starrte ihn an.

»Was?«

Er atmete tief ein bevor er sagte: *»Sposami, amami, sposami, amami.«*

Mir blieb fast die Luft weg. *Heirate mich, liebe mich, heirate mich, liebe mich.*

»Du spinnst ja!«, rief ich aus.

Irgendwie schade. Seit meinem dreizehnten Lebensjahr hatte ich mir vorgestellt, wie ich auf meinen ersten Heiratsantrag reagieren würde. Mit Liebreiz selbstverständlich, mit einem leichten Erröten und einem überglücklich hingehauchten »Ja«.

Diesem attraktiven jungen Mann hier vor mir zu erklären, er sei verrückt, hatte ganz sicher nicht dazugehört.

Angelo fiel auf die Knie, woraufhin in meinem Inneren wieder das Bild des gefallenen Engels aufflackerte, und presste sein Gesicht an meine Hüfte.

Gab es eigentlich Hüftmumps? Wenn nicht, erfand ich ihn in dieser Sekunde.

»Lass das«, sagte ich kraftlos. »Das bekommt uns beiden nicht so gut.«

Hauptsächlich mir, weil ich jetzt gleich schwach werde.

»Sina, amore mio.«

Hui! Das klang aber gut!

Amore mio. Ich schmolz dahin.

Von dem folgenden italienischen Redeschwall bekam ich nicht allzu viel mit, weil sich meine Sinne vom Kopf in Richtung Körpermitte bewegt hatten. Erst als das Wort *»bambini«* fiel, kam ich einigermaßen wieder zu mir.

Davon wollte er nämlich mindestens fünf. Mit mir.

Ich verpasste ihm eine Kopfnuss.

»Steh auf, du Idiot.«

Armer Angelo. Seinen ersten Heiratsantrag hatte er sich wahrscheinlich auch anders vorgestellt.

In diesem Moment wurde die Tür zur Speisekammer aufgerissen, und Santo platzte herein. Als er Angelo vor mir knien sah, verpasste er ihm ebenfalls eine Kopfnuss.

»Disgraziato!«, brüllte er. »Raus hier!«

Angelo verzog sich, sein Blick aber streifte noch kurz meine Wange.

Ich war mir sicher, es bildete sich eine Brandblase darauf.

Santo wiederum schaute mich traurig an. »Sina, bitte fall nicht auf ihn herein. Er hat schon einigen Dutzend Frauen die Ehe versprochen.«

So viel zum Thema erster Heiratsantrag.

»Ich … ich bin nicht dumm, Santo«, gab ich zurück.

Nur etwas erhitzt.

»Und ich verliebe mich ganz bestimmt nicht in Angelo.«

Maximal in einen Teil von ihm.

»So nötig habe ich es nämlich nicht.«

Ha, ha, ha!

»Dann ist ja gut«, erwiderte Santo. Aber er wirkte wenig überzeugt, als er mir an der Tür zur Speisekammer einen langen, bekümmerten Blick zuwarf, bevor er mich allein ließ.

Ich blieb noch ziemlich lange dort stehen und schwor mir, Angelo von nun an aus dem Weg zu gehen.

Den ganzen heutigen Tag lang war mir das gut gelungen, ich hatte ihn nur ein paarmal von Weitem gesehen.

Und als ich am Abend schlafen gegangen war, hatte ich neue Hoffnung geschöpft. Angelo hatte es offenbar aufgegeben, mich verführen zu wollen.

Irrtum!

Denn mitten in der Nacht stand er in der Tür zu meiner Dachterrasse.

Ich schrie auf, bevor ich ihn erkannte. Dann schrie ich gleich noch mal. Er hatte etwas in der Hand. Eine Waffe? Nein. Eine … Gitarre.

»Ist nicht wahr!«, rief ich aus und zog mir die Bettdecke bis unters Kinn. »Hast du etwa da draußen gejault?«

»*Sina*, *amore mio*. Ich habe eine *serenata* für dich gesungen.«

Ich überlegte noch, wie viele römische Katzen wohl Nacht für Nacht unter falschen Verdacht gerieten, als Angelo schon in mein Schlafzimmer trat und auf mich zukam.

HILFE!

AIUTO!

9
Führe uns nicht in Versuchung

Nach dem ersten Schreck hörte ich schlagartig auf, um Hilfe zu rufen, klappte den Mund zu und dachte angestrengt nach.

Angelo war mit verwirrtem Gesichtsausdruck am Fußende stehen geblieben. Augen und Mund weit aufgerissen. Er war es vermutlich nicht gewohnt, dass die Frauen bei seinem Anblick entsetzt aufschrien. Jetzt fummelte er an den Gitarrensaiten herum und wirkte gar nicht mehr wie ein Latin Lover. Eher wie ein Schuljunge, der bei einem dummen Streich ertappt worden war. Trotzdem sah er natürlich hinreißend aus.

Ich stellte fest, dass es ein paar gute Gründe gab, ihn in mein Bett einzuladen.

Seit mehr als einem Jahr lebte ich unfreiwillig enthaltsam. Onkel Thilo wäre vermutlich stolz auf mich gewesen.

Um ehrlich zu sein, wären es sogar volle vier Jahre gewesen, wenn es da nicht diesen Zwischenfall mit dem Sohn meiner Nachbarin Gerda Stein gegeben hätte. Er war so nett gewesen, sich einmal meinen tropfenden Wasserhahn in der Küche anzuschauen, und ich war so nett gewesen, anschließend im Wohnzimmer über ihn herzufallen.

Und weil er ein guter Mensch war, ließ er mich gewähren. Wahrscheinlich dachte er, dass er ein gutes Werk tun müsse. Seine Mutter war bestens über meine nicht existierenden Männerbesuche informiert und hatte ihn vermutlich ins Bild gesetzt.

So furchtbar schlecht war das gar nicht gewesen – zumindest, wenn man auf Männer mit Stirnglatze und überdurchschnittlichem Bauchumfang stand, die nach zweieinhalb Sekunden grunzend auf die Seite plumpsen und sagen: »Schatz, das war wundervoll.«

Äh … was denn?

Insofern war ich mir gar nicht sicher, ob der Zwischenfall als Sex durchging. Aber manchmal musste eine Frau eben versuchen, aus einer Zitrone eine süße Limonade zu machen, selbst wenn es eine saure Angelegenheit blieb. Der Wasserhahn tropfte danach übrigens immer noch.

Mein unfreiwilliges Zölibat war also ein sehr guter Grund. Außerdem hatte Angelo volles dunkles Haar und einen Waschbrettbauch. Es war auch zu erwarten, dass er etwas länger durchhalten würde als Stein Junior. Italiener waren schließlich weltberühmt als gute Liebhaber.

Vielleicht sogar viel, viel länger. Ich spürte, wie meine verschleierten Augen zu der Stelle schweiften, wo irdische Wonnen zu erwarten waren. Rein zufällig legte Angelo genau jetzt die Gitarre ab.

Lechz!

Das waren also drei hervorragende Gründe, die dafürsprachen.

Schon wollte ich einladend die Bettdecke zurückschlagen, als mir dummerweise ein paar Gegenargumente in den Sinn kamen. Ich konnte mich nicht hundertprozentig daran erinnern, ob ich mir vor dem Zubettgehen die Zähne gründlich geputzt hatte. Oder ob überhaupt. Dagegen wusste ich mit absoluter Sicherheit, dass ich mich seit mehreren Tagen, nein, Wochen nicht mehr rasiert hatte. Weder dort, noch dort, noch dort.

Warum denn auch? Papa putzte seine beste Milchkuh Freya auch nur, wenn er sie bei einer Leistungsschau ausstellte.

Hm, es war vielleicht der Stimmung nicht zuträglich, wenn ich mich mit einer Kuh verglich.

Angelo schien Röntgenaugen zu besitzen, so fokussiert schaute er auf die Bettdecke. Feine dunkelblonde Härchen entdeckte er hoffentlich nicht.

Aber ob er wohl mein Negligé sehen konnte? Wenn ich denn eins angehabt hätte? Schwarz, mit Spitze und an den richtigen Stellen durchsichtig.

So stellte ich es mir vor.

Leider trug ich in Wahrheit ein ausgeleiertes Schlafshirt von Hello Kitty. War echt bequem das Teil. Bloß im Moment kontraproduktiv.

Schließlich fiel mir ein, dass meine Freundschaft mit Santo in Gefahr war, wenn ich was mit seinem Sohn anfing. Ich schämte mich ein wenig, weil mir dieser Gedanke zuletzt gekommen war. Aber wegen der anderen Sachen schämte ich mich nun mal mehr.

Während ich noch ausführlich das Für und Wider abwog und dabei die Bettdecke ein Stückchen höher zog, kamen meine Mitbewohner ins Zimmer gestürmt.

Ach ja. Die mussten den Krach und mein Gekreische gehört haben. Heinz schleppte eine schwere Blumenvase als Waffe mit sich, Henriette hatte sich ein Nudelholz aus der Küche geholt, und Esther schwang eine Stehlampe über dem Kopf, kaum dass sie sich unter dem Türrahmen hindurchgeduckt hatte.

Heinz trug einen grau-weiß gestreiften Pyjama. Henriette auch.

Esther …

Huch!

Esther?

Ich bekam Glupschaugen.

Esther trug das Negligé meiner Fantasie, und es stand ihr bombastisch gut. Schwarz, transparent, mit sehr viel Spitze. Es zauberte ihr sogar einen Busen, den sie in der Körbchengröße gar nicht hatte.

Angelo bekam auch Glupschaugen, Heinz nach einem kurzen Moment ebenfalls. Das nahm der Situation vorerst die Dynamik. Drei starrende Augenpaare, eine Blumenvase, die aufs Parkett kullerte, ein Nudelholz, das auf die Bettkante gelegt wurde, eine Stehlampe, die ordentlich in eine Ecke gestellt wurde.

»Was zum Kuckuck ist hier los?«, fragte Heinz und löste mit einiger Mühe den Blick von Esther.

Angelo nicht. *Disgraziato!*

»Wie sind Sie hier reingekommen?«, wollte Henriette wissen. Das nannte man wohl Sinn fürs Praktische. Sie tat, als hätte sie die Glupschaugen ihres Gatten nicht bemerkt.

Angelo riss sich zusammen und blickte auf meine unlackierten Fußnägel.

Mist! Ich hatte die Bettdecke zu weit hochgezogen.

Dann sagte er, als wäre es das Normalste von der Welt: »Ich habe einen Schlüssel.«

Zu unser aller Überraschung erfuhren wir, dass das Haus Angelos Familie gehörte. Santo besaß einen Generalschlüssel.

Den hatte Angelo stibitzt, war durch unseren Flur geschlichen, hatte den Salon durchquert, war auf die

Dachterrasse gegangen und hatte sein Ständchen angestimmt.

»Ich dachte, das wären Katzen«, bemerkte Esther.

Möglichst unauffällig griff sie nach meinem Bademantel und hüllte sich darin ein. Auch der war von Hello Kitty, und die Männer kamen schlagartig wieder zu Sinnen.

Während Besucher und Mitbewohner sich wieder fassten und etwas betreten herumstanden, fragte ich mich, wieso jemand wie Santo, dem ein ganzes großes römisches Wohnhaus in einem der begehrtesten Bezirke gehörte, eine Pizzeria betrieb. Nötig hatte er es gewiss nicht. Aber im nächsten Moment gab ich mir schon selbst die Antwort: Santo war ein Mann, der eine regelmäßige körperliche Betätigung brauchte. Und besonders nach dem Tod seiner Frau wäre er wahrscheinlich verrückt geworden, hätte er nicht jeden Tag arbeiten dürfen.

Zufrieden mit meiner Erklärung hörte ich wieder zu, was in meinem Schlafzimmer so geredet wurde.

»Sie haben sich wohl in der Wohnung geirrt«, erklärte Heinz entschieden. »Oder wollen Sie etwa allen Ernstes unserer Sina hier den Hof machen?«

So wie er das sagte, klang das gar nicht nett.

»Beh …«, machte Angelo, was ein Lieblingsausdruck der Italiener war und in etwa mit »Äh« übersetzt werden konnte.

»Sie wissen schon, dass Sina sehr viel älter ist als Sie?«, bohrte Heinz weiter.

»Boh …«

Das wiederum hieß so viel wie »keine Ahnung«. Obwohl er es ganz genau wusste.

Egal.

Mit Wortgewandtheit überzeugte mein singender Verehrer im Moment nicht.

»Außerdem«, fuhr Heinz gnadenlos fort, »ist sie nicht ganz auf der Höhe.« Er wandte sich an mich. »Wann hast du das letzte Mal geduscht, Sina?«

Ich fühlte mich ein wenig wie Freya, wenn sie sich kurz vor einer Schau noch einmal in den Mist gelegt hatte und Papa wieder von vorn anfangen konnte. Zumindest stellte ich mir vor, dass auch eine Kuh beschämt sein konnte.

»Beh …«, machte ich.

»Und Haare gewaschen?«

»Boh …«

»Aha«, sagte Heinz. »Und etwas für die geistige Gesundheit getan?«

Hilfesuchend schaute ich zu Esther.

Die war bloß etwas abgelenkt. Ihr Blick war auf Angelos Bauchnabel geheftet, oder vielleicht auch auf eine Stelle ein wenig tiefer. Dort beulte sich etwas aus, aber ich glaube, mir galt das nicht. Die Gitarre verbarg nichts, sie lag neben ihm auf dem Fußboden. Prompt ließ Esther den Bademantel auf einer Schulter herunterrutschen. Heinz sagte wieder etwas, aber ich beachtete ihn nicht weiter. Wahrscheinlich wollte er jetzt wissen, ob ich noch alle Latten am Weidezaun hatte. Ein bisschen war ich in Gedanken immer noch bei Prämienkuh Freya.

Auch die zweite Schulter wurde entblößt.

»Esther!«, sagte ich scharf.

Sie warf mir einen verräterischen Glitzerblick zu. »Was ist?«

»Das ist *mein* Engel. Such dir einen eigenen.«

Alles klar, damit war zumindest Heinz' Frage beantwortet.

Esther lachte ihr Pferdelachen, woraufhin die ansehnliche Beule in Angelos Hose auf Taubeneiergröße zusammenschrumpfte.

Ich verbuchte das als Erfolg für mich.

Während die anderen darüber palaverten, was zu tun sei, dachte ich angestrengt über meine Situation nach. In einer römischen Septembernacht lag ich in meinem Bett und machte einen äußerst ungepflegten Eindruck. Ich war arbeitslos, hatte eine Angststörung und unternahm nichts, um gesund zu werden.

Außerdem war es sehr voll in meinem Zimmer.

»Raus«, sagte ich leise.

Niemand reagierte.

»RAUS! ALLE!«

Heinz verstummte, Henriette griff wieder nach dem Nudelholz, Esther zog den Bademantel hoch, Angelo machte zwei Schritte zurück in Richtung Dachterrasse. Es sah aus wie ein äußerst modernes Ballett.

»Ich habe Hunger«, fügte ich hinzu.

»Um zwei Uhr nachts?«, erkundigte sich Henriette.

Beelzebüblein war plötzlich auch da und grinste verhalten.

»Pasta«, sagte ich.

Schon verschwand er wieder. Er war und blieb ein Süßmäulchen.

Ich fixierte Angelo. »Ab in die Küche!«

Der staunte nicht schlecht. Dann verließ er mein Zimmer. Die anderen folgten ihm, während ich erst mal unter die Dusche ging und ein paar dringende Dinge in Sachen Körperpflege nachholte. Als ich eine knappe Stunde später die Küche betrat, saßen alle bis auf Esther vor einer großen Schüssel mit Spaghetti aglio e olio.

Lecker! Ich stopfte mich voll, plauderte mit Angelo wie mit einem guten Freund und ignorierte weitgehend Heinz und Henriette, die ob des vielen Knoblauchs abwechselnd leise aufstießen.

Als auch diese beiden wieder im Bett waren, schickte ich Angelo fort, holte mir einen Notizblock und machte einen Plan. Darüber schlief ich am Küchentisch ein.

Früh am nächsten Morgen wurde ich wieder munter, als Kaffeeduft in meine Nase stieg.

Esther saß mir gegenüber und studierte meine kurze Liste.

»Onkel Thilo anrufen«, las sie vor. »Das verflixte Wunder einfordern, alle Sehenswürdigkeiten von Rom besichtigen, einen Job suchen.« Sie ließ den Block sinken und sah mich an. »Klingt gut.«

»Hmmm.«

»Wann willst du anfangen?«

Ich musste an mein Bett denken, das nebenan auf mich wartete. Eventuell könnte ich Angelo herbeilocken. Vorbereitet wäre ich jetzt ja. Schon sah ich eine wilde Sexszene vor mir und leckte mir die Lippen. Dummerweise sah ich auch meinen schönen fremden Priester.

Mist!

An den hatte ich ewig nicht gedacht.

Warum erschien er mir ausgerechnet jetzt und sah mich so mahnend an?

Wahrscheinlich weil ich ihn mit Onkel Thilo in Verbindung brachte, gab ich mir selbst die Antwort. Und mit dem hatte ich mich diese Nacht intensiv beschäftigt.

Angelo verschwand aus meiner Sexszene, und ich bildete mir ein, dass seine Lippen sich zu einem bedauernden Lächeln kräuselten. An seine Stelle trat der Priester. Er riss sich die schwarze Kutte vom Leib und …

Moment mal!

Ich sprang auf, als hätte mich was gestochen, wobei ich den Inhalt meiner Kaffeetasse auf meine schöne Liste kippte, und machte rasch ein paar Kniebeugen.

Keine Ahnung, wie ich darauf gekommen war, aber durch Zufall hatte ich eines Tages herausgefunden, dass diese Übung mir half, wenn mein Verlangen zu groß wurde. Ich meine, ich war nicht sexsüchtig, aber als normale junge Frau sehnte ich mich schon mal nach ein paar Einheiten Lust. Und zwar nicht bloß den selbst gemachten, sondern jenen, an denen ein Mann beteiligt war. Wenn nichts anderes half, dann mussten es eben Kniebeugen sein.

Als ich noch in Jan Dierksen verliebt gewesen war (vor einer Ewigkeit, wie mir schien), hatte ich echt stramme Waden bekommen.

Kurz vor dem Zwischenfall mit Stein Junior hatte ich den Trick leider noch nicht gekannt, was ich bis heute bedauerte.

Esther sah mir einen Moment schweigend zu. Sie wusste nicht, was meine sportliche Einlage zu bedeuten hatte, und ich klärte sie nicht auf. Hätte mir vorstellen können, dass sie demnächst auch kräftige Beinmuskeln bekommen würde.

»Ich … äh, übe für die Treppen, wenn ich gleich los zu meinem Onkel will«, sagte ich.

»Wieso? Die läufst du doch jeden Tag rauf und runter, wenn du zu dem kleinen, dicken, kahlköpfigen Pizzabäcker gehst.«

Nichts an dem, was sie über Santo sagte, war falsch,

dennoch war ich stellvertretend für meinen Freund beleidigt. »Wie kannst du nur so gemein sein! Er hat ein großes Herz.«

»Aber er ist klein, dick und kahlköpfig.«

»Er ist zuverlässig und fürsorglich.«

»Aber er trägt keine Uniform. Bloß eine bunt befleckte Schürze.«

Ich musste ein bisschen dicker auftragen. »Er ist treu wie ein Diamant.«

»Aber so alt wie ich«, sagte Esther in einem Tonfall, als wäre dies Santos größter Makel.

»Er liebt dich.«

Esther legte den Kopf in den Nacken und lachte dröhnend los.

Ich war froh, dass zwischen unserer Küche und Santos Wohnung drei weitere Stockwerke lagen. Und ich schwor mir, ihm niemals zu erzählen, was Esther wirklich von ihm hielt. Ihm zuliebe. Der Mann hatte seine Frau verloren und war Vater eines missratenen Sohnes. Er musste nicht auch noch erfahren, dass eine adlernasige Deutsche ihn verspottete.

Meine Gelenke knirschten hörbar, also hörte ich mit den Kniebeugen auf und setzte mich wieder. Der Grund dafür war sowieso verflogen.

Esther wischte sich die Lachtränen aus den Augen, bevor sie voller Inbrunst erklärte: »Santo ist bestimmt ein netter Kerl und ein guter Freund für dich. Aber ich liebe einen anderen Mann.«

»Wen denn?«, fragte ich, wischte den Tisch und meine Liste mit einem Spültuch ab und goss mir eine frische Tasse Kaffee ein.

»Den ACHim.«

Sie sprach den Namen seltsam aus, mit einem besonders scharfen »CH«.

»Und wer ist das?«

Das feurige Glitzern in Esthers Augen hätte die Gasflammen an unserem Herd entzünden können.

»Er ist groß, sportlich und schwarzhaarig mit blauen Augen.«

Was meine Frage nicht beantwortete, aber zumindest ihren Enthusiasmus erklärte. Okay, sie liebte also einen schönen Mann namens ACHim. Trotzdem hätte sie fast meinen Angelo vernascht. Wäre ich puritanisch veranlagt gewesen, hätte ich jetzt ziemlich schlecht von ihr gedacht.

»Am schönsten ist er, wenn er seine mittelalterliche Galauniform trägt. Die ist rot-gelb-blau und geht damit auf die Farben im Wappen des Adelsgeschlechts der Medici zurück. Der Helm lässt ihn noch größer erscheinen, und die Beinkleider stehen ihm umwerfend gut. Er …«

»Stopp!«, rief ich aus. »Was soll das denn für eine Uniform sein? Ist er aus Disneyland?«

Esther schaute mich nur an, und langsam dämmerte mir die Wahrheit.

Sie hätte gar nicht mehr hinzufügen müssen, dass er an der Porta Sant'Anna Wache stand. Das war, wie ich wusste, eines der Tore, durch die man in den Vatikan gelangen konnte. Die Porta Sant'Anna lag am Ende des Viertels Borgo Pio. Dahinter führte eine schmale mit sandfarbenen Gebäuden gesäumte Straße direkt auf die Sixtinische Kapelle zu. Ich kannte mich bestens aus in Rom, da ich täglich auf Google Maps in der Ewigen Stadt unterwegs war. Für den Fall, dass mich jemand fragen sollte, was ich schon alles gesehen hätte, wollte ich vorbereitet sein.

Jeder normale Besucher kam nur über die Vatikanischen Museen in die Kapelle, nachdem er im Schnitt drei Stunden in der Warteschlange gestanden hatte.

Dort, an der Porta, wie auch an den anderen Eingängen zum Vatikan, standen die berühmten Schweizergardisten und hielten Unbefugte fern.

Fast hätte ich gelacht. Esther mit ihrem Hang zu jungen Männern in Uniformen – das passte. Aber als ich einen weiteren Moment darüber nachdachte, fand ich die Geschichte nicht mehr so lustig, eher tragisch.

Mir war auf einmal angst und bange um meine Freundin, weil ich fürchtete, dass sie sich in eine unmögliche Liebesgeschichte verrannte.

Bei so etwas wusste ich bestens Bescheid.

»Kennst du ihn näher?«, tastete ich mich behutsam vor.

Esthers Augen leuchteten noch mehr auf, sofern das überhaupt möglich war. »Seit genau zwei Wochen. Ich wollte zum Campo Santo Teutonico, aber das war der falsche Eingang.«

»Wohin?«, fragte ich nach. Von einem solchen Ort in Rom hatte ich noch nie gehört. Nicht mal von Heinz, der ein Reiseführer auf zwei Beinen war.

Esther klärte mich geduldig auf. »Das ist ein Friedhof auf dem Gelände des Vatikans, auf dem deutschsprachige Menschen aus ganz Europa begraben sind. Einige Berühmtheiten sind darunter, aber auch ganz normale Leute.«

Ich erfuhr, dass es ganz leicht war, dorthin zu gelangen, obwohl der Kirchenstaat sonst so hermetisch abgeriegelt war. Wer zum Beispiel die Schweizergardisten an der Wache Largo Paolo VI. auf Deutsch ansprach und vorgab, zum Campo Santo Teutonico zu wollen, den winkte die Wache vormittags durch. Dieser hoch ummauerte kleine Friedhof lag etwa siebzig Meter innerhalb der vatikanischen Mauern und genoss dennoch exterritorialen Status. Deutsche, Österreicher und Schweizer mussten diese Oase der Stille ungehindert erreichen dürfen.

»Nur habe ich auf der falschen Seite des Petersdoms danach gefragt«, fuhr Esther fort. »ACHim war so freundlich, mich in die richtige Richtung zu schicken. Seitdem habe ich ihn jeden Tag besucht. Wenn er gerade keinen Dienst hatte, bin ich später noch einmal wiedergekommen. Und wenn er am Tor stand, habe ich ihm Gesellschaft geleistet.«

Für mich klang das eher nach Stalken, aber ich hielt meinen Mund.

»Deshalb hast du mir in letzter Zeit nichts Neues mehr von Rom erzählt«, stellte ich fest.

Esther nickte. »Für die Sehenswürdigkeiten hatte ich keine Zeit mehr.«

Ihre Verwandlung zur sexy Femme fatale hatte auch vor ungefähr zwei Wochen eingesetzt.

Großer Gott!

Es war ihr ernst mit dem Schweizergardisten.

»Wie … ähm, findet er dich denn so?«, erkundigte ich mich nach einem Augenblick des entsetzten Schweigens in meinem besten neutralen Tonfall.

Esther rieb sich die Adlernase und schien ernsthaft nachzudenken. Vielleicht war sie selbstkritisch genug, die Wahrheit zu erkennen. Es gab womöglich noch Hoffnung für sie.

»Er ist von mir fasziniert.«

Oder doch nicht.

»Wieso glaubst du das?«

»Er schaut mich immer wieder an.«

»Esther«, sagte ich sanft. »Das ist sein Job. Er ist ein Wachmann, und du lungerst in seiner Nähe rum. Er verhält sich professionell.«

»Ich LUNGERE nicht rum«, ereiferte sie sich. »Und überhaupt: Was geht dich das an? Kümmere dich um deinen eigenen Kram.«

»Entschuldige«, sagte ich schnell.

Ich war wirklich zu weit gegangen. Aber ich machte mir schreckliche Sorgen. Wahrscheinlich konnte Esther froh sein, dass sie noch nicht aus Sicherheitsgründen erschossen worden war. Sofern die Gardisten Pistolen trugen. Oder in zwei Teile gehackt, wenn die Waffen eher mittelalterlicher Art waren. Dann würde sie auch auf dem Campo Teutonico landen, nur leider unter der Erde.

Um sie von ihrer tödlichen Liebesmission abzubringen, bat ich sie, mich zu meinem Onkel zu begleiten.

»Ach, auf einmal?« Sie klang noch reichlich feindselig.

»Ja, ich muss es endlich hinter mich bringen.«

»Und darauf bist du gekommen, weil Angelo über dich herfallen wollte?«

»Ja … nein. Ein bisschen vielleicht.«

»Geht das auch etwas genauer?«

Ich sammelte mich. »Wahrscheinlich hat mich die Geschichte heute Nacht aufgerüttelt. Es muss endlich etwas geschehen.«

»Ganz deiner Meinung«, sagte Esther schon etwas friedlicher gestimmt. »Wann willst du hingehen?«

»Ich dachte an jetzt gleich.«

»Gut, ich habe nämlich nur Zeit bis zehn Uhr. Dann beginnt ACHims Schicht.«

Meine Lippen schmerzten, so fest biss ich darauf, um bloß keinen Kommentar abzugeben.

»In Ordnung«, sagte ich nur. »Heute ist Montag, da ist mein Onkel mit etwas Glück noch zu Hause. Die Wunderbehörde fängt bestimmt nicht vor acht an zu arbeiten. Und so früh am Morgen ist er vielleicht noch guter Dinge.«

Keine Ahnung, wie ich auf diese Idee kam. Wahrscheinlich schloss ich von Papa, der ein begeisterter Frühaufsteher war, auf seinen Bruder.

Aber als ich eine halbe Stunde später Kardinal Thilo Wagner gegenüberstand, erkannte ich meinen Irrtum.

Er war kein Morgenmensch, um es mal vorsichtig auszudrücken.

10

Da bist du ja!

Ich musste mir von Esther einen Gürtel leihen, um meine Jeans an ihrem Platz zu halten. Mit heruntergelassener Hose wollte ich ganz sicher nicht bei Onkel Thilo aufkreuzen. Womöglich dachte er sich dann etwas Schlimmeres als das Fegefeuer für mich aus, obwohl ich mir nicht vorstellen konnte, was das sein sollte.

Mein kleiner roter Freund offenbar schon, deshalb ließ er sich auch nicht blicken.

Wir verließen das Haus um kurz nach sieben. Heinz und Henriette schliefen noch fest. Klar, denen saß die Aufregung der Nacht noch in den Knochen. Wo sie doch so sehr auf ihre Ruhe erpicht waren. Auch unten bei Santo und Angelo rührte sich nichts.

Gut so. Eventuell hätte einer unserer Bekannten sonst versucht, uns aufzuhalten, obwohl niemand wusste, warum ich wirklich in Rom war. Ein paarmal war ich im vergangenen Monat schon versucht gewesen, Santo von meiner Angststörung zu erzählen. Aber ich fürchtete, er würde mich dann weniger gernhaben.

Ziemlich dumm, ich weiß, doch ich wollte kein Risiko eingehen. Und ich wusste ja noch nicht, wie groß das Herz dieses kleinen Mannes war.

Außerdem ahnte er vielleicht schon was. Als er mich vor zwei Tagen gebeten hatte, für Angelo einzuspringen und zwei Häuser weiter eine Pizza auszuliefern, hatte ich mich so heftig geweigert, als wartete dort draußen der Teufel höchstpersönlich auf mich, um mich ins Reich der Finsternis zu verschleppen. Und zwar nicht nur die Miniaturausgabe in meinem Kopf, sondern der echte, der ausgewachsene böse Luzifer. Santo hatte dankenswerterweise nichts weiter dazu gesagt, doch mir war klar gewesen, dass er sich nun noch einige Gedanken mehr über mich machen würde, als er es ohnehin schon tat.

Heute aber lief ich fest entschlossen die Treppen hinunter.

An der Haustür jedoch fühlte ich mich plötzlich wie gelähmt. Draußen war es noch sehr ruhig. Die Kaffeebar gegenüber hatte gerade erst geöffnet, nebenan wurden bei einem Geschäft für sakrale Waren die Rollläden hochgezogen. Offenbar hoffte der Inhaber auf ein paar Frühaufsteher unter den Priestern, die in Borgo wohnten, oder auch unter den Touristen. Santo hatte mir mal erzählt, dass viele Rombesucher am liebsten eine Papstkappe oder ein Kreuz mitnahmen. Manche kauften sogar eine komplette Robe.

Ein paar Hausfrauen machten sich auf den Weg zum Markt, Katzen strichen durch Torbögen, jemand hängte über unseren Köpfen die Wäsche auf. Die ockerfarbenen Hauswände erstrahlten im ersten Licht des Tages, und auf den wenigen Balkonen streckten Oleander und Herbstrosen ihre Blüten der Morgensonne entgegen. Zwei ganz in Schwarz gekleidete Großmütter stellten wackelige Küchenstühle in die Gasse, ließen sich darauf nieder und begannen, Gemüse zu putzen. Sie waren bereit für das alltägliche Unterhaltungsprogramm des Lebens.

Wären die vereinzelten Satellitenschüsseln, die zwei

geparkten Autos und das erste um die Ecke knatternde Mofa nicht gewesen, hätte dies auch eine Szene aus dem Mittelalter sein können.

Ich schaute mich in aller Ruhe um und stellte fest, dass nichts von dem, was ich sah, mir Angst machte. Esther hatte geduldig gewartet, und als ich nun den ersten Schritt nach draußen machte, lächelte sie stolz.

»Geht doch.«

Die alten schwarz gekleideten Frauen beobachteten mich genau, konnten sich aber offenbar keinen Reim auf mein zögerliches Verhalten machen. Ich lächelte ihnen zu, und sie lächelten zurück. Ich mochte sie auf Anhieb.

Noch einmal blickte ich mich um, dann wandte ich mich nach rechts. Ich wusste, mein Onkel wohnte nur zwei Querstraßen entfernt in einem Gebäude, das dem Vatikan gehörte.

Von Santo wusste ich zudem, dass der Kirchenstaat zu den größten Hauseigentümern in Borgo gehörte. Weil der Vatikan nur knapp einen halben Quadratkilometer groß war und seinen Mitarbeitern wenig Wohnraum bot, hatte man außerhalb der Mauern klug investiert.

Keine fünf Minuten später standen wir vor einem Wohnhaus, das dem unseren recht ähnlich war. Nur wirkte es um einiges bescheidener. Die Außenwand war ganz glatt und ohne jegliche Verzierung. Balkone gab es nicht, eine Dachterrasse wahrscheinlich ebenso wenig. Der Putz blätterte hie und da ab, und das Eingangsportal war eine schmucklose Holztür.

»Guck mal«, sagte Esther und zeigte auf das Klingelschild. »Wenn ich richtig gezählt habe, wohnen hier neun Kardinäle. Zwei Namen klingen spanisch, drei italienisch, einer französisch und zwei polnisch. Das nenne ich international. Und hier ist der deutsche Kardinal Thilo Wagner.«

»Ja, schön, dass wir jetzt Bescheid wissen«, presste ich etwas atemlos hervor. »Aber lass uns wieder gehen.« Mir brach schon wieder der Schweiß aus. Eine Panikattacke konnte ich jetzt echt nicht gebrauchen. Außerdem fand ich, für ein erstes Mal hatte ich mich gut geschlagen. Das reichte. Und angesichts dieser geballten kirchlichen Präsenz verließ mich sowieso aller Mut.

Doch ehe ich sie daran hindern konnte, hatte sie schon ihren Finger auf die Klingel gelegt.

Nichts tat sich.

So leicht gab Esther nicht auf. Sie ließ ihren Finger, wo er war. Irgendwo schien etwas zu schrillen, doch das Haus blieb ruhig.

»Wir können ein andermal wiederkommen«, schlug ich vor, während mich schon eine Welle der Erleichterung durchströmte. Das hier war höhere Gewalt, und ich konnte mich damit trösten, dass ich es wenigstens probiert hatte. »Morgen oder nächste Woche.«

»Kommt nicht infrage. Oder willst du dich noch einen Monat im Haus verkriechen?«

»Natürlich nicht«, gab ich zurück, obwohl mir die Idee durchaus gefiel.

»Na also.« Esther drückte ein wenig fester, als ob die Klingel davon lauter schrillen würde.

Endlich wurde der Türsummer betätigt. Esther packte meinen Arm und zog mich hinter sich her. Ein berühmter Satz aus Dantes *Göttlicher Komödie* kam mir in den Sinn: »Lasciate ogni speranza, voi che entrate – lasst alle Hoffnung fahren, ihr, die ihr eintretet.«

Mir wurde heiß und kalt zugleich. Esther hingegen

ließ sich von keinerlei dunklen Vorahnung von ihrem Ziel abbringen. Sie stürmte unbeirrt durch den dunklen, muffigen Flur, dann eine knarrende Holztreppe nach oben und hielt erst im zweiten Stock an, wo sie eine nur einen Spaltbreit geöffnete Wohnungstür entdeckte. Die Sicherheitskette war eingehängt, und ein wütendes unrasiertes Männergesicht blickte uns entgegen.

Ich erkannte Onkel Thilo augenblicklich. Nur die grauen schütteren Haare waren mir neu.

Auch er wusste offenbar sofort, wen er vor sich hatte, obwohl meine Verwandlung in den vergangenen sechsundzwanzig Jahren eindeutig größer gewesen war. Von einem achtjährigen fröhlichen Kind zu einer vierunddreißigjährigen ängstlichen Frau war es eben ein weiter Weg.

Noch bevor ich zu einer Erklärung ansetzen konnte, sagte er in scharfem Tonfall: »Ich kann dir nicht helfen, Sina. Du bist umsonst hergekommen. Fahr wieder nach Hause.«

Sein Gesicht wirkte außerordentlich zornig, doch ich bildete mir auch ein, etwas wie Erschrecken in seinen Zügen zu sehen.

Das wunderte mich. Dieser mächtige Kirchenmann hatte doch wohl keine Angst vor seiner unscheinbaren Nichte?

Nein, unmöglich. Bestimmt hatte ich mich getäuscht, und jetzt sah er auch nur noch wütend aus.

Schon wollte er die Tür zuknallen, aber Esther, die offenbar zu viele Krimis gesehen hatte, schob schnell einen Fuß dazwischen. Leider trug sie bloß bequeme Flipflops und kreischte nun vor Schmerz auf. Davon wurden auch die restlichen Bewohner des Hauses geweckt.

Ich merkte das nicht sofort, weil ich mit einer wichtigen Frage beschäftigt war. Ich bekam sie nicht ganz zu fassen – die Antwort noch weniger –, aber irgendetwas geisterte mir da im Kopf herum.

Esthers Kreischen erreichte ungeahnte Höhen, als Thilo die Tür kurz öffnete, um ihr die Chance zu geben, den Fuß zurückzuziehen. Tat sie aber nicht, und er schlug wieder zu.

Ganz schön gewalttätig, so ein Kardinal. Und ganz schön mutig, meine Freundin.

Ich stand da und grübelte, während sich der Flur mit Leuten füllte.

Und füllte und füllte.

Plötzlich war ich von diversen mehr oder weniger angekleideten Kirchenmännern umgeben. Die einen trugen schon ihr komplettes Gewand, andere eine Art Beerdigungsanzug, wieder andere hatten sich nur schnell Hemd und Hose angezogen, alles in Schwarz. Etwas Helleres schien niemand zu besitzen.

Die eben noch bloß muffige Luft wurde jetzt stickig. Ich fragte mich kurz, ob es irgendeinen religiösen Ritus gab, der den Männern das morgendliche Waschen und Duschen untersagte, dann versuchte ich, mich wieder auf meine wichtige Frage zu konzentrieren.

Dann wurde mir schwarz vor Augen.

Jemand fing mich auf. Ich spürte kräftige Muskeln und ließ mich niedersinken.

Auf einmal fiel mir die Frage ein … und die Antwort gleich dazu.

Woher wusste Onkel Thilo von mir und meinem Anliegen?

Wo doch die Familie angeblich seit Jahren keinen Umgang mehr pflegte?

Meine Eltern hatten ihn kontaktiert! Eine andere Möglichkeit gab es nicht. Außer meiner Freundin waren nur die beiden eingeweiht. Und sie hatte ein jahrzehntelanges Schweigen gebrochen, um mir zu helfen.

Es hatte nichts gebracht. Dennoch schwoll mein Herz an vor lauter Liebe zu Antje und Ragnar. Und ich schämte mich, weil ich mich so selten bei ihnen meldete.

Dann schaute ich auf, schaute in Augen, die ich von einem Foto her kannte, und die Liebe blieb in meinem Herzen … veränderte bloß ihre Struktur, bis ich das Gefühl hatte, es müsse explodieren.

Also fiel ich in Ohnmacht. Ich wusste mir nicht anders zu helfen.

Als ich wieder zu mir kam, lag ich auf einem breiten Ledersofa in einem dämmrigen Raum. Nachdem sich meine Augen an das schwache Licht gewöhnt hatten, konnte ich einen massiven Schreibtisch und hohe Regale voller ledergebundener Bücher ausmachen. Wahrscheinlich alles Erstausgaben christlicher Werke.

Beeindruckend. Bei uns zu Hause standen nur ein paar Sammelbände vom *Reader's Digest*. Meine eigenen Bücher hatte ich mit nach Norderbüll genommen. Ich sah noch etwas anderes, etwas beinahe Vertrautes, und es irritierte mich. Aber wahrscheinlich war ich nur noch nicht wieder ganz bei mir. Die Tür wurde leise geöffnet, und herein kam mein schöner fremder Priester. Er lächelte mich voller Zärtlichkeit an, woraufhin sich die Liebe in meinem Herzen sofort wieder ausbreitete, bis es fast explodierte.

Da bist du ja, dachte ich ganz selbstverständlich. Wurde auch Zeit, dass wir uns treffen.

Doch augenblicklich zweifelte ich an meinem Verstand.

»Sind Sie eventuell eine Erscheinung?«, fragte ich, weil

meine Gehirnzellen ihre Arbeit noch nicht wiederaufgenommen hatten. »So etwas wie eine Fata Morgana?«

Immerhin war ich schon wieder so klar, dass ich Italienisch mit ihm sprach.

Er lachte ein tiefes Lachen, das meinen Körper mit einer Gänsehaut überzog.

»Ich hoffe nicht. Bisher war ich ziemlich real. Möchten Sie mal kneifen?«

Er hielt mir einen gebräunten Unterarm mit feinen dunklen Härchen hin.

»Lieber nicht.«

Ich hätte mich womöglich zu einer unschicklichen Handlung hinreißen lassen.

»Geht es besser?«, fragte er. »Sie haben uns einen großen Schreck eingejagt. Fallen Sie öfter in Ohnmacht?«

Eigentlich nicht, wollte ich antworten, kam bloß nicht dazu. Denn da hob er schon meinen Kopf mit einer Hand hoch und setzte mit der anderen ein Glas Wasser an meine Lippen.

Ich trank einen Schluck und bedauerte es zutiefst, als er mich wieder losließ. Es hatte sich wunderbar angefühlt, von ihm gehalten zu werden.

»Wer … sind Sie?«

»Pietro …«

Weiter kam er nicht, weil in diesem Moment Onkel Thilo eintrat.

Der Heilige Petrus, dachte ich noch, und befahl meinem Herzen, ausschließlich aus keuscher Ehrfurcht vor einem Priester zu explodieren.

Keine Chance. Die Liebe fällt nun mal hin, wo sie will.

Hinter Thilo kam Esther hereingehumpelt. Ihr Gesicht wirkte besorgt, seines nur zornig.

Kurz flog sein Blick zum Bücherregal.

Da erkannte ich, dass ich eben wirklich etwas sehr Seltsames gesehen hatte. Und es war keine Einbildung gewesen.

Mannomann!

Dort stand ein Foto in einem schlichten Rahmen, und darauf waren Onkel Thilo, Antje und Papas rechter Arm abgelichtet. Nicht etwa mein ganzer Papa, nein, nur dieser bestimmte Körperteil. Den Arm erkannte ich, weil er ihn bis heute so um Antjes Schulter legte. Mit ein paar Millimeter Abstand, so als hätte er Angst, er könnte zu schwer für die zarte Antje sein. Inzwischen war Mama nicht mehr zart, sondern eine Landfrau in ihren besten Jahren, mit etwa dreißig Pfund mehr auf den Hüften, aber diese Angewohnheit hatte Papa beibehalten.

Im Bruchteil einer Sekunde ergaben die Andeutungen meiner Eltern einen Sinn, die sie an dem Tag gemacht hatten, als ich mit Esther bei ihnen zu Besuch gewesen war. Als zum Beispiel Mama sagte, sie hätte sich damals mit mehr Entschiedenheit …

Ja, was denn?

Wehren sollen? Gegen wen?

Ich begriff auf einmal alles: Thilo Wagner hatte seinen jüngeren Bruder von dem Gruppenfoto abgeschnitten, weil er sich nur an die hübsche, elfengleiche Antje erinnern wollte. Weil sie nämlich … Weil er vielleicht …

Oh Gott!

Thilo hatte einst Antje geliebt!

Aber seine Liebe war nicht erwidert worden, denn Antje hatte ihm Ragnar vorgezogen. Womöglich hatten die Brüder sich um sie geprügelt. Oder duelliert. Wie im Film. Was genau sich abgespielt hatte, würde ich vielleicht nie erfahren, aber es musste ziemlich dramatisch zugegangen sein, sonst wäre es wohl nicht zu diesem Bruch gekommen.

Thilo war daraufhin Priester geworden, und weil er die Enttäuschung nie hatte verwinden können, war mit den Jahren sein Hass auf meine Familie gewachsen, bis er sich schließlich auf mich entladen hatte. Ich war das unschuldige Opfer seiner verschmähten Liebe gewesen.

Na gut, vielleicht übertrieb ich ein wenig, aber etwas Wahres war auf jeden Fall dran.

Mein Onkel hatte das alte Foto sogar nach Rom mitgenommen, überlegte ich weiter. Und er hob es auf, weil er Antje bis heute liebte.

Na ja, so dramatisch war es vielleicht nicht ganz. Esthers Gerede von den *Dornenvögeln* ließ mich die Geschichte womöglich zu einseitig sehen. Trotzdem, der Kardinal pflegte die Erinnerung an eine glückliche Zeit in seinem Leben, als der Weg für ihn noch ungewiss und voller Versprechungen gewesen war.

Auf einmal empfand ich Mitleid mit ihm. Der andere Weg hätte ihn auch zum glücklichen Familienvater und stolzen Landwirt führen können. Ob ich mit ihm als Vater glücklich geworden wäre, stand auf einem anderen Blatt. Aber wenigstens hätte ich dann keine Angststörung gehabt.

Ich rieb mir die Schläfen und befahl mir, mit diesen Gedankenspielen aufzuhören. Es brachte nichts, sich zu fragen, was gewesen wäre, wenn dies oder jenes anders gelaufen wäre. An der Vergangenheit gab es nichts zu rütteln.

Noch einmal huschte mein Blick zu dem gerahmten Bild. Schon merkwürdig, dachte ich, dass sowohl in seiner als auch in meiner Geschichte ein Foto eine Rolle spielte.

Ich war mir nicht sicher, ob ich etwas mit ihm gemeinsam haben wollte.

Eher nicht.

Jetzt sah er mich an, und er verstand, dass ich die richtigen Schlüsse gezogen hatte. Seine Reaktion war eindeutig. »Wenn es ihr wieder gut geht, kann sie meine Wohnung verlassen.«

Mein eben noch so freundliches Gefühl für ihn verschwand mit Lichtgeschwindigkeit. Zurück blieb bloß ein hilfloser Zorn.

»Na, hören Sie mal!« Esther baute sich dicht vor ihm auf, was ziemlich beeindruckend war, denn sie überragte ihn um Kopfeslänge, und fixierte ihn mit einem eisigen Blick. »Was sind Sie denn für ein herzloser Mann Gottes? Ihre Nichte hat Berge und Meere überquert, um Sie zu sehen. Jetzt erleidet sie einen Schwächeanfall, und Sie wollen die arme Deern rauswerfen? Hinaus in die feindliche kalte Stadt?«

Okay, sie trug ein bisschen dick auf, aber irgendwo hatte sie auch recht.

Onkel Thilo schrumpfte sichtlich in sich zusammen. »Dann soll sie sich eben noch eine Weile ausruhen, bevor sie geht.«

Da diese Unterhaltung auf Deutsch geführt wurde, bekam der Heilige Petrus, alias schöner fremder Priester, alias Pater Ralph, nicht alles mit. Offenbar beherrschte er meine Muttersprache nur bruchstückhaft. Es schien ihn auch nicht zu interessieren, denn sein Blick war intensiv auf mich gerichtet.

Verunsichert schaute ich zurück.

Also, ich hätte schwören können …

Nein, unmöglich!

Aber doch!

Pietros Blick signalisierte Interesse. Und zwar nicht nur für meinen Gesundheitszustand. Er guckte definitiv alles andere als heilig.

Wie ein Mann eine Frau anschaut, die er begehrt.

Dunnerlittchen!

Zwei Verehrer innerhalb von zehn Stunden! Das würde mir in Norderbüll keiner glauben! Da war ich ja bloß das Mauerblümchen mit dem seltsamen Appetit.

Mir kam der Gedanke, dass ich womöglich eine ganze Menge verpasst hatte, weil ich seit vier Wochen das Haus nicht verließ.

ABER: Er war ein Priester!

»Pfui, pfui«, sagte ich leise.

Das verstand er nicht.

»Dornenvögel«, fügte ich hinzu.

Er guckte nur.

Aber Esther hörte es, ließ von Onkel Thilo ab und stürzte, immer noch humpelnd, zu mir.

»Nein!«, rief sie. »Tu das nicht, Sina! Verlieb dich nicht in einen Priester!«

Zu spät. Das konnte auch meine Freundin sehen. Bestimmt glitzerten meine Augen jetzt so hell wie ihre, wenn sie von einem gewissen Schweizergardisten sprach.

Pietro kratzte sich verwirrt am Kopf. »Was ist denn passiert?«

»Etwas Schreckliches«, murmelte Esther. »Etwas ganz und gar Unmögliches.«

»Würde mich gefälligst mal jemand aufklären?«, verlangte der Kardinal.

»Ich liebe jemanden, aber dieser jemand liebt jemand anderen«, erklärte ich und merkte erst, als ich den Satz beendet hatte, was ich da gesagt hatte. Ich sah, wie Thilo erbleichte. Er verstand, dass dies genauso gut auf ihn zutraf. Oder es zumindest mal so gewesen war.

Doch Antje hatte nicht Gott im Himmel geliebt, wie es Pietro tat, sondern Ragnar, einen einfachen Bauern vom nordfriesischen Flachland. Was vielleicht ein bisschen schlimmer war, denn einer höheren Macht gab man sich wahrscheinlich leichter geschlagen als dem jüngeren Bruder.

Insofern war ich ein bisschen besser dran als Thilo Wagner vor rund vierzig Jahren. Es tröstete mich bloß kein Stück.

Mit einem Ruck stand ich auf, kämpfte kurz gegen die Schwärze vor meinen Augen an, schüttelte Pietros Hand ab und verkündete: »Onkel Thilo, wenn du eben noch schnell den Fluch von mir nehmen könntest, bin ich auch gleich wieder weg. Dann sind wir wieder geschiedene Leute.«

»Wovon redet sie?« Er richtete seine Frage an Esther, weil sie ihm wohl trotz ihres bedrohlichen Gehabes als die Vernünftigere von uns beiden erschien.

Ha! Da hätte ein gewisser ACHim aus der Schweiz aber bestimmt widersproCHen.

»Es geht um den Vorfall damals auf der Hochzeit von Antjes Schwester Stine«, erklärte Esther geduldig, warf aber gleichzeitig einen Blick auf ihr Smartphone, um die Uhrzeit zu checken

Alles klar. Sie war in Gedanken auch gerade bei ihrem ACHim.

»Antje?«, fragte Thilo nach und hob verwirrt die Brauen. »Stine?«

Er gab sich unwissend, aber ich konnte genau die feine Röte sehen, die ihm jetzt von seinem faltigen Hals aufwärts bis unter die Haarwurzeln kroch. So ganz war er noch nicht über die Sache hinweg.

Ob mir ein ähnliches Schicksal drohte? Schon sah ich mich selbst in dreißig oder vierzig Jahren. Eine verbitterte kinderlose alte Frau, die manchmal noch rot wurde, wenn sie an ihre einstige große Liebe, den schönen römischen Priester, dachte.

Allmächtiger!

So 'n Schietkram wollte ich erst recht nicht mit meinem Onkel gemein haben. Es gab nur eine Chance für mich: Ich musste schnell weg von hier und durfte niemals wieder Pietro unter die Augen treten. Vielleicht konnte ich ihn mir ja auf diese Weise noch austreiben.

Träum weiter, Sina!

Pietros Hand war wieder da, stützend an meinem Ellenbogen, und ich fühlte mich, als wäre ich nach langer Reise nach Hause gekommen. Mein Pulsschlag beruhigte sich, ich war geborgen. Von Esthers Erklärungen bekam ich nicht viel mit, aber bei Thilos seltsamer Reaktion wurde ich dann doch aufmerksam.

»Bloß, weil ich das Mädchen damals ein bisschen ausgeschimpft habe, ist sie jetzt nicht mehr ganz richtig im Kopf?«

»Ein bisschen ausgeschimpft?« Ich schrie auf einmal und regte mich schon wieder schrecklich auf. »Du hast mir mit dem ewigen Fegefeuer gedroht! Und damit hast du mich zu Tode erschreckt!«

Thilo lachte ein kleines abfälliges Lachen. »Du übertreibst maßlos, Sina. So etwas nimmt ein vernünftiger Mensch doch nicht ernst.«

»Ich war acht!«, brüllte ich. »In dem Alter glaubt man an das, was die Erwachsenen einem sagen.«

Langsam wurde er unsicher. »Und wegen dem Vorfall hast du heute Angst vor Menschen?«

»Ja«, sagte ich müde. Die Lust zum Schreien war mir vergangen. »Genauer gesagt, vor vielen Menschen auf engem Raum.«

»Verstehe.« Er verfiel in Schweigen.

Esther sah ihn an, als könnte er jede Sekunde einen Zauberspruch von sich geben, und alles wäre wieder gut. Pietros Blick hingegen ruhte auf mir. Ich spürte ihn, schaute aber lieber nicht so genau hin. Außerdem hoffte ich, er verstünde wirklich nicht genug Deutsch. Es wäre mir ziemlich unangenehm gewesen, hätte er über mein kleines Problem Bescheid gewusst.

Endlich war Onkel Thilo mit seinen Überlegungen zu einem Ergebnis gelangt. »Heute Vormittag habe ich eine Sitzung nach der anderen, aber am Nachmittag zwischen fünfzehn und sechzehn Uhr hätte ich Zeit für dich. Komm in den Petersdom. Dort nehme ich dir zunächst die Beichte ab, und dann werde ich dich von allen Sünden freisprechen. Und auch von allen Flüchen.«

»In den Petersdom?«, wiederholte ich angstvoll. »Da sind aber furchtbar viele Leute.«

»Und man muss stundenlang anstehen, um überhaupt reinzukommen«, pflichtete Esther mir bei. »Am Nachmittag hat man so gut wie keine Chance mehr.«

Der Kardinal ging zu seinem Schreibtisch, holte ein Kärtchen aus einer Schublade und schrieb etwas darauf.

»Hier, bitteschön«, sagte er dann und reichte mir das Kärtchen, das sich als Besucherausweis mit meinem

Namen darauf entpuppte. »Du musst es einfach am Eingang vorzeigen.«

»Bei den Schweizergardisten?«, fragte Esther Glitzerauge. Offenbar hoffte sie, einen Ausweis für sich selbst abzustauben. Zu welchem Zweck, brauchte ich nicht zu fragen.

»Das wird nicht nötig sein. Jeder Wachmann weiß Bescheid.«

Esther wirkte geknickt, und mein besonderes Problem war auch noch nicht gelöst.

»Es wird trotzdem furchtbar voll sein«, sagte ich voller Angst.

Pietro wollte erfahren, was los war, und ich erklärte es ihm in groben Zügen. Es war mir auf einmal egal, ob ich in seinen Augen perfekt war oder nicht. Nur das mit den Torten ließ ich aus. Das musste er nun wirklich nicht wissen, selbst wenn ich nie etwas mit ihm anfangen würde. Selbst wenn ich ihn niemals küssen, niemals streicheln, niemals umarmen, niemals …

Stopp!

»Ziemlich warm hier drin«, flüsterte ich.

Esther schaute mich ahnungsvoll an. »Eigentlich ist es kühl und schattig.«

Pietro mischte sich wieder ein und erklärte mir, ich müsse ganz gewiss keine Angst vor Menschenmassen im Petersdom haben. »Es werden nicht zu viele Leute auf einmal hineingelassen, und die verlaufen sich dann im riesigen Kirchschiff. Es ist immerhin gut zweihundert Meter lang, und es würden sogar an die sechzigtausend Menschen hineinpassen. Sie müssen lediglich den Hauptsehenswürdigkeiten aus dem Weg gehen. Also zum Beispiel der Pietà von Michelangelo und dem Papstaltar unter dem Baldachin.«

Seine warme Hand lag immer noch an meinem Ellenbogen. Sie schien dort auf wundersame Weise angewachsen zu sein.

»Okay«, sagte ich gedehnt.

Wahrscheinlich war ich nicht mehr ganz dicht, aber ich vertraute ihm. Wenn Pietro sagte, ich könne es schaffen, das Hauptreiseziel von Millionen von Gläubigen zu betreten, dann würde ich das auch tun.

Ich reckte das Kinn und wandte mich an meinen Onkel. »Gut. Ich werde pünktlich um drei Uhr da sein. Wo genau muss ich hin? Und ist es im Petersdom nicht viel zu laut für eine Beichte?«

Der Kardinal schüttelte den Kopf. »Die Beichtstühle befinden sich im nördlichen Querhaus der Basilika. Es ist als stiller Bereich abgeteilt.«

»Also gut.«

»Dann sind wir uns einig.« Offenbar hatte er es eilig wegzukommen.

Ich wollte anmerken, dass eine Stunde für die Beichte vielleicht nicht reichen würde, denn die letzte lag locker zwanzig Jahre zurück. Zum Anlass meiner Firmung, um genau zu sein. Später hatte ich keinen großen Sinn mehr darin gesehen. Aber ich ließ es lieber bleiben. Diese eine Chance musste ich nutzen. Zwar war mir nicht wohl bei dem Gedanken, Onkel Thilo von meinen Fressanfällen zu erzählen, von meiner Liebe zu Jan Dierksen oder gar von dem Vorfall mit Stein Junior, doch ich würde das durchziehen. Koste es, was es wolle.

Pietros Hand umfasste meinen Ellenbogen ein bisschen fester.

Mist! Auf keinen Fall konnte ich dem Kardinal beichten, dass ich mich in einen Priester verguckt hatte. Pietro musste ich mir austreiben, auf der Stelle, und dann im Laufe der nächsten Stunden aus meinem Gedächtnis streichen.

Und aus meinem Herzen!

Ich riss mich los und machte einen großen Schritt von ihm weg.

Er schaute mich an – verwirrt, sogar ein wenig verletzt. Offenbar fand er es seltsam, dass eine Frau NICHT das Zölibat mit ihm brechen wollte.

Um mich abzulenken, schaute ich zu Esther. Sie wirkte extrem unzufrieden, und ich wusste genau, was jetzt kommen würde. Es erfüllte mich mit Erleichterung und Sorge gleichzeitig.

»So weit ist ja nun alles geklärt«, begann sie und strich sich durchs frisch gefärbte hellbraune Haar. »Aber es wäre besser, ich begleite Ihre Nichte. Wissen Sie, manchmal ist Sina ganz schön daneben, und wir wollen doch keinen Skandal im Vatikan.«

Na, dachte ich, da hatte der Kirchenstaat aber schon ganz andere Skandale gesehen. Politische, finanzielle, menschliche. Aber ich wusste ja, dass Esther ihre eigenen Ziele verfolgte, also sagte ich nichts.

Der Kardinal zögerte kurz, holte dann aber einen weiteren Ausweis aus der Schreibtischschublade, ließ sich von Esther den Namen diktieren und händigte ihn ihr aus. »Der ist aber nur für diesen einen Besuch im Petersdom gültig«, mahnte er.

»Verstanden.«

Von wegen! Esther hatte genau wie ich gesehen, dass kein Datum und kein genauer Ort darauf notiert waren. Nur *Vatikan*. Dieses kleine Stück Pappe war ein Freifahrtschein in den Kirchenstaat.

Was soll's, sagte ich mir. Vielleicht konnten wir ja beides erledigen. Ich würde meine Angststörung loswerden, wenn ich nur alles beichtete und dann genügend Ave-Marias betete, und Esther hätte die Gelegenheit, sich ihren Schweizergardisten aus dem Kopf zu schlagen, wenn sie mal fünf Minuten in Ruhe mit ihm reden konnte.

Guter Plan.

Ging bloß schief.

11
Kardinal all'arrabbiata

Kurz darauf waren wir wieder zu Hause. Ich spürte einen schweren Druck auf meinem Brustkorb, der mit jeder Minute stärker wurde.

Ja, ich hatte Angst davor, bei meinem Onkel zur Beichte zu gehen. Ja, ich hatte Angst, ich könnte Pietro niemals wiedersehen. Und ja, ich hatte Angst, ich *könnte* ihn wiedersehen.

Ziemlich verzwickt, das Ganze.

Von Santo entdeckte ich keine Spur in der Pizzeria, dabei wäre ich froh gewesen, ihn zu sehen. Auf einmal merkte ich nämlich, wie wichtig er für mich geworden war. Er war der einzige Mensch, bei dem ich Halt fand. Da es jedoch vor acht Uhr war, nahm ich an, dass er noch nicht vom Gemüsegroßmarkt zurückgekommen war.

Dafür saßen in der Küche unserer Ferienwohnung Heinz und Henriette einträchtig nebeneinander. Offensichtlich warteten sie auf uns. Auf die beiden hätte ich gern verzichtet. Esther auch, wie ich mit einem schnellen Blick feststellte. Eine steile Falte hatte sich zwischen ihren Augenbrauen gebildet.

Den Lüpkes fiel das nicht auf. Aus großen, neugierigen Augen schauten sie uns an.

»Kleinen Spaziergang gemacht?«, fragte Heinz.

»Zum ersten Mal draußen?«, fügte Henriette hinzu.

»Hm«, machte ich nur.

Esther schaute wieder auf die Uhr. »Ich muss duschen«, erklärte sie und verschwand. Vermutlich wollte sie vermeiden, etwas zu sagen, was uns den Aufenthalt bei ihnen gekostet hätte.

Lass mich bloß nicht mit den beiden allein, wollte ich sie anflehen, besann mich aber schnell eines Besseren. Ich war mit einem zornigen Kardinal fertiggeworden und mit der Versuchung in Gestalt eines schönen Priesters. Da würde ich wohl auch noch ein Ehepaar aus Bottrop schaffen.

Optimistin!

Heinz und Henriette feuerten ihre Fragen wie Gewehrschüsse auf mich ab, und ich tat mein Bestes, ihnen auszuweichen. Warum ich so lange im Haus geblieben sei, wollten sie wissen. Ob ich Angst vor vielen Menschen hätte? Ob ich in Panik geraten und dann eventuell etwas Verrücktes tun könnte?

Hilfe!

Die kamen der Wahrheit aber verdammt nahe, ohne dass ich auch nur ein Wort sagte. Jetzt verstand ich, warum Heinz sich so für archäologische Ausgrabungen interessierte, wie er mir mindestens schon tausendmal erzählt hatte. Er trug mit seinen gezielten Fragen Schicht für Schicht von meinem Verteidigungswall ab und war kurz davor, zur Wahrheit durchzustoßen.

Ich musste daran denken, wie er mir erst neulich begeistert von der Basilika San Clemente erzählt hatte. Obwohl die Konkurrenz an Gotteshäusern in Rom groß war – es gab ungefähr dreihundert davon –, gehörte diese Kirche zu den spannendsten Sehenswürdigkeiten der Stadt. Sie besaß eine versteckte Tür, hinter der eine Treppe in die Tiefe führte, und zwar direkt in die Vergangenheit.

Unter der Oberkirche war im neunzehnten Jahrhundert eine dreischiffige Säulenbasilika aus dem vierten Jahrhundert entdeckt worden, die wiederum auf den Fundamenten eines römischen Wohnhauses errichtet worden war und von der eine weitere steinerne Treppe nach unten führte. Dort, zehn Meter unter der Erde, fanden sich auch die Reste eines Mithras-Heiligtumes – eine Art Grotte mit Sitzbänken an den Seiten und einem Altar in der Mitte. In der Kaiserzeit war dieser Mysterienkult im römischen Reich sehr verbreitet gewesen.

Während meines Studiums hatte ich mich eine Zeit lang für die alten römischen Götter begeistert. Um mich an diesem Morgen von den vielen Fragen der Lüpkes abzulenken, versuchte ich, mich daran zu erinnern, was es mit Mithras auf sich gehabt hatte.

Ach ja, er war als Überwinder der Finsternis angebetet und später mit dem Sonnengott gleichgesetzt worden. Sein Festtag war die Wintersonnenwende am 25. Dezember.

Und er war auch noch für etwas anderes berühmt gewesen.

»Ich habe aber keinen Stier getötet«, sagte ich gedankenverloren zu Heinz. »Mir fällt es ja schon schwer, einer Fliege etwas zuleide zu tun.«

»Was?«

Beide starrten mich an. Sonderlich intelligent sahen sie dabei ja nicht aus. Ein Kichern sammelte sich in meiner Kehle, aber ich unterdrückte es.

»Na ja«, fuhr ich fort, »du gräbst so an mir herum, Heinz, da musste ich …«

Henriette sprang auf und stemmte die Fäuste in die Hüften. »Willst du etwa behaupten, mein Heinzilein will was von dir? Reicht es dir denn nicht, den armen Angelo in dein Netz zu verstricken?«

»Äh, so meinte ich das nicht.«

Und außerdem: der arme Angelo?

Hallo?

»Ganz ehrlich«, fügte ich hinzu, als mir nur eisiges Schweigen entgegenschlug. »Ich habe über etwas ganz anderes nachgedacht.«

Henriette schien nicht überzeugt. Ich fand es bemerkenswert, dass sie es überhaupt in Erwägung zog, ich könnte mich für Heinzilein interessieren.

»San Clemente«, erklärte ich.

Beide guckten wieder nur.

»Ihr wisst schon, die Kirche mit den drei Schichten. Ich wollte damit nur sagen, dass ich nicht Mithras bin. Na, ihr beide, ihr grabt doch so nach meiner Geschichte, aber ihr werdet keinen römischen Gott finden.« Bloß eine verwirrte junge Frau mit einem klitzekleinen Problem.

Beim Ehepaar herrschte weiterhin Verwirrung.

Nach einer kleinen unangenehmen Ewigkeit klingelte es bei Heinz. »Du meinst, wir gehen wie psychologische Archäologen bei dir vor?«

Eher wie plumpe Klatschbasen.

»Ganz genau.«

Sie tauschten einen stolzen Blick.

»Wir interessieren uns eben für unsere Freunde«, sagte Henriette bescheiden.

Seit wann waren wir Freunde? Meines Wissens teilten wir nur eine Wohnung. Aber ich hielt meine Klappe.

Ich wollte nur noch weg, bevor ich doch noch etwas über mich verriet, was morgen sämtliche Einwohner von Borgo wüssten. Plus Touristen.

»Ich gehe auch mal duschen.«

»Der Boiler braucht aber eine Stunde, bis er wieder heißes Wasser abgibt«, erinnerte mich Heinz an eines der wenigen Probleme unseres Domizils. »Und Esther nutzt ihn immer voll aus.«

»Dann lege ich mich ein wenig hin.«

Bevor sie noch etwas einwenden konnten, hatte ich die Küche schon verlassen, lief in mein Zimmer und schloss fest die Tür hinter mir. Dann ließ ich mich auf mein Bett sinken und ging in Gedanken noch einmal den Besuch bei meinem Onkel durch.

Als hätten wir eine telepathische Verbindung rief mich in diesem Moment Papa an.

Nach ein paar höflichen Fragen und Antworten zu meinem Befinden, kam er zum Punkt.

»Wir wollen dich bestimmt nicht kontrollieren, aber wir machen uns Sorgen um dich. Du bist jetzt schon einen Monat in Rom und …«

»Vorhin habe ich den Kardinal besucht«, unterbrach ich ihn schnell.

»Was? Wirklich?« Ich hörte, wie er über die Schulter Mama etwas zurief. Seine Worte verstand ich nicht, denn er presste offenbar eine schaufelgroße Hand auf das Smartphone, aber ich konnte es mir ungefähr denken: »Unsere Kleine ist doch nicht verloren.« Oder so etwas in der Art.

Dann war er wieder ganz bei mir. »Und? Wie war er denn so?«

»Ein Kardinal all'arrabbiata«, sagte ich und bezog mich auf das berühmte Nudelgericht, das so scharf war, dass es »wütend« genannt wurde.

Albern zu sein nahm ein wenig von dem Druck auf meinem Brustkorb.

»Was?«

Papa hatte in seinem ganzen Leben noch keine Penne all'arrabbiata gegessen. Bei uns zu Hause gab es Nordseeschollen, Frikadellen, Steckrübeneintopf und Kartoffelpuffer.

»Das sollte heißen, Onkel Thilo war ziemlich wütend«, erklärte ich.

»Aha. Sag das doch gleich.« Er klang leicht verschnupft. Papa galt nicht gern als ungebildeter Bauer. Vor allem nicht angesichts eines Kardinals als Bruder.

Verständlich.

Ich wollte ihm erzählen, was ich herausgefunden hatte, wollte ihm von seinem Arm auf dem Foto berichten, der so typisch über Antje schwebte. Doch als ich mir die Worte schon zurechtgelegt hatte, überlegte ich es mir noch einmal anders. Was vor meiner Zeit geschehen war, ging mich nichts an, selbst wenn es späte Auswirkungen auf mich gehabt hatte. Es stand mir nicht zu, neugierig zu sein oder die Handlungen meiner Eltern zu beurteilen. Es war ihr Leben, nicht meins. Also erzählte ich nur, Onkel Thilo wolle versuchen, mir zu helfen.

»Tatsächlich«, erwiderte Papa staunend. Er hatte inzwischen auf Lautsprecher gestellt, und Mama konnte mithören.

»So viel Herz hätte ich dem alten steifen Sack gar nicht zugetraut«, sagte sie.

Ich kicherte, und der Druck ließ noch ein wenig mehr nach.

»Und wie?«, fragte Papa.

»Zunächst einmal gehe ich zur Beichte.«

»Verstehe.«

Papa war in seinem Innern noch ein bisschen weniger

katholisch als ich. Seine letzte Beichte hatte er vermutlich ebenfalls bei seiner Firmung abgelegt. Mama hingegen war, wie viele Konvertiten, mit Feuereifer dabei. Ich glaube, der Pfarrer in Flensburg hatte inzwischen einen leichten Knacks davongetragen, weil er sich so viele kleine Sünden vom Bauernhof anhören musste. Allerdings hegte ich den leisen Verdacht, dass Mama sich heimlich einen Spaß daraus machte. So ein Pfarrer in seinem Kabäuschen war ein hilfloses Opfer für allerlei Klatsch und Tratsch.

Ich beendete bald das Telefongespräch mit meinen Eltern, bevor ich noch einen gewissen schönen Priester und meine ganz und gar unangebrachten Gefühle für ihn erwähnen konnte.

»Lass dir von dem Pfaffen nichts bieten!«, rief Mama noch schnell.

Kurz erschrak ich. Aber klar, sie meinte den Kardinal.

Ich versprach es und versprach auch, sie noch am Abend zurückzurufen.

Es sollte jedoch einige Zeit vergehen, bevor ich mich wieder bei meinen Eltern meldete. Das hatte jedoch mehr mit Esther als mit mir selbst zu tun. Und damit, dass sich die Ereignisse plötzlich schnell und schneller überschlugen. Für Unterhaltungen blieb da keine Zeit.

Obwohl ich so nervös war, schlief ich innerhalb der nächsten zwei Minuten fest ein und wachte erst zur Mittagszeit wieder auf. Kein Wunder. Die Aufregungen der letzten Nacht hatten mich kaum zur Ruhe kommen lassen.

Von meiner Freundin war nirgends eine Spur zu entdecken. Das hatte ich auch nicht erwartet. Bestimmt hatte sie um zehn Uhr ihre Stalking-Mission an der Porta Sant'Anna aufgenommen.

Auch die Lüpkes waren nicht da. Zum Glück. In der

Küche lag ein Zettel. Sie wollten sich noch einmal San Clemente anschauen und hofften, ich würde an einem der nächsten Tage vielleicht mit ihnen gemeinsam dorthin fahren.

Die Kirche besichtigen: gern. Zusammen mit den Lüpkes: niemals!

Der Boiler tat wieder seinen Dienst, aber als ich frisch geduscht und umgezogen war, hatte ich immer noch mehr als zwei Stunden Zeit bis zu meinem Termin im Petersdom. Also ging ich zu Santo hinunter.

Ich wusste, dass montags wenig los war. Bis vor zwei Jahren war dies der Ruhetag in der Pizzeria gewesen. Santo hatte ihn mit seiner Familie verbracht. Seit jedoch seine Frau Maria gestorben war, sah er keinen Sinn darin, tatenlos in seiner Wohnung rumzusitzen.

Allerdings bereitete er nur die Hälfte der üblichen Pizzen zu. Bei den Einheimischen hatte es sich noch immer nicht gänzlich herumgesprochen, dass die Santissima auch am Montag geöffnet war, und die Touristen zögerten oft, ein Stück Pizza für drei Euro zu kaufen. Sie wussten die frischen Zutaten und die Handarbeit nicht zu schätzen und holten sich lieber fünfzig Meter weiter bei einem Chinesen Industriepizza für die Hälfte.

Als Santo mich sah, wollte er sogleich wieder über die kulinarischen Barbaren herziehen – das tat er montags immer –, aber er bemerkte meinen angespannten Gesichtsausdruck und fragte, was geschehen sei. Wenn sein missratener Sohn etwas damit zu tun habe, werde er ihn höchstpersönlich erwürgen.

Über die nächtliche Aktion wusste er schon Bescheid. Die Lüpkes hatten natürlich keine Zeit verloren und sich bitter über das unbefugte Eindringen in ihre Wohnung beschwert. Von dem »armen Angelo« war da bestimmt keine Rede mehr gewesen. Eher von einem kaltblütigen Einbrecher.

Es dauerte eine ganze Viertelstunde, um Santo davon zu überzeugen, dass kein Schaden angerichtet worden sei. Die Lüpkes hätten maßlos übertrieben. Logischerweise wollte er daraufhin wissen, was dann mit mir los sei.

Ich hockte auf meinem Stammplatz am Tresen, knabberte ohne großen Appetit an einem Stück Margherita und suchte nach einer guten Ausrede. Mir fiel bloß keine ein.

Ich sah Santo an, sah seine klugen, warmherzigen Augen, und beschloss, ihm die Wahrheit zu erzählen.

Der Einfachheit halber fing ich bei der Hochzeit meiner Tante Stine an, erzählte, was mein Onkel mir angetan hatte, und kam schließlich bei meinem Besuch beim Kardinal heute früh an.

Bis dahin hatte Santo keinen Ton von sich gegeben. Nur ruhig zugehört und dabei Pizzateig geknetet, als ob er dabei besser denken könne.

Als ich geendet hatte, schwieg er lange, bevor er sagte: »Der arme Mann.«

»Was?« Ich hatte mich verhört, oder?

Santo schenkte mir ein Lächeln. »Verzeih, Sina. Ich weiß, du hast gelitten, aber er auch. Glaubst du nicht, er hat schon vor Jahren irgendwie von deinen Problemen erfahren? Wenn nicht von deinen Eltern, dann von anderen Verwandten oder Bekannten.«

»Möglich«, gab ich zu.

»Eben.« Santo reckte seine bemehlten Finger in die Luft. »Und nun lebt er schon sein halbes Leben mit dieser schweren Schuld. Das muss furchtbar sein. Besonders für einen Mann der Kirche.«

»Hm«, machte ich nur, ziemlich verstimmt über seine Reaktion. Er war schließlich *mein* Freund, nicht der des Kardinals! Er sollte gefälligst *mich* bemitleiden, nicht den Bösewicht in der Geschichte.

»Deswegen ist er auch so wütend«, fuhr er fort. »Unter einer großen Wut kann man vieles verstecken: Angst, Schuldbewusstsein, Trauer.«

Mir fiel wieder der erschrockene Ausdruck ein, der in Onkel Thilos Augen aufgeblitzt war. Ich lächelte zaghaft. Ein philosophischer Pizzabäcker erklärte mir das Leben. Wer hätte das gedacht?

»Und Pietro war auch da?«, fragte er einen Augenblick später nach.

Ich senkte den Kopf, damit mein Gesichtsausdruck mich nicht verraten konnte. »Ja.«

»Nun, das wundert mich nicht. Er wohnt auf derselben Etage und hat wie die anderen den Krach gehört.«

»Verstehe.«

»Übrigens ist er ein sehr guter Freund von mir. Und er hat auch …«

Er kam nicht weiter, weil in diesem Moment Angelo hereingeschlendert kam.

»*Ciao Bella*«, begrüßte er mich lässig.

Sein Vater gab ein Knurren von sich.

»Reg dich nicht auf«, sagte Angelo zu ihm. »Alles ist gut. Niemandem ist was passiert.«

Santo sah trotzdem so aus, als würde er seinem Sohn am liebsten an die Gurgel gehen.

»*Disgraziato!* Du hast unsere Mieter zu Tode erschreckt!« Offenbar hatten sich die beiden heute noch nicht gesehen.

Angelo wirkte kein Stück schuldbewusst. »Wenn man jung ist, muss man dem Ruf der Liebe folgen.«

Er zwinkerte mir zu, wirkte dabei aber längst nicht so ungezwungen wie sonst.

Ich ahnte, dass er gelauscht hatte. In seinem Blick lag etwas anderes.

Mitleid?

Nein, entschied ich.

Freundlichkeit?

Schon eher.

Ich stellte mir vor, Angelo als guten Freund zu gewinnen, so wie seinen Vater. Der Gedanke gefiel mir.

Während ich noch meinen Gedanken nachhing, hatte Santo eine längere Schimpftirade auf seinen Sohn abgefeuert, die dieser jedoch mit routinierter Gelassenheit abfing. Dann teilte er uns mit, er habe noch eine wichtige Verabredung, und verschwand.

»Ich kann mir denken, was das für eine Verabredung ist«, sagte Santo und wirkte plötzlich erschöpft.

Ich wollte ihn trösten, ihm sagen, er solle sich nicht so viele Sorgen machen. Angelo werde schon noch zur Vernunft kommen. Aber ich schwieg. So ganz sicher war ich mir da nämlich nicht.

Einen Moment herrschte Stille zwischen uns, dann fragte ich zaghaft: »Wolltest du mir eben noch etwas über Pietro sagen?« Ich hoffte, meiner Stimme war nicht anzuhören, wie sehr ich auf einen Brocken Information hoffte.

Er runzelte die Stirn, dann entspannte sich sein Gesicht. »Ach ja, genau, er hat auch …«

Wieder kam er nicht weiter, denn diesmal rauschte Esther herein.

Santo versteckte seine Hände hinter dem Rücken, als schämte er sich ihrer. Dann schenkte er Esther ein Lächeln, das jedes Frauenherz zum Schmelzen gebracht hätte.

Ihres nicht. Esther schien den kleinen Mann gar nicht wahrzunehmen.

»Wir müssen los«, sagte sie atemlos.

Ein Blick auf die Wanduhr über dem Pizzaofen verriet mir, dass es bereits Viertel vor drei war. Bei meinem Gespräch mit Santo hatte ich vollkommen die Zeit vergessen. Rasch folgte ich Esther nach draußen. Nur kurz drehte ich mich noch einmal um. Santo sah so unglücklich aus, dass es mir das Herz brach.

Warum konnte man die Menschen bloß nicht zu ihrem Glück zwingen? Warum verliebten sie sich grundsätzlich in die Falschen?

Ha, ha.

Sagte die Richtige.

Ich eilte mit Esther in Richtung Petersplatz. Dort angekommen achtete sie nicht auf das Murren der Menschen in der Warteschlange, die sich über den gesamten Platz wand. Die Leute standen jeweils zu zweit oder zu dritt nebeneinander. Von dieser Schlange abgesehen war der Platz kaum bevölkert. Deshalb bekam ich auch keine Panik. Wir mussten nur ein paarmal für Sekunden an den Leuten vorbei. Wie eine Waffe hielt Esther ihren Ausweis hoch und wies mich an, es genauso zu machen. Tatsächlich passierten wir innerhalb von wenigen Minuten die Sicherheitskontrolle und betraten kurz darauf den Dom. Der laute, sonnige Petersplatz blieb zurück, wir durchquerten den Portikus und tauchten in ein großes ruhiges Halbdunkel ein. Vorübergehend verschlug es uns beiden die Sprache. Natürlich hatten wir schon oft Fernsehaufnahmen vom Inneren des Petersdoms gesehen, aber selbst hier zu stehen war eben doch etwas ganz anderes.

»Unglaublich«, flüsterte ich nach einem Moment.

Esther schwieg beharrlich. Wahrscheinlich war sie von der mächtigen Aura dieses geschichtsträchtigen Gebäudes genauso gebannt wie ich.

Pietro hatte recht gehabt. Es befanden sich viele Menschen in der monumentalen Basilika, und doch herrschte eine andächtige Stille. Keine Sekunde fühlte ich Panik aufsteigen. Die Massen verliefen sich in dem riesigen Raum. Ich entdeckte wunderschöne Weihwasserbecken mit Marmorputten, tauchte Zeige- und Ringfinger meiner rechten Hand ein und bekreuzigte mich. Dann betrachtete ich die gewaltigen Säulen aus kostbarem Marmor, die mit Mosaiken und Fresken kunstvoll verzierten Wände und die großen Portale. All das vermittelte ein beeindruckendes Bild von Macht und Reichtum.

Ich wusste, im rechten der drei Kirchenschiffe stand die marmorne Pietà von Michelangelo, aber dort drängten sich tatsächlich die Besucher in Massen. Also nahm ich mir vor, an einem anderen Tag wiederzukommen. Am besten früh am Morgen, wenn es noch nicht so voll war.

Langsam wurde mir auch bewusst, dass sich irgendwo unter uns das Grab des Apostels Petrus befand. Ehrfurcht erfasste mich.

Esther hatte sich ein Stück von mir entfernt. Sie legte den Kopf in den Nacken und schaute nach oben in die prächtige Hauptkuppel. Ich folgte ihrem Beispiel, bis mich ein leichter Schwindel erfasste.

Schließlich riss ich mich los. Es war Zeit für meine Verabredung mit dem Kardinal.

»Wie soll ich ihn bloß finden?«, fragte ich Esther. »Woher soll ich wissen, in welchem Beichtstuhl er auf mich wartet?«

Sie wirkte geistesabwesend, sagte aber: »Halt einfach

nach einem Fegefeuer-Fresko über dem Beichtstuhl Ausschau.«

Fassungslos starrte ich sie an. »Das … ist gemein.«

Kurz wandte sie ihre Aufmerksamkeit mir zu. »Entschuldige, ich bin mit meinen Gedanken woanders. Komm, ich begleite dich, wir finden ihn schon. Danach muss ich aber weg.«

»Wohin?«, erkundigte ich mich, obwohl ich es natürlich ahnte. Mit ihrem neuen Ausweis auf direktem Wege zur Porta Sant'Anna, zu ACHim.

Ha!, dachte ich leicht gehässig. Wenn hier jemand für einen Skandal sorgen würde, dann Esther und nicht ich. Sie gab mir keine Antwort, sondern marschierte vorneweg, mitten durch eine große Gruppe afrikanischer Nonnen, die wellenförmig auseinanderströmte und hinter ihr wieder zusammenkam.

Ich folgte ihr, machte aber einen weiten Bogen um die Gruppe, da ich nicht glaubte, dass man für mich so geschmeidig Platz machen würde.

Fünfzig Meter weiter entdeckte ich Onkel Thilo. Er stand vor einem Beichtstuhl und sah mir entgegen. In seinem Blick lag schon wieder so viel Zorn, dass ich am liebsten schreiend aus dem Petersdom gerannt wäre.

Einzig Mamas Worte hielten mich davon ab. »Lass dir von dem Pfaffen nichts bieten!«

12
Ein Schweizergardist in Not

Ich tat, als könnte mich seine miese Laune kein Stück beindrucken. Stolz hob ich mein Kinn und ging festen Schrittes auf ihn zu. Dumm nur, dass er das gar nicht bemerkte, weil er bereits im Beichtstuhl verschwunden war. Mir selbst half meine Haltung aber. Es stimmt schon, dass man sich anders fühlt, wenn man mit geradem Rücken statt mit hängenden Schultern durchs Leben geht.

Wenigstens ein bisschen.

Kaum hatte ich jedoch die enge Kabine betreten, überfiel mich schon wieder Panik. Es war natürlich nicht voll mit Menschen hier drinnen, aber es war voll mit den geflüsterten Worten meiner Vorgänger, voll mit Tränen, voll mit Gefühlen der Reue. Und über allem schwebte der Zorn, der mir von der anderen Seite des hölzernen Gitters entgegenschlug.

Na klasse, dachte ich. Vielleicht werde ich meine Furcht vor Menschen los, aber dafür bekomme ich Platzangst.

Ich sagte keinen Ton.

Onkel Thilo auch nicht.

So schwiegen wir uns eine ganze Weile an.

Endlich murmelte ich: »Vergib mir Vater, denn ich habe gesündigt.«

Und schon zählte ich diverse Verfehlungen aus meiner Jugendzeit auf, erwähnte eine aus dem Ruder gelaufene

Party am Baggersee, wo meine beste Freundin Kiki beinahe ertrunken wäre, weil ich sie angestiftet hatte, mehr zu trinken als ihr guttat.

Ich berichtete auch von den unreinen Gedanken, die ich mit sechzehn einem jungen Geografielehrer gegenüber gehegt hatte, ging aber nicht zu sehr ins Detail. Wenn ich dafür nicht von allen Sünden reingewaschen werden konnte – sei's drum.

Ich kramte gründlich in meinem Gedächtnis, um genügend Stoff für eine abwechslungsreiche Beichte zu finden. Der Kardinal sollte sich ja nicht langweilen. Außerdem hoffte ich, seine Zeit würde um sein, bevor ich bei meinen sündigen Gefühlen für Pietro ankam.

Blöd nur, dass Onkel Thilo nicht in Eile zu sein schien. Es ging schon auf vier Uhr zu, und ich wusste genau, er hatte am Morgen gesagt, nur zwischen drei und vier hätte er Zeit für mich.

War er etwa so vorausschauend gewesen, die weiteren Termine zu verschieben, weil seine durchgeknallte Nichte aus Norderbüll ihm bestimmt ein ellenlanges Sündenregister präsentieren würde?

Mamma mia!

Ich saß in der Falle!

Jetzt war ich schon bei meiner Aufzählung in Rom angekommen und hielt mich übertrieben lange bei dem schönen Carabiniere auf, obwohl ich mir da selbst gar keiner Sünde bewusst war. Die Sache mit dem Foto hatte ich übersprungen. Ich meine, das war doch ein Detail, das man durchaus vergessen konnte.

Aber in spätestens zehn Minuten musste ich zum Ende kommen. Ein Weilchen konnte ich mich noch bei Angelo aufhalten, obwohl er derjenige mit den sündhaften

Absichten gewesen war, aber danach würde mich nichts mehr retten können.

Ich musste gestehen, dass …

Jemand klopfte an die Beichtstuhltür: »He, da drinnen, haben Sie das Ding gemietet, oder dürfen andere auch mal ran?« Wenn nicht der Hamburger Einschlag in der Stimme gewesen wäre, hätte ich schwören können, dass es Heinz Lüpke war. Schemenhaft erkannte ich, wie Onkel Thilo zusammenzuckte. Der hatte doch nicht etwa geschlafen?

Frechheit!

Ich beichtete mir die Seele aus dem Leib, und der pennte einfach ein!

Jetzt trug er mir ein Dutzend Ave-Marias auf und sagte dann: »Ego te absolvo a peccatis tuis in nomine …« Weiter hörte ich nicht zu.

Der Kardinal erteilte mir Absolution. Alles vorbei? War ich jetzt geheilt? Ich hatte so meine Zweifel.

Aber da ich vorläufig bloß froh war, dem Geständnis über Pietro entkommen zu sein, verließ ich schnell den Beichtstuhl. Bestimmt wäre Thilo aufgewacht, wenn ich von seinem Priesterkollegen erzählt hätte, und dann wäre der Skandal bis hoch nach Nordfriesland geschwappt. Was meinen Eltern das Leben nicht unbedingt leichter gemacht hätte.

Nein, nein, es war schon gut so.

Ich machte dem Hamburger Gläubigen schnell Platz und sah zu, dass ich wegkam. In einer Seitenkapelle erledigte ich konzentriert meine Gebete. Aber ehrlich: Wirklich besser fühlte ich mich danach nicht. Mir kam der Gedanke, dass ich mich was schämen sollte. Ich war es nicht wert, von meinen Sünden erlöst zu werden, denn ich war in den vergangenen zwanzig Jahren alles andere als eine gute Katholikin gewesen.

Schließlich verließ ich den Petersdom, überquerte den großen Platz und tauchte in die Gassen von Borgo ein.

Als ich die Pizzeria erreichte, staunte ich über den plötzlichen Menschenauflauf. Eine dreißigköpfige Pilgergruppe aus Spanien drängte sich halb draußen, halb drinnen um die Pizzen, die Santo gar nicht schnell genug nachliefern konnte. Es waren ausschließlich Männer zwischen zwanzig und sechzig, und alle waren sie sehr hungrig.

»Die hat Angelo hergelockt!«, rief Santo mir zu, und es war nicht ganz klar, ob er stolz oder wütend auf seinen Sohn war. »Und danach hat er sich verdrückt!«

Okay, eher wütend.

Ich überlegte nicht lange. Nachdem ich anderthalb Stunden lang geredet und gegrübelt hatte, brauchte ich jetzt handfeste Arbeit, um meinen Kopf freizukriegen.

Ich schlängelte mich an den Spaniern vorbei, gelangte lebend hinter den Tresen und schnappte mir ein großes Messer. Dann schnitt ich Mozzarella in feine Scheiben, Pilze in hauchdünne Blättchen und Knoblauch in kleine Stifte. Ich rührte die Tomatensoße um, würzte sie mit Peperoncino und zerpflückte Basilikumblätter.

Santo und ich arbeiteten Hand in Hand, als hätten wir nie etwas anderes getan. Ja, es war voll und es war eng, aber ich spürte keine Panik in mir aufsteigen. Erst als unter lautem Palavern auch jene Spanier hereindrängten, die bis eben noch einigermaßen zivilisiert draußen gewartet hatten, wurde mir mulmig zumute.

»Die haben Angst, sie bekommen nichts ab«, sagte Santo.

Zwar trennte mich der Tresen von der hungrigen Meute, aber einige beugten sich so weit herüber, dass es wirklich eng wurde. Schon sah ich kleine bunte Lichter vor meinen Augen tanzen.

»Was ist, Sina?«, fragte Santo besorgt. »Du bist ganz blass.«

Er ahnte wohl, was kommen würde, aber er konnte nichts dagegen tun, wenn er nicht fünf Pizzen im Ofen anbrennen lassen wollte.

Teufelchen hüpfte vor lauter Aufregung umher und zeigte mit seinen dünnen blassrosa Ärmchen durch das Schaufenster nach draußen, direkt zur Kaffeebar, wo es leckere italienische Torten gab.

Mir lief schon das Wasser im Mund zusammen. Ich ging um den Tresen herum, begann mich durch die Menge zu drängeln, rief »Entschuldigen Sie!« und *»Scusi!«* und war schon halb an der Tür, als ich ihn sah.

Pietro.

Mein Herz explodierte schon wieder.

Er stand in der Gasse, beobachtete das Chaos, hob dann zwei Finger an den Mund und stieß einen durchdringenden Pfiff aus.

Die Spanier kamen nicht gleich zur Ruhe. Es brauchte noch ein paar weitere Pfiffe und scharfe Worte, aber dann standen sie in einer gesitteten Warteschlange, als kämen sie aus London und nicht aus Madrid.

Mein Heißhunger auf Süßes verflüchtigte sich zusammen mit Beelzebüblein. Und ich konnte nicht anders. Ich strahlte Pietro an. Leider runzelte er die Stirn und erwiderte mein Lächeln nicht.

Er kannte eben seine Grenzen.

Kluger Priester.

Meine Mundwinkel sackten kläglich herab.

»Danke«, sagte ich leise.

»Kein Problem.«

»Wie haben Sie das geschafft?«, fragte ich und machte zwei Schritte auf ihn zu.

Jetzt lächelte er doch, aber das galt nicht mir. »Ich trainiere die Jugend-Fußballmannschaft unserer Kirchengemeinde. Man muss durchgreifen, wenn man fünfundzwanzig Jungs bändigen will.«

Ich nickte, wollte ihn fragen, warum er hier war, traute mich aber nicht. Vielleicht hatte ihn ja Onkel Thilo geschickt, damit er mir sagte, ich solle mich schon mal aufs Fegefeuer vorbereiten. Die ganze Sache mit der Absolution war bloß Show gewesen, um mich für eine Weile in Sicherheit zu wiegen.

»Möchten Sie mit mir einen Kaffee trinken gehen?«, fragte er. Das klang zwar neutral, aber ich traute der Sache nicht. Wahrscheinlich wollte er mich zunächst von Santo weglocken, um dann …

Keine Ahnung, was dann geschehen würde.

Gab es irgendwo in Rom einen direkten Zugang zum Fegefeuer? In den Katakomben vielleicht? Oder bei den Caracalla-Thermen, wo es sowieso schon heiß war?

Ich fing an zu schwitzen.

Etwas von meinen Gedanken spiegelte sich offenbar in meinem Gesicht wider, denn Pietros Mine verdüsterte sich schlagartig.

»Sie müssen nicht, wenn es Ihnen so viel Unbehagen bereitet.«

Ohne ein weiteres Wort warf er den Spaniern noch einen strengen Blick zu, wandte sich dann ab und lief mit langen Schritten die Straße hinunter.

»Du hättest ruhig mit ihm gehen können«, meinte Santo, als ich wieder hinter den Tresen trat. »Die Arbeit schaffe ich jetzt allein.«

»Ich wüsste nicht, warum ich mit einem …«

»Weil er ein netter Kerl ist«, unterbrach mich Santo. »Und dir täte ein bisschen männliche Gesellschaft gut, damit Jünglinge wie mein Sohn die Finger von dir lassen.«

Heilige Jungfrau Maria!

Wollte dieser katholische Pizzabäcker mich mit einem Mann Gottes verkuppeln?

Echt jetzt? Ich guckte und staunte.

»Was ist denn?«, fragte Santo leicht irritiert. »Pietro ist wirklich ein guter Mensch. Und er hat kein Glück in der Liebe.«

»Das will ich hoffen!« So langsam wurde mir die Sache zu bunt. »Der soll sich an den Himmlischen Vater halten und damit basta!«

Nun war es an Santo zu staunen. Dann blitzte ein plötzliches Verstehen in seinen Augen auf, und er kicherte. »Sina, ich fürchte, du …«

In diesem Moment kam Esther hereingestürmt, und die Spanier wichen zur Seite.

Kurz war ich abgelenkt. Wie machte sie das bloß, dass alle Leute sie sofort durchließen? Dann fiel mir wieder ein, dass Santo mir gerade etwas sagen wollte. Über Pietro. Er kam nicht dazu.

Das hatten wir doch heute schon mal gehabt?

Konnte es sein, dass Esther mich instinktiv davor beschützen wollte, die bittere Wahrheit über den schönen Priester zu hören? Aus dem Mund meines einzigen römischen Freundes?

Vielleicht war dies ja ein kleines Wunder. Das einzige, das ich wahrscheinlich erwarten konnte. Aber anstrengend war es auch.

Ich bemerkte, dass sie schon gar nicht mehr humpelte. Trotz ihrer Begegnung mit der Tür des Kardinals trug sie Stöckelschuhe, die sie ungefähr eins neunzig groß machten, dazu ihr knallrotes Etuikleid mit Push-up-BH darunter.

Anders waren die neuen Formen nicht zu erklären.

Die Spanier starrten auf das Kleid wie die Stiere auf ein rotes Tuch.

Santo schmolz förmlich vor sich hin.

Esther bemerkte nichts von alldem.

»Du musst mir helfen, Sina. Komm mit!«

»Wohin?«

»Zur Porta Sant'Anna.«

»Warum?«, fragte ich, von böser Ahnung erfüllt.

»Mein ACHim, also … der ist ein bisschen seltsam geworden.«

»Inwiefern?«

»Er hat irgendwas von einer einstweiligen Verfügung gefaselt, damit ich ihm bloß nicht mehr zu nahe komme. Ist doch albern.«

Santo lauschte angestrengt, aber zum Glück verstand er so gut wie kein Deutsch.

»Was hast du getan, Esther?«

»Ich? Nichts.« Dabei lehnte sie sich über den Tresen und präsentierte den unruhigen Spaniern ihren verlängerten Rücken. Ein kollektives Seufzen erhob sich aus der Warteschlange.

Esther entging auch das. »Ich bin nur mit meinem schönen neuen Ausweis zu ihm hingegangen und habe mir einen kleinen Scherz erlaubt.«

»Einen kleinen Scherz. Aha.« Das klang eher nach einer großen Katastrophe.

»Ich habe behauptet, ich hätte damit die Lizenz zum Küssen und …«

»Teufel auch!«, stieß ich aus.

Irgendwie hatte ich das Gefühl, es half nicht mehr viel, den lieben Gott anzurufen. Vielleicht musste mittlerweile Luzifer herhalten.

Esther lachte ihr Pferdelachen, aber selbst das brachte die Männer nicht zur Vernunft. Schon verließen die ersten von ihnen die geordnete Schlange, näherten sich der heißen Chica von hinten, leckten sich die Lippen und … stoben fluchend und schreiend auseinander. Da ging nämlich Santo mit dem langen Messer auf sie los, das ich vorhin zum Gemüseschnippeln benutzt hatte. Er stieß italienische Flüche aus, die ich noch nie zuvor gehört hatte, und hoffentlich nie wieder hören würde. Da die beiden Sprachen sich ähnelten, verstanden die Spanier genug, um das Weite zu suchen.

Santo schimpfte weiter und fuchtelte mit der Waffe in der Luft herum. Ein paar Zwiebelstückchen hingen noch daran, fielen jetzt aber auf die Straße.

Esther schaute ihm einen Augenblick lang verwirrt dabei zu.

»Was hat er bloß?«, fragte sie mich.

»Er will deine Ehre verteidigen.«

»Wieso das denn? Ehre ist langweilig.«

»Die Spanier wollten sich an dir versündigen«, erklärte ich.

»Welche Spanier?«

Sie schaute sich um, sah aber nur noch kleine dunkelhaarige Männer auf der Flucht.

»Schade.«

»Esther!«

»Reg dich ab. Ich bin lange genug in Norderbüll versauert. Wie konnte ich bloß jemals Sehnsucht nach dem Landleben verspüren? Keine Ahnung, was ich mir dabei gedacht habe. In der Stadt hingegen geht es mir blendend. Ich bin aufgeblüht.«

»Hm.«

Meine verwandelte Freundin warf sich in Positur: Schultern zurück, Brust raus, ein Bein angewinkelt, Hände in die Hüften. »Merkst du das etwa nicht?«

»Schon«, gab ich zu. Die Pose musste sie sich bei einem Fotomodell der Fünfzigerjahre abgeschaut haben. War aber sehr wirkungsvoll. Ich schaute schnell nach draußen und stellte erleichtert fest, dass Sandro zwar zurückkam, aber noch ein Stück entfernt war. Wäre sonst echt hart für ihn geworden.

»Eben«, sagte Esther zufrieden. »Und seit ich hier bin, habe ich wichtige Erkenntnisse gewonnen.« Sie gab die Pose auf, war wohl unbequem.

»Zum Beispiel?«

Jetzt lächelte sie. »Wenn man alt ist, bereut man nicht die Sünden, die man begangen hat, sondern jene, die man NICHT begangen hat.« Ihr Lächeln wurde breiter. Es sollte wohl weise wirken, aber auf mich wirkte es eher gehetzt.

Was sollte das jetzt sein?

Eine Anspielung auf meine Beichtstunde bei Onkel Thilo?

Oder ein guter Rat für mich? Sollte ich mich etwa ähnlich peinlich an Pietro heranmachen wie sie sich an ihren Schweizergardisten?

Womit ich zum eigentlichen Thema zurückkehrte und meine Freundin tadelnd anschaute.

Santo stand inzwischen wieder bei seinem Pizzaofen und wirkte so friedlich, als könnte es ihm im Leben nicht einfallen, mit einem Messer auf liebestolle Pilger loszugehen.

»Guck nicht so, Sina«, befahl mir Esther. »Lebe dein Leben.«

»Indem ich dich im Gefängnis besuche? Wo wäre das eigentlich? In der Engelsburg?«

»Wie romantisch! Dann könnte mein ACHim mich über den geheimen Papstgang besuchen.«

Jetzt war er schon *mein* ACHim.

Der arme Mann.

Ich erinnerte mich daran, wie Esther meinen Eltern gesagt hatte, ich sei womöglich besessen. Tja, das traf jetzt wohl eher auf sie selbst zu.

Zwar nicht vom Teufel, aber von einem Schweizer.

Keine Ahnung, was schlimmer war.

»Und du wirst mich auch nicht alleinlassen«, setzte sie hinzu.

»Na, da hast du aber Glück«, erwiderte ich spöttisch. »Die Engelsburg steht noch auf meinem Besichtigungsplan.«

Von unserer Dachterrasse aus konnte man zwar einen Blick auf den mächtigen Rundbau erhaschen, aber ich wollte ihn unbedingt in seiner ganzen Größe erkunden. Von Heinz wusste ich, dass die Festung bei Gefahr schon manchem Papst Schutz geboten hatte. Über den »Passetto«, einen schmalen, knapp achthundert Meter langen Geheimweg in luftiger Höhe, der vom Papstpalast im Vatikan direkt in die Feste führte, war mehr als ein Pontifex vor seinen Angreifern geflüchtet. Später diente die Engelsburg dann auch als Gefängnis.

Santo hatte die Ohren gespitzt.

»Castel Sant'Angelo?«, hakte er nach. Ein paar deutsche Schlagwörter verstand er. Dazu gehörten selbstverständlich die Sehenswürdigkeiten Roms und Pizzasorten.

»Wunderschön«, schwärmte er. »Meine Maria und ich liebten diese Burg. Wir haben unseren Sohn danach benannt. Du musst sie dir anschauen, Sina. Unbedingt. Und so übst du auch, unter Menschen zu kommen. Heute hast du ja schon prima damit angefangen. Aber höre nicht auf. Mach weiter. Nur so kannst du deine Angst bezwingen.«

Ha! Es war wieder passiert! Der einfache Pizzabäcker erklärte mir das Leben.

Und er hatte ja recht. Es war das Einzige, das funktionieren konnte. Im Stillen leistete ich Abbitte bei einer wirklich sehr engagierten Therapeutin aus Flensburg, die mich im vergangenen Jahr genau mit dieser Konfrontationstherapie hatte behandeln wollen. Damals hatte ich alles für Humbug erklärt und die Sitzungen bei ihr abgebrochen. Aber da hatte ich ja auch noch nicht so viel erlebt wie in den vergangenen vier Wochen.

Offenbar funktionierte diese Therapie bei mir bereits. Von wegen Wunderheilung durch Beichte!

Rein in den Schlamassel und möglichst lebend wieder rauskommen.

»Das mache ich«, versprach ich Santo. »Aber zunächst muss ich mit Esther noch einmal kurz weg. Wir … ähm, haben etwas Dringendes zu erledigen.«

»Ach ja?«, erkundigte er sich. »Was denn?«

Gute Frage. Was sollte ich darauf antworten?

Ich muss Esther die Liebe zu einem knackigen Schweizergardisten austreiben? Damit du eventuell eine Chance bei ihr hast?

Keine gute Idee. Wer wusste schon, wozu Santo mit seinem Messer noch so fähig war.

Esther verstand nichts von dem, was wir sprachen. Sie war in Schwyzerdütsch vermutlich um einiges bewanderter als in Italienisch.

»Wir besuchen nur jemanden«, gab ich vage, aber wahrheitsgemäß zurück.

»Okay«, sagte der ahnungslose Santo und strahlte Esther an.

Die merkte das gar nicht, sondern schaute buchstäblich über ihn hinweg.

»Danach geht ihr aber noch zur Engelsburg«, forderte mein Freund mich auf. »Und vergesst nicht die Engelsbrücke. Die Skulpturen hat der große Bernini geschaffen. Für mich ist sie die schönste Brücke der Welt.«

Hätte er geahnt, was nur eine Stunde später genau dort passieren würde, hätte er das möglicherweise nicht gesagt.

13

Esther dreht durch

»Also los.« Esther wandte sich um und verließ die Pizzeria, blind für die anbetenden Blicke ihres Verehrers.

Oder vielleicht doch nicht.

»Der ist ja tatsächlich in mich verknallt«, sagte sie, als ich sie eingeholt hatte. »Armer kleiner dicker kahlköpfiger Mann.«

Dem war nichts hinzuzufügen, also lief ich schweigend neben ihr her, als sie die Gasse hinunterstürmte, direkt auf die Porta Sant'Anna zu.

Das große schmiedeeiserne Tor stand weit offen und wirkte so einladend, als hätten die Herrschaften im Vatikan noch nie das Wort Abschottung gehört. Rechts und links wurde es von je zwei schlanken Säulen flankiert.

In zwanzig Metern Entfernung bremste Esther ihren schnellen Marsch so plötzlich ab, dass ich das erst nach drei oder vier Schritten merkte und allein weiterlief. Vor mir stand ein Pulk von Touristen. Alle versuchten, einen Blick in den Vatikan zu erhaschen. Auch wurden die Menschen fotografiert, die ein und aus gingen, und die Autos, in denen womöglich hohe kirchliche Würdenträger saßen.

Die Schweizergardisten wirkten nicht besonders aufregend. Sie trugen schlichte blaue Uniformen.

Enttäuscht ging ich zu Esther zurück. »Die habe ich

heute Vormittag am Petersplatz aber schon prachtvoller gesehen.«

Sie hob nur kurz die gar nicht mehr so knochigen Schultern. »Ist halt ein normaler Arbeitstag.«

Sie musterte neidvoll die Besucher des Vatikans, die frei an den Wachen vorbeigehen durften.

»Das ist der am meisten frequentierte Eingang«, teilte sie mir mit. »Mitarbeiter, Kurienmitglieder und vatikanische Staatsbürger dürfen hier rein, aber auch Besucher, die zur vatikanischen Apotheke, zur Bibliothek oder zum päpstlichen Almosenamt wollen, werden durchgelassen. Bloß ich nicht.«

»Päpstliches Almosenamt?«, fragte ich nach. »Was ist denn das?«

»Da kann man eine Urkunde für den apostolischen Segen bestellen.«

»Wie bitte?«

Esther seufzte, erklärte mir dann aber geduldig: »Das ist ein Büro, das im Auftrag der katholischen Kirche von Nonnen betrieben wird. Da gehst du hin, bittest um den Segen für, was weiß ich, deine Hochzeit oder die Geburt deines Kindes, bezahlst und bekommst dann eine Urkunde mit dem Foto des Papstes und seinem Segen zugeschickt.«

»Interessant.« Untüchtigkeit in geschäftlichen Angelegenheiten konnte man dem Vatikan gewiss nicht vorwerfen.

»Die Einnahmen kommen wohltätigen Zwecken zugute«, setzte Esther hinzu.

Okay. Ein Geschäft also für die Bedürftigen.

Ich überlegte, ob so eine Urkunde nicht auch meine Probleme lösen könnte, aber ich war wohl nicht fest genug im Glauben.

Meine Freundin seufzte ein zweites Mal. »Natürlich habe ich auch schon versucht, auf diese Weise reinzukommen. Sogar mehr als einmal. Aber mein ACHim hat mich nicht durchgelassen. Bei ihm funktioniert mein schöner Ausweis nicht.«

Klar, da hatte sie seine Gunst vermutlich schon verspielt gehabt und galt nunmehr als öffentliche Gefahr.

Sie kniff die Augen zusammen. »Ich kann ihn gar nicht entdecken. Oder, warte mal. Doch, siehst du? Die Limousine, die gerade rausfährt, hatte ihn zum Teil verdeckt. Da ist er. Mein ACHim!« Ihre Augen glitzerten mit den Strahlen der späten Nachmittagssonne um die Wette.

Ich schaute mir den Mann, dem ihre ganze Leidenschaft galt, genau an, fand ihn jedoch nicht so außergewöhnlich toll. Groß ja, durchtrainiert, jung und schwarzhaarig, mit blauen Augen. Aber etwas Besonderes war er nicht.

»Du hast eben einen miserablen Männergeschmack«, meinte Esther, nachdem ich es gewagt hatte, diesen Gedanken laut auszusprechen.

Schwer beleidigt verzog ich das Gesicht. Okay, Jan und Pietro waren vielleicht nicht die klügste Wahl, aber sie sahen beide fantastisch aus. Stein Junior ließ ich mal eben unter den Tisch fallen.

Außerdem hatte Esther nicht das Recht, mich zu verurteilen. Ich wollte sie schon stehen lassen, aber da packte sie mich am Arm und zog mich mit sich.

Quer durch den Pulk Touristen hindurch.

Es wunderte mich nicht, dass ihr alle anstandslos Platz machten. Ich hatte bloß etwas Mühe, nicht von ihr getrennt zu werden, weil sich die Gruppe gleich hinter Esther wieder schloss. Mit knapper Not schaffte ich es, bei ihr zu bleiben.

Und dann standen wir plötzlich vor dem Ziel ihrer Sehnsucht und zweien seiner Kollegen.

Alle drei schauten uns so finster an, dass ich mich am liebsten in Luft aufgelöst hätte.

»Hallöchen«, flötete Esther. »Da bin ich wieder. Und ich habe eine Freundin mitgebracht. Sina, das ist ACHim, ACHim, Sina.«

Auf einer Party hätten wir uns vielleicht die Hand gegeben und ein Gläschen miteinander getrunken. Vorausgesetzt, es wäre eine Gartenparty mit nicht allzu vielen Gästen gewesen. Andernfalls hätte er mich am Kuchenbüfett suchen müssen.

Aber hier, mitten in der Betriebsamkeit der Porta Sant'Anna, wirkten Esthers Worte dermaßen deplatziert, dass ich unkontrolliert loskicherte. Verstummte aber abrupt, als mir bewusst wurde, wie viele Leute um mich herumstanden, wie laut es war, wie viel Hektik herrschte. Obwohl ich ihn eigentlich aus meinen Gedanken verbannen wollte, konzentrierte ich mich ganz fest auf Pietro.

Das war auf jeden Fall die weniger peinliche Lösung. Keine zwei Meter von mir entfernt stand nämlich ein kleiner Kiosk an der vatikanischen Mauer. Der Duft von sizilianischem Marzipan und gebrannten Mandeln stieg mir in die Nase und brachte mein Teufelchen auf den Plan. Als er jedoch selbst in die strengen Augen der Schweizergardisten blickte, zog er es vor, wieder zu verschwinden und eventuell den Hungertod in Kauf zu nehmen.

Pietro half. Wie meistens, und ohne es überhaupt zu ahnen. Ich sah ihn vor mir, gestattete mir sekundenlang die Vorstellung eines Priesters, der sich mir zuliebe exkommunizieren ließ, mich heiratete und viele Bambini mit mir zeugte. Das beruhigte mich eine Runde.

»Ich habe Sie gewarnt«, sagte ACHim langsam zu Esther. »Wenn Sie siCH mir noCH einmal nähern, beantrage iCH eine einstweilige Verfügung. Vorerst lasse iCH Sie abführen.«

Das klang echt bedrohlich, allerdings sprach er mit so starkem schweizerdeutschem Akzent, dass ich mir ziemlich fest auf die Lippen beißen musste, um nicht wieder loszukichern. Ein Heiterkeitsausbruch hätte die Lage wohl kaum entschärft.

ACHim hatte bereits sein Handy in der Hand. Vermutlich, um die Carabinieri zu rufen. Da fiel Esther vor ihm auf die Knie und hob flehentlich die Hände. Möglicherweise hatte sie, seit sie in Rom war, zu viele Marienbildnisse gesehen, ihre Haltung und ihr Gesichtsausdruck hätten jedenfalls sehr fromm wirken können – wenn es ihr nicht so eindeutig um fleischliche Genüsse gegangen wäre.

Woran das zu erkennen war?

Ganz einfach. Sie rief laut: »Küss mich, lieb mich, nimm mich …«

Erinnerte mich ein bisschen an Angelos *»Sposami, amami.«*

Der Rest ging zum Glück im Gelächter der umstehenden Leute unter.

Ich schwor mir, mich niemals so lächerlich zu machen, und verdrängte die Tatsache, dass ich zuletzt in der Turnhalle meiner ehemaligen Schule Esther um Längen geschlagen hatte.

ACHim wurde knallrot, sprach schnell in sein Handy, verschränkte dann die Arme vor der Brust und sagte kein Wort mehr.

Schade. Ich fand seinen Akzent wirklich entzückend.

Dann wurde mir klar, dass Esther innerhalb der nächsten Minute wahrscheinlich verhaftet werden würde, wenn ich nichts unternahm. Rund um den Petersplatz waren die Ordnungskräfte nie weit.

Obwohl ich noch sauer auf sie war, konnte ich das nun doch nicht zulassen. Also zog ich sie hoch und bahnte mir mit ihr im Schlepptau einen Weg durch die Menge. Keine Ahnung, wie ich das schaffte. Es heißt ja, in Momenten größter Gefahr wächst man über sich selbst hinaus. Ich jedenfalls entwickelte Bärenkräfte. Außerdem ließen die Leute mich zu meiner größten Überraschung durch, und ich musste nur ein paar wenigen meinen Ellenbogen in den Leib rammen.

Ich hetzte mit Esther durch Borgo, wählte aber eine Parallelstraße zu jener, in der unsere Wohnung lag.

Aus einem unbestimmten Gefühl heraus wusste ich, dass meine Freundin vorerst lieber nicht unseren deutschen Bekannten unter die Augen treten sollte. Sie hatte einen äußerst irren Blick drauf. Heinz und Henriette würden bestimmt ebenfalls die Carabinieri rufen.

Wir liefen weiter und weiter in östlicher Richtung. Ein bestimmtes Ziel hatte ich nicht. Ich hoffte nur, meine Freundin würde wieder klar im Kopf werden, wenn sie sich nur genug auspowerte.

Nach ein paar Minuten fiel mir auf, dass Esther die Führung übernommen hatte. Und sie schien genau zu wissen, wo sie hinwollte. Mit langen Schritten stürmte sie durch die Gassen, umkreiste schwatzende Frauen, spielende Kinder und fliegende Händler. Sie schaute weder nach rechts noch nach links und reagierte nicht auf Ansprache.

Ich bekam es mit der Angst zu tun.

»Esther, bleib stehen! Wir sind weit genug gelaufen«, bat ich atemlos.

Keine Reaktion.

»Wo willst du denn hin?«

Statt einer Antwort bekam ich nur ihren Atem zu hören, der jetzt stoßweise ging.

»Esther!«

Nichts.

»Es ist zu heiß, um so zu rennen. Willst du uns etwa umbringen?«

Jetzt erwiderte sie plötzlich etwas, aber als ich es hörte, wünschte ich mir brennend ihr Schweigen zurück.

»Gute Idee. Aber nicht uns. Keine Angst. Nur mich selbst.«

»Was?«, rief ich aufgebracht. »Was redest du für einen Scheiß?«

Ich neigte nicht zu Kraftausdrücken, aber die Panik ließ mich meine gute Erziehung vergessen.

Wieder blieb Esther stumm.

Wir stürmten vorwärts, unmerklich veränderte sich die Luft. Die Hitze in den Gassen wich einem lauen feuchten Lüftchen. Der Geruch nach Abgasen blieb gleich, aber es gesellte sich der Duft nach kühlem, wenn auch modrigem Wasser hinzu.

Wir standen nun an der breiten Straße Lungo Vaticano. Der Verkehr wälzte sich in beide Richtungen. Das mittelalterliche Borgo lag hinter uns.

Und vor uns lag der Tiber.

Ich hatte wirklich keinen Schimmer, warum wir hier waren und wieso Esther so seltsame Reden führte. Sie lief weiter, bis wir die Engelsbrücke erreichten. Dort überquerten wir die Straße, was bereits einem Himmelfahrtskommando gleichkam. Das Hupkonzert wurde exklusiv für uns gegeben. Auch die Flüche aus Autos und Lastwagen heraus, von Mofas und Fahrrädern galten nur uns.

Schweißgebadet betrat ich mit Esther die Brücke. Hinter mir erhob sich die trutzige, runde Engelsburg, und ich musste immer wieder über die Schulter zurückschauen, so sehr war ich von ihrem Anblick beeindruckt. Das lenkte mich ein wenig von meiner Panik ab, bis wir die Brücke etwa zur Hälfte überquert hatten.

Als ich wieder einmal nach vorn sah, war Esther weg.

Was?

Ich schaute nach links in den brausenden Verkehr.

Keine Esther.

Ich schaute nach rechts auf das steinerne Brückengeländer.

Esthers Füße.

Ogottogottogott!

Ich sah hoch.

Esther stand auf dem Geländer, umarmte einen steinernen Engel und schaute zum Fluss hinab.

»Bist du irre?«, rief ich. Vermutlich nicht die richtigen Worte für eine Selbstmörderin. Sollte man nicht leise und beruhigend auf solche Leute einreden? Ja, und? War ich etwa Psychologin? Nein. Nur eine zu Tode erschreckte Freundin.

Esther schwieg und schaute.

»Glaub nicht, dass ich dir nachspringe, um dich zu retten. Der Tiber ist mir viel zu schmutzig.«

Keine Reaktion. Das hatten wir doch eben schon mal.

In der nächsten Sekunde wurde ich zurückgerissen.

Hoppla!

Hey, Leute, nicht ich muss gerettet werden, sondern die Frau da in den Armen des Engels.

»Ganz ruhig, Signorina«, sagte ein Mann mit angenehm tiefer Stimme. Er trug eine schicke Unform, die ich nicht gleich einordnen konnte.

»Carabinieri?«, flüsterte ich.

»Polizia.«

Ein seltsames Land, dieses Italien. Stand gern mal kurz vor dem Staatsbankrott, leistete sich aber mehrere Ordnungshüter. Die Carabinieri, die Polizia und sogar die Guardia di Finanza, so eine Art Finanzpolizei. Dann gab es noch die Polizei auf Gemeindeebene, die Polizia municipale und die Polizia statale. Heinz hatte mir das mal erzählt, aber warum das so war, wusste er auch nicht.

Ich merkte, dass ich einen Schock hatte, weil ich so angestrengt über italienische Besonderheiten bei den Ordnungskräften nachdachte.

»Retten Sie meine Freundin!«, rief ich.

Der Poliziotto blieb stoisch. Wahrscheinlich holte er täglich ein Dutzend Selbstmörder vom Geländer, beziehungsweise deren Freunde, die gar nicht die Absicht hatten zu springen. Ich fragte mich, wie viele Leute da in einem Berufsleben zusammenkamen. Es mussten Tausende sein. Bestimmt bekam dieser Poliziotto im Himmel dann eine besonders weiche Wolke und wurde von den Engeln von vorn bis hinten bedient.

Oh Mann! Schock lass nach!

Sein Kollege sprach jetzt mit Esther. Sie antwortete, und so entspann sich ein Dialog über das herrliche Septemberwetter.

Okay, der Mann war psychologisch geschult. Ein Plausch über etwas Banales lenkte von finsteren Gedanken ab.

Esther sagte gerade, dass sie nichts gegen ein bisschen Regen hätte, da verlor ich die Geduld.

»Hör auf zu sabbeln und komm sofort da runter!«

»Das geht nicht«, erwiderte sie freundlich.

»Was soll das heißen? Du bist da raufgeklettert, also kannst du ja wohl wieder runterkommen.«

»Leider nein.«

»Und warum nicht?«

Die beiden Poliziotti schauten von einer zur anderen. Sie waren sich offenbar nicht sicher, ob mein Eingreifen hilfreich oder hinderlich war.

Eher Letzteres, fürchtete ich.

»Ich will gar nicht mehr sterben, aber ich leide unter Höhenangst«, erklärte Esther ruhig.

»Glaub ich nicht. Du willst wegen einem mittelmäßig aussehenden Schweizergardisten dein schönes Leben wegwerfen.«

Ich biss mir auf die Lippen. Selbstmörder sollte man nicht provozieren. So viel verstand ich immerhin auch von Psychologie.

Den mittelmäßigen Schweizergardisten überhörte sie zum Glück.

»Mir ist auch ziemlich schwindelig«, fuhr sie fort.

Ich schaute zu ihr hoch. In ihrem Gesicht stand die nackte Angst.

Nicht zu fassen!

Mir fielen ein paar Begebenheiten ein, die ich nie sonderlich beachtet hatte. Erst jetzt wurde mir ihre Bedeutung klar. In Norderbüll weigerte sie sich partout auf den Kirchturm steigen, um die Glocke aus dem siebzehnten Jahrhundert zu bewundern. Als ich das einmal vorgeschlagen hatte, behauptete sie, so etwas interessiere sie nicht. Auch auf unserer ziemlich berühmten uralten Buche am Ortsrand war sie noch nicht gewesen, obwohl ein paar der Äste wie Stufen gewachsen waren und jedes Kind da hochkam.

Und die Kuppel des Petersdoms? Bisher hatte sie nicht erzählt, sie sei oben gewesen. Dabei gehörte dieser Aufstieg zu den absoluten Highlights eines Rombesuchs, da der Ausblick grandios sein sollte.

»Du hast ja tatsächlich Höhenangst«, stellte ich verblüfft fest.

»Schön, dass du es endlich begriffen hast.«

»Aber das Geländer ist gar nicht besonders hoch.«

»Für mich schon.«

»Dann bitten wir die beiden netten Polizisten, dir herunterzuhelfen.«

»Das klappt nicht.«

Die Männer versuchten es trotzdem. Sie mussten schließlich noch andere depressive Leute retten und hatten nicht den ganzen Abend Zeit.

Esther begann zu schreien und klammerte sich so fest an den Engel, dass er wahrscheinlich bald einen Finger oder eine Flügelspitze verlieren würde.

Die Poliziotti wirkten ratlos.

Ich dachte einen Moment nach, dann rief ich Santo an.

Keine Ahnung, ob er würde helfen können. Ich hoffte einfach, die Sprache der Liebe würde Esther herunterlocken.

Ich redete leise, damit sie mich nicht hörte. Immerhin war es ja möglich, dass sie losließ, wenn sie mitbekam, wen ich da um Hilfe bat.

Dann schaute ich wieder zu ihr hoch.

»Kannst du nicht ein Sprungtuch besorgen?«, fragte sie mich.

»Esther, das sind anderthalb Meter!«

»Trotzdem. Oder eine Matratze.«

Auf einmal wurde mir bewusst, dass wir die Rollen getauscht hatten. Bisher war ich diejenige mit dem Tick gewesen, die von ihrer Freundin betreut wurde. Nun war es umgekehrt.

»Wo soll ich mitten auf der Engelsbrücke eine Matratze herbekommen?«, fragte ich.

»Dann bitte die beiden Herren, sich dicht nebeneinander hinzulegen. Vielleicht schaffe ich es, über sie hinwegzusteigen.«

Ich hatte so meine Zweifel, ob die beiden dazu bereit wären. Ihre Uniformen waren ziemlich schick, mit blauen Jacken und blau-grauen Hosen. Die wollten sie sich bestimmt nicht ruinieren.

Wo blieb Santo bloß? Wir hatten doch auch nicht so lange für den Fußmarsch gebraucht.

Endlich, endlich, sah ich ihn heranstürmen. Todesmutig warf er sich in den Verkehr der Via Lungo Vaticano.

Na toll, dachte ich verzweifelt. Ein überfahrener Santo nützte mir nichts, um die lebensmüde Esther zu retten.

Aber er überlebte, erreichte die Brücke und kam auf uns zugelaufen. Er trug seine mit Tomatensoße befleckte Schürze und fuchtelte so wild mit den Händen, dass er winzige Mehlwölkchen hinter sich herzog.

»Was will der Kugelblitz hier?«, fragte Esther. »Hast du den etwa gerufen?«

In derselben Sekunde stoppte Santo zwei Meter vor uns seinen Lauf ab, sammelte sich, straffte die Schultern und schritt auf Esther zu. Sein Blick fixierte sie, seine Stimme war ruhig, als er befahl: »Komm sofort da runter.« Dazu reichte er ihr seine Hand.

Das Wunder geschah: Esther ergriff die kurzen dicken Finger des Pizzabäckers, schloss die Augen und machte einen gewaltigen Satz.

Santo kippte um und wurde unter ihr begraben, aber ich sah sein Gesicht. Es strahlte regelrecht vor Glück.

Esther wiederum konnte froh sein, dass Santo eine ordentliche Fettschicht besaß. Sie war weich gelandet. Nur ihre langen Gliedmaßen hatten ihn verfehlt, aber sie schien sich nicht wehgetan zu haben. Jedenfalls stieß sie keine Schmerzenslaute aus und war ungewohnt still. Schien gemütlich zu sein, da auf Santos Bauch.

Ein paar Sekunden lang rührte sich niemand. Dann kam Bewegung in die Poliziotti. Sie halfen den beiden auf, ermahnten Esther, künftig nicht mehr so leichtsinnig zu sein, und gingen ihrer Wege.

Der nächste Selbstmörder wartete vermutlich schon auf sie.

Meine Freundin klopfte sich das Mehl vom Kleid und schenkte Santo ein dankbares Lächeln.

»Wie hast du das gemacht?«, wollte sie wissen. »Ich dachte, niemand würde mich da runterkriegen.«

»Ich bin nicht niemand«, erwiderte er mit fester Stimme und ernstem Gesichtsausdruck.

Esthers Augenbrauen wanderten in die Höhe, während sie gleichzeitig versuchte, sich so klein wie möglich zu machen, um nicht zu sehr über ihrem Retter aufzuragen. Sie ließ die Schultern hängen und klappte in der Hüfte zusammen. Sah lustig aus.

Dann bemerkte ich, wie in ihr etwas vorging, eine Art Erkennen vielleicht. Und als Santo sagte, sie sollten nun heimgehen, nickte sie nur.

Kurz waren sie beide irritiert, als Esther sich bei ihm

einhaken wollte. Das klappte nicht. Also hakte sich Santo kurzerhand bei Esther ein. Dazu musste er recht weit nach oben greifen, aber als ich ihnen so nachsah, stellte ich fest, dass sie vollkommen natürlich und würdevoll wirkten.

Ich folgte den beiden in einigem Abstand und nutzte die Zeit, um wieder zu mir zu kommen. Mir fiel auf, dass ich in dem ganzen Chaos ganz vergessen hatte, in Panik auszubrechen.

Interessant. Wenn ich Zeit hatte, mir der vielen Leute bewusst zu werden, wie vorhin an der Porta Sant'Anna, drohte leicht ein Anfall. Wenn es jedoch um mich herum so richtig krachte, dann war ich plötzlich die Ruhe selbst und wuchs über mich hinaus.

Gut und schön, dachte ich. Das half mir bloß nicht weiter. Ich konnte mich ja nicht ständig in die größte Aufregung stürzen. Das würden meine Nerven nicht aushalten.

Im Augenblick jedenfalls sehnte ich mich nach der Ruhe meines Schlafzimmers. Ich war froh, als wir in unser Viertel eintauchten, und atmete auf, als wir unsere Straße erreichten. Ich war schon entspannt genug, um den alten Frauen zuzunicken, die auf ihren Küchenstühlen in der Gasse saßen und das Leben der anderen beobachteten.

Verblüfft nickten sie zurück. Sie kannten mich nur als verhuschtes Wesen, das weder nach rechts noch nach links schaute.

Ich lächelte. Es sah ganz gemütlich aus, wie sie da so beieinandersaßen. Gemütlich und ungefährlich. Vor allem jetzt am frühen Abend. Borgo Pio hatte die unzähligen Touristen abgeschüttelt wie ein Straßenköter seine Flöhe und war wieder das behäbige mittelalterliche Viertel, in dem das Leben der Römer seinem eigenen Rhythmus folgte.

Kurz blieb ich stehen.

Esther und Santo verschwanden im Haus. Sie hielten inzwischen einen halben Meter Abstand voneinander. Ob sie den alten Frauen keinen Stoff für ihren Tratsch geben wollten oder ob sie sich auf dem Weg wieder ein Stück voneinander entfernt hatten, war nicht zu erkennen. Schätzungsweise würden sie so schnell kein Paar abgeben. Trotz seines entschlossenen Auftretens würde Santo es schwer haben, gegen durchtrainierte Schweizergardisten anzukommen.

Während ich unschlüssig vor der Pizzeria stand, fragte ich mich, wie es nun weitergehen sollte.

Nur einer Sache war ich mir sicher: Ich wollte noch länger in Rom bleiben. Mein Weg war nicht zu Ende. Wenn ich jetzt aufgab und zurück nach Deutschland flog, wäre alles vergebens gewesen. Die Schritte, die ich bereits gegangen war, würden nachträglich ihren Sinn verlieren. Mir war klar, dass ich im Handumdrehen in meine alten Verhaltensmuster zurückfallen und ein Leben am Rande der Gesellschaft führen würde, ständig in Angst, mich wieder lächerlich zu machen.

Gut möglich, dass ich einen Job als Vertretungslehrerin bekam und ein einigermaßen geregeltes Dasein führte. Aber wozu? Wollte ich die nächsten dreißig, vierzig Jahre damit verbringen, allen Menschen aus dem Weg zu gehen?

Nein!

Ich musste da jetzt durch.

Allein.

Letztlich konnte ich mich nur selbst retten. Hilfsbereite Menschen wie Esther oder Santo konnten mich höchstens begleiten.

Meinem Onkel jedoch würde ich aus dem Weg gehen.

Der tat mir nicht gut. Gleiches galt für den schönen Priester. Und sobald ich einigermaßen stabil wäre, würde ich mir auch einen Job suchen.

Aber was für einen? Das wird sich finden, dachte ich bei mir. Zur Not liefere ich eben Pizza aus. Bei der Vorstellung musste ich kichern.

»Siediti«, sagte eine der alten Frauen. »Setz dich.« Abgesehen von ihrer bunten Küchenschürze war sie wie ihre Freundinnen ganz in Schwarz gekleidet. Ihr Haar war zu einem weißen Dutt geknotet, die dunklen Augen blickten hellwach aus dem faltigen Gesicht.

Ich sah, dass eine von ihnen einen weiteren Stuhl mit strohbespannter Sitzfläche geholt haben musste. Da stand er in ihrer Mitte und schien auf mich zu warten.

»Ich … ich kann nicht.« Rasch verschwand ich im Haus.

DRITTER TEIL

14
Ochsenschwanz

Entspannt setzte ich mich auf meinem Stuhl zurecht, streckte die Beine auf der Gasse aus und genoss den lauen Herbstabend. Es war der zweite Sonntag im Oktober, und während zu Hause in Norderbüll bereits die kalten Winde übers flache Land fuhren und rotgoldene Blätter von den Bäumen fegten, blieben die Temperaturen in Rom schön mild. Es hatte auch hier ein paar Regentage gegeben, doch anschließend war die Sonne warm und freundlich zurückgekehrt. Nur ohne die Gluthitze des Sommers.

Zu dieser Jahreszeit war die Stadt noch immer von Touristen bevölkert. Viele kamen gerade jetzt in die italienische Hauptstadt, da es bei diesem Wetter sehr viel angenehmer war, die Sehenswürdigkeiten abzuklappern.

Doch wenn sich die Dämmerung über die Dächer legte, wurde es ruhiger in den Straßen.

»Zwei Stunden«, sagte Gabriella in meine müßigen Überlegungen hinein. »Keine Sekunde weniger.«

»Eine Stunde reicht völlig«, hielt Gelsomina dagegen. »So hat es mir meine Großmutter beigebracht, und so halte ich es auch weiterhin.«

»Deine Nonna war Sizilianerin. Eine Zugereiste. Die verstand nichts von römischer Küche.«

Gelsomina, die alte Frau mit dem weißen Dutt, verzog beleidigt das Gesicht. Ich wusste, sie empfand ihre sizilianischen Vorfahren als Makel, obwohl schon ihre Mutter in Rom geboren worden war. Deshalb gab sie sich immer besonders römisch und war eine Expertin der traditionellen Gerichte. Aber das waren sie alle vier. Gelsomina, Gabriella, Mariangela und Evelina.

Im Augenblick stritten sie sich über die Garzeit eines Klassikers der einheimischen Küche – *coda alla vaccinara*, ein mit viel Sellerie und Tomate geschmorter Ochsenschwanz.

»Und du hast einen Ausländer geheiratet«, sagte Gelsomina zu Gabriella. »Du bist völlig verdorben für unsere Küche.«

Gabriellas Mann Federico stammte aus Venedig, aber das machte hier keinen Unterschied. Alles, was außerhalb der römischen Ringautobahn lag, war für diese Frauen eine fremde Welt.

Manchmal staunte ich darüber, dass sie mich so bereitwillig in ihrer Mitte aufgenommen hatten, obwohl ich in ihren Augen offensichtlich von einem anderen Stern stammte.

»Anderthalb Stunden«, warf Evelina ein, bevor sich jemand zu sehr aufregen konnte.

Auf ihren Federico ließ Gabriella nämlich nichts kommen, auch wenn der seit Jahren nur noch im Unterhemd vor dem Fernseher saß oder in der Bar mit seinen Freunden Karten spielte. Er musste mal ein schicker junger Mann gewesen sein, der seine Verlobte zu Tanzfesten auf dem Tiber und zu Spaziergängen in den großen Park der Villa Borghese ausgeführt hatte.

Mariangela nickte eifrig. Sie legte größten Wert auf Harmonie in der Gruppe und griff immer dann ein, wenn die anderen sich kabbelten. »Ganz genau. Anderthalb Stunden sind perfekt.«

Gelsomina und Gabriella waren vom Thema abgekommen und verstrickten sich in ihren jahrzehntelangen Streit über ausländische Vorfahren und Ehemänner.

Ich schaltete ab. Das hatte ich alles schon unzählige Male gehört.

Es war nichts Bösartiges an diesen kleinen Wortgefechten. Auf mich wirkten die beiden alten Frauen wie Schauspielerinnen in einem altbekannten Stück. Es diente der Unterhaltung und vertrieb die Zeit.

Ich lehnte mich zurück. Ein paar Tage nach Esthers verrückter Aktion auf der Engelsbrücke hatte ich den Mut gefunden, mich zu den greisen Italienerinnen zu setzen. Fast vier Wochen war das her. Seitdem kam ich jeden Abend heraus. Ich bildete mir ein, große Fortschritte zu machen, weil ich ja nun das Haus verließ.

Aber das stimmte nicht. Im Grunde war unser kleiner Kreis aus Stühlen nur eine Verlängerung der Wohnungen. Zumal um diese Uhrzeit nur noch wenige Leute unterwegs waren. Die Touristen hatten sich längst in ihre Hotels zurückgezogen, um nach einem langen Tag in der Stadt ihre schmerzenden Füße hochzulegen.

Na ja, fast alle Touristen.

Die Gruppe, die jetzt auf uns zukam, sah ziemlich verloren aus. Es waren vier Paare um die fünfzig, die angestrengt ihre Smartphones konsultierten.

Ich unterdrückte ein Lächeln. Meiner Meinung nach verließen sich die Touristen viel zu sehr auf Google Maps. Sie wussten nicht, dass in Rom die Funknetze gern mal zusammenbrachen. Wie vieles andere auch. Der Verkehr zum Beispiel, oder die Stromversorgung. Ich war längst daran gewöhnt, aber die Besucher hier nicht.

Eine der Frauen löste sich aus der Gruppe, betrachtete

meine schwarz gekleideten Freundinnen und wandte sich dann an mich. Sie wirkte sportlich und trug ihr rotes Haar zu einem Pferdeschwanz gebunden, was sie jünger wirken ließ. Auf Englisch fragte sie mich, wie sie zur Metrostation Ottaviano der Linea A kämen.

Ich war zutiefst geschmeichelt. Sie hielten mich für eine Italienerin! Obwohl ich mit meinem von der Sonne gebleichten Haar und den … ähm, goldenen Augen nicht unbedingt südländisch aussah.

»Das ist nicht schwer«, antwortete ich auf Deutsch. »Sehen Sie die *tabaccheria*, den Tabakladen, dort an der Ecke? Da müssen Sie rechts abbiegen und dann immer geradeaus gehen. Sie können es gar nicht verfehlen.«

Die anderen kamen näher, als sie mich deutsch sprechen hörten, und die Rothaarige fragte interessiert, ob ich hier lebte.

»Ja«, erwiderte ich und verschwieg, dass alles an meinem Zustand vorläufig war.

Sie lächelte. »Und was sind Sie von Beruf, wenn ich fragen darf?«

Ganz schön neugierig, dachte ich bei mir. Ich sah aber, wie die Augen meiner Freundinnen aufmerksam hin- und herflogen. Seit sie mich in ihrem Kreis aufgenommen hatten, waren ihre Abende um einiges interessanter geworden. Mal kam Santo auf einen Plausch heraus, mal blieb sogar Angelo stehen und wurde von oben bis unten begutachtet. (Und als meiner nicht würdig befunden, aber das nur nebenbei.)

Sogar Heinz und Henriette hatten sich herabgelassen, bei der einen oder anderen Gelegenheit kurz bei uns zu verweilen. Inzwischen waren die beiden jedoch nach Bottrop zurückgeflogen.

Nur Esther hielt sich fern. Vielleicht erinnerten die alten Frauen sie daran, dass sie selbst nicht mehr die Jüngste war. Vielleicht spürte sie aber auch deren unterschwellige Kritik an ihrem Lebenswandel, der keinem in der Nachbarschaft verborgen blieb. Wie auch immer – wenn sie mich dort sitzen sah, stürmte sie nur mit einem knappen Gruß an uns vorbei, was ihr regelmäßig ein missbilligendes Zungenschnalzen eintrug.

Nun aber gab es wieder Unterhaltung, und ich durfte Gelsomina, Gabriella, Mariangela und Evelina nicht enttäuschen.

»Ich bin Grundschullehrerin«, sagte ich zu der Rothaarigen und übersetzte simultan für meine Freundinnen. Die nickten einträchtig und sahen dabei ein bisschen wie gut genährte Krähen aus, die auf der Straße nach Brotkrumen pickten.

Ein Mann aus der Gruppe zückte seine Kamera, aber ein böser Blick von mir hinderte ihn daran, uns abzulichten. Das fehlte noch, dass ich mit meinen Freundinnen in irgendeinem deutschen Fotoalbum als Touristenattraktion auftauchte!

»Das nenne ich einen Zufall«, gab die Rothaarige zurück. Sie drehte sich zur Gruppe um und winkte einer Blondine zu. »Claudia, komm doch mal her. Hier ist eine Kollegin von dir.«

Zufall, dachte ich und lachte in mich hinein. Als ob der Lehrerberuf etwas sehr Seltenes wäre.

Die Angesprochene war ebenfalls ein sportlicher Typ und vielleicht zehn Jahre älter als ich.

Sie trat näher und nickte mir zu. »Arbeiten Sie vielleicht an der Deutschen Schule hier in Rom? Wissen Sie, ich habe mich dort vor Jahren mal beworben, aber letztlich hatte ich doch nicht den Mut, mein ganzes Leben umzukrempeln, um hierherzuziehen.«

In ihrem Blick lag Bewunderung, und ich sonnte mich einen Moment darin. Dann aber musste ich zugeben: »Im Augenblick mache ich eine Pause. Ich …«

Meine Kollegin winkte ab. »Oh, ich weiß schon, was Sie meinen. Der Stress ist manchmal wirklich nicht auszuhalten.«

Bevor sie mich in ein längeres Gespräch über unseren gemeinsamen Job verwickeln konnte, drängten die Männer der Gruppe zum Aufbruch.

Erleichtert wünschte ich ihnen noch einen schönen Aufenthalt.

»Und passen Sie in der Metro auf«, sagte ich. »Halten Sie Ihre Geldbörsen gut fest.«

Als sie um die Ecke verschwunden waren, wollten meine Freundinnen noch einmal alles ganz genau wissen. Ich erzählte ihnen von dem Gespräch, während mir gleichzeitig nicht aus dem Kopf ging, was meine Kollegin erzählt hatte.

In Rom gab es eine deutsche Schule? Davon hatte ich bisher noch nichts gewusst!

Ob die wohl hier in Borgo lag? Dann könnte ich mich mal hintrauen und unverbindlich anfragen, ob sie zufällig eine Grundschullehrerin für die Fächer Deutsch und Kunst brauchten. Damit wäre ein großer Teil meiner Probleme auf einen Schlag gelöst. Ich hätte einen Job, der meinen Fähigkeiten entsprach, mein Leben verlöre den Zustand der Vorläufigkeit, und ich müsste mir keine Sorgen mehr um meine Finanzen machen.

Aber so wie ich mein Glück kannte, müsste ich dafür wahrscheinlich die halbe Stadt durchqueren.

Gelsomina riss mich aus meinen Gedanken. »Morgen kommst du zum Essen zu mir. Du bist viel zu dünn geworden.«

Der Meinung war ich nicht. Ich fühlte mich wohl mit zehn Kilo weniger, und ich besaß noch Rundungen an den richtigen Stellen. Wenn ich jedoch anfing, bei meinen Freundinnen zu essen, würde meine neue Figur bestimmt in Gefahr geraten. Die römische Küche war deftig, das hatte ich inzwischen gelernt. *Spaghetti alla carbonara* durften selbstverständlich nur mit *guanciale*, mit Schweinebacke, zubereitet werden, und das *pollo alla cacciatora*, das Huhn nach Jägerart, wurde mit besonders viel Speck geschmort.

Außerdem gab es fast nichts, was nicht frittiert werden konnte. Mariangela hatte mir mal stolz erzählt, einer ihrer Urgroßväter sei im jüdischen Ghetto ein sogenannter *friggitore* gewesen, ein Straßenverkäufer, der für wenig Geld alles frittierte, was gerade erhältlich war.

»Ich versuche zu kommen«, sagte ich also vage und lächelte Gelsomina entschuldigend an. »Aber ich kann nichts versprechen.«

Sie warf die Hände in die Luft. »Dir ist nicht zu helfen.«

Gabriella bat mich: »Erzähl uns mal, was du in Deutschland so gegessen hast.«

Sofort machten alle vier ein Gesicht, als würde gleich ein Horrorfilm auf die gegenüberliegende Hauswand projiziert werden.

Das kannte ich schon. Seit ich ihnen zum ersten Mal von einer norddeutschen Spezialität erzählt hatte – den eingelegten Bratheringen –, packte sie das nackte Grauen, wenn ich kulinarische Genüsse meiner Heimat beschrieb.

Gleichzeitig waren sie aber auch ungemein fasziniert und hielten sich bestimmt für Angehörige eines überlegenen zivilisierten Volkes.

Pah! Die aßen Kutteln und Kalbsdarm mit Muttermilchbrei. Was daran überlegen und zivilisiert sein sollte, musste mir erst mal jemand erklären.

Aber auch an diesem Abend tat ich ihnen den Gefallen, überlegte einen Moment und erzählte dann von in Mehl gewälzter und in Butterschmalz gebratener Rinderleber mit gebräunten Zwiebelringen, Stampfkartoffeln und süßem Apfelmus.

Zunächst fanden sie das wohl nicht so aufregend.

Innereien waren in der römischen Küche eben wohlbekannt. Außerdem war Gabriellas Mann Federico früher Arbeiter in einem Schlachthof gewesen. Er und seine Kollegen hatten zusätzlich zum Lohn den *quinto quarto* geschenkt bekommen, also das fünfte Viertel – Kopf, Schwanz und die Innereien der geschlachteten Tiere. Einen kleinen Teil davon hatten sie für ihre eigene Familie behalten, den anderen an die zahlreichen umliegenden Restaurants verkauft und so ein schönes Sümmchen dazuverdient.

Aber als ich nun noch einmal das Apfelmus betonte, verzogen sie ihre faltigen Gesichter, als hätten sie in Zitronen von der Amalfiküste gebissen.

Süß, zu salzig und bitter. Das war für meine Freundinnen nicht zu begreifen.

»Kein Wunder, dass du zu dick warst, als du angekommen bist«, sagte Gelsomina.

Erst war ich überrascht, dann wurde mir klar: Ich selbst hatte den alten Frauen in der Gasse lange Zeit keine Beachtung geschenkt, denn sie hatten für mich einfach zum pittoresken Straßenbild gehört. Sie jedoch hatten mich wie alle anderen Nachbarn von meinem ersten Tag an genau beobachtet. Und ihnen war nichts entgangen.

»Das lag nicht am Essen«, gab ich beschämt zurück. »Jedenfalls nicht direkt.«

Damit konnten sie nichts anfangen, schnalzten mit den Zungen und schüttelten die Köpfe, dass die weißen Haare sich aus den Knoten lösten. Aber falls sie auf eine Erklärung warteten, so warteten sie vergeblich. Jede Einzelheit mussten sie nun wirklich nicht von mir erfahren.

Ich fragte mich, was sie wohl ohnehin schon über mich wussten. Wahrscheinlich das meiste.

Kannten sie auch meine Gefühle für einen ganz bestimmten Priester? Gefühle, die immer noch in mir schlummerten, obwohl ich kein Wort mehr mit ihm gesprochen, sein Foto nicht mehr angerührt und ihn nur ein paarmal aus der Ferne gesehen hatte?

Ich hoffte nicht. Abgesehen von Mariangela mit ihren jüdischen Wurzeln waren diese Frauen streng katholisch. Manchmal glaubte ich sogar, sie hatten mich erst in ihren Kreis aufgenommen, als sie erfahren hatten, dass ich ebenfalls dieser Konfession angehörte.

Zwangsläufig wanderten meine Gedanken zu Pietro, und das Herz wurde mir schwer.

Er hatte nicht mehr versucht, mich einzuladen, und die paar Male, als ich ihn gesehen hatte, war ich schnell in die entgegengesetzte Richtung gegangen. Einmal war ich sogar gerannt und hatte gebetet, er möge es nicht bemerken.

Peinlich, peinlich.

Ebenso entschlossen hatte ich jedes Gespräch über ihn vermieden. Wann immer Santo den Priester erwähnte, wechselte ich das Thema. Mein Onkel war da kein Problem. Seit der Beichte hatte ich keinen Kontakt mehr zu ihm. Wahrscheinlich dachte er, ich sei längst zurück in Deutschland.

Ich hoffte also, mit der Zeit könnte ich Pietro vergessen, aber bisher war mir das nicht gelungen.

Mit Mühe unterdrückte ich ein Seufzen und konzentrierte mich wieder auf meine Freundinnen. Sie hatten offenbar weiter über mich geredet, denn Evelina sagte in diesem Moment: »Was Sina fehlt, ist ein Mann. Es ist nicht gesund, in ihrem Alter allein zu sein. Als ich Mitte dreißig war, hatte ich schon vier Kinder.«

Die anderen stimmten ihr ohne Ausnahme zu, und ich seufzte jetzt doch. Mein Singledasein war ihr Lieblingsthema. Es kam noch weit vor den Essgewohnheiten der Deutschen. Und wenn sie erst mal damit anfingen, war so schnell kein Ende in Sicht.

Ob sie nicht doch vermuteten, dass ich in einer falschen, aussichtslosen Liebe gefangen sei?

Gelsomina, zum Beispiel, schien mir direkt in die Seele zu blicken, wenn sie mit mir sprach.

Auch jetzt wieder. »Mein Enkel Ettore besucht mich morgen. Ich werde ihn dir vorstellen. Er ist ein feiner Mann. Zweiunddreißig Jahre alt, unverheiratet. Ein Busfahrer mit sicherer Pension.« Letzteres war in ihren Augen der eigentliche Hauptgewinn.

Ich lächelte müde. War das jetzt der vierte oder der fünfte Enkel, der mir angeboten wurde? Ich bekam es nicht mehr zusammen.

Es ehrte mich ja, dass alle vier bereit waren, mich in ihre weitverzweigten Familien aufzunehmen, aber die Versuche, mich zu verkuppeln, häuften sich und wurden langsam anstrengend.

Wie kam ich aus der Nummer jetzt diplomatisch wieder raus?

Als hätte sie gespürt, dass ich ihre Hilfe brauchte, trat Esther aus dem Haus. Im ersten Augenblick war ich froh, sie zu sehen, dann bemerkte ich ihren düsteren Gesichtsausdruck und runzelte selbst die Stirn.

Mit Esther war es seit einiger Zeit schwierig, aber ich hatte keine Ahnung, was ich tun sollte. Es war, als hätte sie eine Mauer zwischen uns errichtet, und ich fand den geheimen Zugang nicht.

»Das gibt Falten«, ermahnte mich Gabriella, spuckte auf ihren Daumen und strich mir fest über die Stirn.

Ich zuckte nicht zurück.

Anfangs hatte ich mich noch bei dem einen oder anderen seltsamen Verhalten der Frauen heftig erschreckt. Wenn zum Beispiel Gelsomina mir ihre beiden Zeigefinger in die Wangen bohrte, damit ich Grübchen bekam, obwohl sie gestehen musste, dass dies normalerweise nur bei Neugeborenen funktionierte. Dasselbe galt auch für einen kräftigen Zug an der Nase, damit die keine Kartoffelform bekam. Mit einem Ruck nach vorn und hoch für eine hübsche Stupsnase.

Ich stellte mir vor, wie sie ihren Enkeln die Behandlungen gleich nach der Geburt hatten angedeihen lassen und war insgeheim neugierig auf die stupsnasigen Nachkommen mit Grübchen.

Als nun Esther mit langen Schritten auf uns zukam, konnte ich allen vier Frauen ansehen, wie gern sie die Adlernase mal gerichtet hätten.

Aber sie taten es nicht.

Ein bisschen fürchteten sie sich wohl vor der Frau, die vor ihren Augen eine so unglaubliche Verwandlung durchlaufen hatte. Von der fast ebenbürtigen älteren und grauhaarigen Dame zur jugendhaften Sexbombe. Ihr Weltbild geriet dadurch kräftig in Schieflage. Deutsche Touristinnen in Esthers Alter waren bei ihnen bislang nur in bequemer Freizeitkleidung und mit Gesundheitssandalen an den Füßen vorbeigekommen.

»Ich muss dich sprechen«, sagte Esther. »Sofort. Komm mit.«

Das war ein Befehl, keine Bitte.

Schon ging sie ins Haus zurück.

Ich entschuldigte mich bei meinen Freundinnen und folgte ihr.

»Denk dran«, sagte Gelsomina schnell. »Morgen Mittag bei mir. Ettore freut sich schon. Ich habe ihm viel von dir erzählt.«

Ich lächelte vage und dachte nur: der arme Mann. Vermutlich graute ihm vor der Begegnung mit der Tedesca, die nicht ganz richtig im Kopf sein konnte, weil sie so viel Zeit mit seiner Nonna und den anderen alten Frauen verbrachte.

Dann folgte ich Esther.

Kurz warf ich einen Blick in die Pizzeria, aber Santo war mit ein paar Kunden beschäftigt. Er schaute nicht in meine Richtung. Trotzdem sah ich ihm an, dass er nicht glücklich war.

War er es je gewesen, seit er Esther vom Brückengeländer geholt hatte?

Außer in jenem einen Augenblick, als er ihr Held sein durfte?

Nein, gab ich mir selbst die Antwort. Zwischen den beiden hatte sich nichts entwickelt.

Ich hatte so sehr gehofft, dass meine Freundin seine

Gefühle erwidern würde. Nicht nur, um Santo glücklich zu sehen. Tatsächlich war ich fest davon überzeugt, er könnte *sie* glücklich machen. Wenn sie es nur schaffte, hinter der kleinen dicken Gestalt das warme Herz eines Riesen zu erkennen.

Doch offenbar war Esther in ihrer Fixierung auf schicke junge Männer dazu nicht in der Lage. Die vergangenen Wochen waren ein ständiges Auf und Ab gewesen. Mal suchte sie seine Gesellschaft, mal wies sie ihn von sich und weinte bitterlich ihrem Schweizergardisten ACHim nach.

Mal war Santo gut genug, ihr die Zeit zu vertreiben, mal kam sie von ihren langen Streifzügen mit irgendeinem schönen jungen Mann zurück, der dann ein wenig verloren in unserer Küche saß, während der arme Pizzabäcker unten in seiner Wohnung die tausend Tode der Eifersucht starb.

Ich hätte ihm gern verraten, dass Esther mit diesen Trophäen nicht ins Bett ging. Warum, wusste ich selbst nicht.

Vielleicht fehlte ihr der Mut zum entscheidenden Schritt. Vielleicht fürchtete sie sich vor dem Augenblick, in dem sie den Push-up ausziehen und einen Körper präsentieren sollte, der die Spannkraft der Jugend verloren hatte.

Doch ich sprach nicht mit Santo. Ich wollte mich nicht einmischen.

Als Heinz und Henriette abreisten, schienen sie äußerst froh zu sein, diesem Verfall der Sitten nicht länger zusehen zu müssen. Sie bekamen auch nicht mit, dass die jungen Männer bloß in der Küche gefüttert wurden, bevor sie wieder gehen mussten.

»Früher hätte es so was nicht gegeben«, ereiferte sich Heinz.

»Früher«, erwiderte Esther trocken, »haben die Alten Römer Fress- und Sexorgien bis zum Abwinken gefeiert.«

Darauf fiel den Bottropern nichts mehr ein, und sie sahen zu, dass sie wegkamen.

In die Küche ging Esther jetzt auch, nachdem wir unsere Wohnung im vierten Stock erreicht hatten.

Seit Henriette nicht mehr für Ordnung und Sauberkeit sorgte, sah es hier schrecklich aus. Schmutziges Geschirr stapelte sich in der Spüle, der Abfalleimer quoll über, leere Flaschen kullerten über die Fliesen und überall lagen Reste von Frühstück und Mittagessen herum.

»Hier muss mal sauber gemacht werden«, sagte Esther.

»Hm«, machte ich.

»Ich fürchte, das bleibt an dir hängen, Sina.«

»Wieso das denn?«, begehrte ich sofort auf. »Warum soll ich allein dafür zuständig sein? Du lebst hier genauso wie ich.«

»Ab morgen nicht mehr.«

15

Arrivederci, Roma

Ich sackte auf einen Stuhl. »Was?«

Eine Sekunde lang hoffte ich, sie würde mich glücklich anlächeln und mir erzählen, sie wollte runter zu Santo ziehen. Er habe ihr einen Heiratsantrag gemacht, und sie habe ihn angenommen.

Reines Wunschdenken!

»Ich fliege zurück nach Deutschland.«

Meine Kinnlade klappte runter, und ich starrte sie fassungslos an.

»Guck nicht so«, sagte Esther.

»Du willst …« Ich musste mich kräftig räuspern, so dick war der Kloß, der plötzlich in meinem Hals saß. »Du willst weg?«

»Ganz genau.«

»Aber … warum?«

»Weil ich in Rom nicht mehr glücklich bin. Schon seit Wochen.«

»Glaub ich nicht.« So langsam wich der Schock, und ich konnte wieder nachdenken.

Esther hob die Schultern. »Glaub, was du willst.«

»Wie kann das sein? Du bist doch hier aufgeblüht. Du liebst die Stadt. Und du siehst zehn, nein, fünfzehn Jahre jünger aus.«

Sie verzog das Gesicht und sah auf einmal nicht mehr

jünger aus. Nur unendlich müde. Und an der Schwelle zum Alter. Das war sie ja auch, dachte ich bekümmert. Wenn sie hier in Rom auch so etwas wie einen Jungbrunnen gefunden hatte, so gab es nichts an der Tatsache zu rütteln, dass sie Anfang sechzig war.

»Mir ist dieses Leben zu anstrengend. Ich fühle mich ausgelaugt. Seit zwei Monaten tue ich nichts anderes als wie eine Verrückte durch die Stadt zu rennen und mich in die unmöglichsten Kerle zu vergucken. Ich kann nicht mehr.«

Sie setzte sich ebenfalls, fiel buchstäblich in sich zusammen.

»Esther«, sagte ich sanft. »Das verstehe ich schon. Vielleicht hast du es wirklich ein wenig übertrieben. Aber du könntest doch damit aufhören. Schalt ein paar Gänge runter, genieß Rom in Ruhe …« Ich brach ab, bevor ich ihr raten konnte, sich doch noch mit Santo zusammenzutun. Mir war klar, dass sie so etwas nicht hören wollte.

»Ich hab's versucht«, gestand sie. »Aber kaum bin ich in den Straßen unterwegs, drehe ich voll auf. Quasi gegen meinen Willen. Nein, meine Entscheidung steht. Ich muss fort.«

»Und Santo?«, fragte ich nun doch.

»Was soll mit ihm sein?« Alles an ihr war auf einmal Abwehr.

»Er liebt dich. Es wird ihm das Herz brechen, wenn du fortgehst.«

»Papperlapapp. Der liebt immer noch seine Maria, niemanden sonst.«

Erstaunt runzelte ich die Stirn. Gabriella und ihren Spuckedaumen hatte ich unten in der Gasse gelassen.

»Was sagst du da?«

»Du hast mich genau verstanden.«

Da war mir bei meinem lieben Freund offenbar etwas entgangen.

Konnte das möglich sein? Lag bei Santo hinter aller Bewunderung für Esther noch immer die Trauer um seine verstorbene Frau? Und spürte meine Freundin womöglich mit dem siebten Sinn einer Frau, dass er sie niemals genauso stark lieben könnte?

»Vielleicht braucht er nur noch etwas Zeit«, sagte ich langsam.

»Ach was!« Esther machte eine wegwerfende Handbewegung. »Dem kann alle Zeit der Welt nicht mehr helfen. Er gehört zu den Menschen, die in der Vergangenheit leben. Ist ja auch so viel einfacher. Die tote Ehefrau fordert ihn nicht mehr heraus und gibt ihm immer recht. Außerdem kann er sich ihrer Liebe auf ewig sicher sein.«

Sprachlos staunte ich sie an. War Santo wirklich so? Es stimmte schon, er sprach oft von seiner Maria. Aber mir schien auch, dass er wirklich in Esther verliebt war. Ich kam zu dem Schluss, dass ich mir da kein Urteil erlauben konnte.

»Ist alles nicht mehr wichtig«, setzte Esther hinzu. »Ich reise ab. Basta.«

Sie war entschlossen, keine Frage.

Angst ergriff mich. Bis eben hatte ich gedacht, ich hätte schon große Fortschritte gemacht und wäre auf dem besten Weg, meine Probleme in den Griff zu kriegen. Ich fühlte mich stärker, ausgeglichener. Auf einmal kamen mir Zweifel. »Und was wird aus mir? Vielleicht sollte ich lieber mitfliegen.«

»Nein!«, gab sie scharf zurück. »Das schlag dir mal ganz schnell wieder aus dem Kopf. Du bist immer noch nicht viel weitergekommen.«

»Immerhin gehe ich auf die Straße.«

»Um dich zu den Krähenfrauen zu hocken. Das zählt wohl kaum.«

Beschämt senkte ich den Kopf. Esther hatte recht. Nichts war besser geworden. Ich hatte die Dinge mal wieder schleifen lassen und mich bloß in einem sicheren Radius bewegt.

»Aber ich kann doch nicht ohne dich hierbleiben«, sagte ich dennoch. Der Gedanke erschien mir absurd.

»Wieso denn nicht? Der kleine Pizzabäcker wird dir bestimmt einen weiteren Preisnachlass bei der Miete einräumen. Hat er ja auch schon für uns gemacht, als die Lüpkes weg sind.«

»Es geht nicht ums Geld.«

Na ja, korrigierte ich mich im Stillen, ein wenig schon. So langsam ging mein Erspartes zur Neige. Über einen Job hatte ich zwar schon oft nachgedacht, nur gab es keine Arbeit, die ich in der Wohnung oder im Kreise der alten Frauen verrichten konnte.

»Du … du wirst mir fehlen.« Tränen stiegen mir in die Augen. Ich wischte sie schnell fort.

Esthers Blick wurde weich. »Du mir auch. Aber wat mutt, dat mutt.«

Eine Weile saßen wir schweigend beieinander. Ich konnte sie ja verstehen. Irgendwie. Für sie war das große Abenteuer beendet. Aber ich würde ohne sie furchtbar einsam sein.

»Und wann wirst du es Santo sagen?«, fragte ich schließlich.

»Gar nicht.«

»Was?«

»Das überlasse ich dir.«

»Esther!«, rief ich aus. »Das kannst du nicht machen. Du bist es ihm schuldig, dich wenigstens persönlich von ihm zu verabschieden.«

»Ich bin dem Mann überhaupt nichts schuldig!«, protestierte sie.

»Immerhin hat er dich gerettet.«

»Und dafür ertrage ich seit vier Wochen seine falsche Anbetung. Oh nein! Ich habe schon doppelt und dreifach gezahlt.« Sie sprang auf und fuchtelte mit den Armen in der Luft herum.

»Ist ja gut«, meinte ich beschwichtigend. »Dann mache ich das eben.«

Alles in mir sträubte sich dagegen, aber ich dachte daran, wie viel Esther in der Vergangenheit für mich getan hatte. Vielleicht war es an der Zeit, dass ich dieses Konto ein wenig ausglich.

»Danke, ich wusste, auf dich ist Verlass. Aber sag's ihm erst, wenn ich weg bin, in Ordnung?«

»Wie du willst«, gab ich zurück, obwohl mir gar nicht wohl bei der Sache war.

»Gut. Wenn alles geklärt ist, werde ich mal packen. Mein Flieger geht morgen früh um neun. Und dann: *Arrivederci, Roma.*«

Ich wusste, ich würde es nicht aushalten, ihr dabei zuzusehen, wie sie ihre Sachen zusammensuchte, um mich zu verlassen.

»Ich … gehe ein bisschen raus.«

»Aber nicht runter zu Santo, um zu petzen.«

»Selbstverständlich nicht«, gab ich beleidigt zurück. »Wofür hältst du mich?«

»Und auch nicht zu deinem Klub der Hundertjährigen. Dann weiß es in zehn Minuten ganz Borgo.«

Ich schaute zur Küchenuhr hoch. Es war kurz nach halb acht. »Meine Freundinnen sind jetzt alle in ihren Wohnungen.« Esther sah nicht sonderlich interessiert aus, dennoch erklärte ich: »Sie schauen pünktlich um halb acht eine Daily Soap im Fernsehen.«

Gabriella, Gelsomina, Mariangela und Evelina waren süchtig nach der Serie. Wehe, sie verpassten mal eine Folge. Inzwischen hatten sie mir die wichtigsten Dinge erzählt. Es ging um Amy, die bildschöne und hochintelligente Tochter eines amerikanischen Reeders, die sich von ihrer Familie lossagte und ihren eigenen Weg im Leben suchte. Dabei wurde sie von so viel Pech verfolgt, dass mir das Mädel schon richtig leidtat. Ihr Verlobter starb, sie bekam Krebs, ihre beste Freundin unternahm einen Selbstmordversuch, sie verlor alles Geld, das sie sich mühsam verdient hatte …

So langsam war ich selbst gespannt darauf, wie es mit Amy weiterging. Ich fürchtete jedoch, ich würde in meinem Leben bald vollends auf der Stelle treten, wenn ich auch noch anfing, regelmäßig *RAI uno* einzuschalten. Also war ich darauf angewiesen, dass meine Freundinnen mir am nächsten Tag berichteten, was nun wieder passiert war.

»Gut«, sagte Esther. »Wo willst du dann hin?«

»Ich brauche nur ein wenig frische Luft.«

»Geh einfach auf die Dachterrasse.«

Nein, überlegte ich. Dort würde ich immer noch *hören*, wie sie packte.

Ich wandte mich ab. »Wir sehen uns später.«

»Dass du mir nicht verloren gehst!«, rief sie mir nach, als ich schon an der Wohnungstür war. »Ich werde nicht meinen Flug verpassen, um dich zu suchen.«

Beleidigt schüttelte ich den Kopf. Eine hohe Meinung

hatte Esther offenbar noch immer nicht von mir. »Keine Sorge. Mir passiert schon nichts.«

Draußen war alles ruhig. Anscheinend schaute halb Borgo die Daily Soap. Santo hatte im Augenblick auch keine Kunden und winkte mich zu sich, als ich kurz vor dem Schaufenster stehen blieb.

Nein, ich konnte unmöglich zu ihm reingehen. Dann würde ich bestimmt aus Versehen verraten, was Esther plante.

Also lächelte ich ihm nur zu und tat so, als hätte ich die Einladung nicht verstanden. Dann beeilte ich mich wegzukommen.

So friedlich war es im Viertel, dass ich keinerlei Angst verspürte. Ich schritt sogar schneller aus und redete mir dabei ein, ich würde auch prima ohne meine Freundin zurechtkommen. Erst nach einer Weile erkannte ich, dass ich keineswegs ziellos umherlief, wie ich gedacht hatte. Stattdessen war ich zu dem Haus gegangen, in dem Onkel Thilo wohnte.

Und Pietro.

Ich stand auf der anderen Straßenseite, betrachtete das schmucklose Eingangsportal und versuchte zu ergründen, welchen der beiden Männer ich unterbewusst wohl sehen wollte.

Vielleicht sehnte ich mich nach meiner Familie, und mein Onkel war schließlich ein Teil davon. Womöglich wollte ich mich aber auch an einer muskulösen Männerbrust ausweinen, und die besaß eindeutig nur Pietro.

Ich stand sehr lange dort herum, ohne zu einem Ergebnis zu kommen. Zwischendurch hockte ich mich auf einen Stuhl, der offenbar einer der alten Frauen in dieser Straße gehörte. Da niemand da war, störte ich auch niemanden.

Ein bisschen fühlte ich mich wie im Kreis meiner Freundinnen, nur dass die anderen Stühle um mich herum leer waren.

Mein Smartphone klingelte.

»Wo bleibst du?«, fragte Esther. »Ich bin mit dem Packen fertig und will bald schlafen.«

Erschrocken stellte ich fest, dass es nach zehn war. Hatte ich zwei Stunden hier verbracht?

Unmöglich.

»Und ich will mich noch von dir verabschieden«, fügte sie hinzu. »Morgen früh muss ich schon um sechs aus dem Haus.«

»Okay«, sagte ich schnell. »Bin auf dem Weg.«

Doch als ich mich abwenden wollte, sah ich wie die Haustür aufging. Jemand trat heraus. Und noch jemand.

Onkel Thilo und Pietro kamen über die Straße auf mich zu.

Sie waren ins Gespräch vertieft und hatten mich noch nicht bemerkt.

Ich sah mich nach einem Versteck um.

Keins da.

Sofern ich mich nicht auf Puppengröße schrumpfen und in dem Papierkorb an der Hauswand verschwinden konnte.

Pietro steckte Onkel Thilo ein kleines Päckchen zu, während er mit ernster Miene auf ihn einredete.

Der Kardinal nickte dazu. Er war sehr blass, fand ich.

Langsam erhob ich mich von meinem Stuhl und sagte möglichst beiläufig: »Hallo.«

Onkel Thilo schrak zusammen, starrte mich an, starrte auf die Stühle. Klar, er war es gewohnt, hier schwarz gekleidete alte Frauen zu sehen. Nicht seine Nichte in Jeans und T-Shirt.

Auch Pietro wirkte einen Moment verwirrt.

»Sina«, sagte Onkel Thilo schroff. »Was willst du denn hier?«

Gute Frage.

»Kann ich Ihnen helfen?«, wollte Pietro wissen.

Auch eine gute Frage.

»Ich bin ein wenig im Viertel spazieren gegangen«, erwiderte ich. »Und nein, ich brauche nichts.«

Klang das glaubwürdig?

Pietro schien zu zweifeln. Onkel Thilo schien mich gar nicht richtig gehört zu haben. Er sackte auf dem Stuhl neben mir zusammen. Jetzt wirkte er sogar grau im Gesicht, nicht nur blass.

Pietro war sofort an seiner Seite, setzte sich ebenfalls und ließ ihn nicht aus den Augen. Da mir nichts Besseres einfiel, tat ich es ihnen gleich. Meine Angst vor dem Kardinal verflog.

»Was ist los mit dir?«, fragte ich ihn. »Bist du krank?«

»Unsinn«, gab er zurück, klang aber weniger schroff als eben. »Ich bin nur ein wenig überarbeitet. Kein Grund, ein Drama daraus zu machen.«

Pietro schüttelte den Kopf. Da wir Italienisch sprachen, gab es keine Verständigungsschwierigkeiten. »Der Kardinal sollte kürzertreten. Das predige ich ihm schon seit Wochen. Er mutet sich zu viel zu, arbeitet sechzehn Stunden am Tag und schläft kaum.«

Ohne es zu wollen, empfand ich Mitleid mit meinem Onkel.

So ein Job im Vatikan musste furchtbar anstrengend sein. Die vielen verschiedenen Fälle, die er tagtäglich bearbeitete, verfolgten den armen Mann bestimmt bis in seine Träume.

Dann fragte ich mich, wieso Pietro sich um ihn kümmerte. Er war schließlich kein Arzt. Andererseits waren Kirchenmänner und Mönche seit Jahrhunderten auch als Heilkundige aktiv, und vielleicht war Pietro ja nebenbei so etwas in der Art.

»Was haben Sie ihm da gegeben?«, wollte ich von ihm wissen.

»Nur ein Stärkungsmittel«, erwiderte Pietro. »Rein pflanzlich, sonst würde er es nicht nehmen.«

»Papa ist genauso stur«, erklärte ich. »Der nimmt nicht mal ein Aspirin, wenn er vierzig Fieber hat und sich die Lunge aus dem Leib hustet.«

Etwas blitzte in den Augen meines Onkels auf. Ich verstand es nicht gleich. Dann wusste ich es: Thilo erkannte sich selbst in meiner Beschreibung von Papa wieder.

Hatte er etwa Sehnsucht nach Ragnar?

Echt jetzt?

Doch, entschied ich. Gut möglich. Mir wurde bewusst, dass die verfahrene Situation für beide Brüder alles andere als einfach war.

Papa tat immer so, als sei er unendlich böse mit Thilo, weil er mich damals traumatisiert hatte. Aber insgeheim war er stolz auf seinen älteren Bruder, das hatte ich gemerkt, als ich mit Esther bei meinen Eltern zu Besuch gewesen war. Und ganz bestimmt fehlte er ihm.

Dass Thilo einst dasselbe Mädchen geliebt hatte, mochte er längst vergessen und verziehen haben.

Mir kam eine Idee. »Eine Luftveränderung würde dir guttun«, sagte ich zu meinem Onkel. »Mach doch mal eine Woche Urlaub, oder besser gleich zwei.«

Er richtete sich auf seinem Stuhl kerzengerade auf und schaute mich an, als wäre ich nicht ganz bei Trost. War ich ja auch nicht, aber in anderer Hinsicht. Meinen Vorschlag hingegen fand ich ausgesprochen vernünftig.

»Das ist ausgeschlossen«, erklärte er kategorisch. »Ich bin unabkömmlich.«

»Irrtum«, mischte sich Pietro ein. »Derzeit steht keine große Veranstaltung an, und du hast ausgezeichnete Mitarbeiter. Die können dich in der Kongregation durchaus eine Weile vertreten.«

»Und die lieben Verstorbenen warten gern ein bisschen, bis sie heiliggesprochen werden«, fügte ich hinzu. »Die sind ja schon tot, da kommt es auf ein oder zwei Wochen auch nicht mehr an.« Hm. So wirklich vernünftig klang das jetzt nicht. Deswegen fügte ich schnell hinzu: »Im Norden ist jetzt Herbst, mit kalten Winden und so.«

Auch nicht viel besser.

Onkel Thilo, der sich wohl zusammenreimte, was mir durch den Kopf ging, winkte ab. »Ich habe seit zwanzig Jahren keinen Urlaub gemacht. Ich wüsste gar nicht, wo ich hinfahren sollte.«

»Ich schon.«

Beide Männer sahen mich an. Der eine von bösen Ahnungen erfüllt, der andere ratlos.

»Nach Norderbüll«, erklärte ich. »Frische Landluft, gutes Essen, entspannte Milchkühe und weit und breit kein Vatikan.«

»Dein Vater würde sich bestimmt freuen«, meinte Onkel Thilo. Seine Stimme troff nur so vor Sarkasmus.

»Das wird er«, entgegnete ich fest.

Er hob die Brauen, und für eine Sekunde sah ich wieder die Sehnsucht in seinen Augen.

»Ihr seid doch Brüder«, fügte ich schnell hinzu. »Ihr vermisst einander.«

»Unsinn«, sagte er. »Ragnar und ich haben uns nichts zu sagen.«

»Ihr könntet einfach nur zusammen sein.«

»Und womöglich den Stall ausmisten?«

»Warum nicht? Du arbeitest so viel mit dem Kopf. Vielleicht würde dir körperliche Betätigung zur Abwechslung mal gut bekommen.«

Einen Moment lang schien der Kardinal ernsthaft über meinen Vorschlag nachzudenken.

»Das wäre genau das Richtige«, warf Pietro ein und erntete einen dankbaren Blick von mir. Auf einmal sah ich mich als Heldin bei einer Familienzusammenführung. Zwei Brüder, die sich nach jahrzehntelangem Streit weinend in die Arme fielen.

Seufz!

Na gut, wahrscheinlich beschäftigte ich mich neuerdings zu sehr mit einer Daily Soap.

Onkel Thilo spielte leider nicht mit.

»Das ist eine Schnapsidee«, erklärte er und stand auf. »Ragnar und ich haben seit Jahren nicht mehr miteinander gesprochen. Da werden wir jetzt ganz bestimmt nicht mit anfangen.«

»Da hast du was vergessen«, erinnerte ich ihn. »Ihr habt im Sommer telefoniert, als ich nach Rom gekommen bin. Sonst hättest du doch gar nichts von mir gewusst.«

Onkel Thilo schüttelte den Kopf. »Das ist ein Irrtum.«

»Aber Papa muss dich angerufen haben.«

»Nein. Er hat eine Mail geschrieben. Und die ist nur deshalb nicht im Papierkorb gelandet, weil mein Sekretär ausgesprochen aufmerksam war.«

»Inwiefern?«

»Er fand die Mailadresse des Absenders so ungewöhnlich, dass er mich darauf angesprochen hat.«

»Papas Mailadresse? Die kenne ich gar nicht. Wir telefonieren immer nur miteinander.«

»Dieschönefreya@ … und so weiter.«

Ich kicherte. »Typisch Ragnar. Seine Prämienkuh kommt bei ihm vor allen anderen. Sogar vor mir und seiner geliebten Antje.«

Upps!

Grober Fehler!

Antje hätte ich nicht erwähnen dürfen. Ich konnte regelrecht dabei zusehen, wie der Kardinal in Sekundenschnelle dichtmachte. Und ich wusste, wann ich mich geschlagen geben musste.

»Aber vielleicht fahre ich ein paar Tage nach Ostia ans Meer«, sagte er.

»Immerhin«, murmelte Pietro. Da auch er aufstand, erhob ich mich ebenfalls.

Onkel Thilo fixierte mich mit seinem Blick. »Was machst du noch in Rom? Ich dachte, du wärst längst zu Hause.«

»Ich bin noch nicht …« Schnell hielt ich mir die Hand vor den Mund. Pietro sollte nicht erfahren, dass ich praktisch keine Fortschritte gemacht hatte. Wäre mir unangenehm gewesen. »Mir gefällt es hier«, sagte ich stattdessen. »Ist eine schöne Stadt.«

Onkel Thilo glaubte mir kein Wort. »Und was machen deine Beschwerden?«

Jetzt horchte Pietro auf.

»Mir geht es gut«, sagte ich fest.

Der Kardinal ließ sich nicht täuschen, schaute lediglich einen Moment nachdenklich zwischen Pietro und mir hin und her und bat dann den Priester, uns kurz allein zu lassen. »Ich muss noch in einer Familienangelegenheit mit meiner Nichte sprechen.«

Unter anderen Umständen hätte es mich stolz gemacht, dass der Kardinal mich zu seiner Familie zählte. Das war mehr als bloß die Tochter eines Landwirts zu sein. Aber nicht unter diesen Umständen.

So streng wirkte er jetzt, dass ich plötzlich genau wusste, wie sich einst die bedauernswerten Opfer der Inquisition gefühlt haben mussten.

Pietro zögerte kurz, aber dann nickte er uns zu und ging die Straße hinunter. Langsam, aber unaufhaltsam entschwand er meinem Blick.

Ich war mit dem Kardinal allein.

»Und jetzt die Wahrheit«, verlangte er.

»Ich … das ist meine Sache«, gab ich trotzig zurück und verschränkte die Arme vor der Brust.

»Rede, Sina!«

»Und wenn ich keine Lust dazu habe? Komme ich dann auf die Streckbank?«

Seine Stirn umwölkte sich zunächst, dann jedoch kräuselten sich seine Mundwinkel. Gespannt wartete ich darauf, ob er lächeln würde. Schon sah er meinem meistens gut gelaunten Papa um einiges ähnlicher. Nein, so weit kam es dann doch nicht.

»Sei nicht albern. Erzähl mir einfach, wie es dir geht.« Er setzte sich wieder.

Ich gab meinen Widerstand auf, folgte seinem Beispiel und gestand ihm, dass ich nicht viel weitergekommen war. Obwohl ich mich jeden Abend zu meinen Freundinnen nach draußen gesellte, fühlte ich mich nicht wirklich gesund.

»Das wird dir so auch nicht gelingen«, sagte er, als ich

geendet hatte. »Du musst raus in die Stadt. Jeden Tag ein paar Meter weiter. Nur dann wirst du deine Angst irgendwann überwinden.«

Hm. Klar, das wusste ich schon. Selbst Santo hatte mir dazu geraten. Aber ich fand, wenn der Rat von einem Kardinal kam, hatte er noch mehr Gewicht.

»Ich werde es versuchen«, versprach ich.

»Gut. Und warum willst du nicht, dass Pietro allzu genau Bescheid weiß? Immerhin ist er einer meiner engsten Vertrauten.«

»Das … möchte ich lieber nicht sagen.«

Onkel Thilo hob die Schultern. Wahrscheinlich war ihm dieses Thema nicht so wichtig. Dann schien er noch etwas sagen zu wollen, vielleicht über Pietro, aber ich sprang schnell wieder auf.

»Und ich muss leider auch schon wieder los. Esther reist morgen früh ab, und ich will mich noch verabschieden. Ciao, Onkel Thilo, gib gut auf dich acht.«

Er legte den Kopf schief und wirkte auf einmal geradezu menschlich. Wahrscheinlich war er es nicht gewohnt, dass jemand sich um ihn sorgte. Und dann auch noch gleich zwei Leute. Sein Priesterkollege und seine Nichte.

»Das werde ich«, versprach er.

Als ich nach Hause ging, war mir seltsam leicht ums Herz. Ich schob es darauf, dass mein Onkel und ich einander nähergekommen waren, aber erst, als ich schon die Treppen zu unserer Wohnung hochlief, gestand ich es mir ein: Ich war glücklich, weil ich Pietro gesehen hatte. Ich hatte mit ihm gesprochen, ihm ihn die Augen gesehen, hätte ihn berühren können.

An meinen Gefühlen für ihn hatte sich nichts geändert.

Ziemlich dumm von mir, deswegen glücklich zu sein.

16
Von allen verlassen

Natürlich brachte ich es nicht fertig, Esther so ganz allein wegfahren zu lassen. Nach der Begegnung mit Pietro konnte ich ohnehin nicht schlafen. Also lag ich im Morgengrauen da und lauschte. Ich hörte ihren Wecker klingeln und kurz darauf das Rauschen der Dusche.

Eine Viertelstunde später strömte aromatischer Kaffeeduft durch die Wohnung, dann klapperten Absätze auf dem Flur.

Das war mein Zeichen. Fertig angezogen verließ ich mein Zimmer und trat meiner Freundin entgegen.

»Nanu?«, fragte Esther. »Was soll das werden?«

Bevor ich antwortete, musterte ich sie kritisch und atmete dann erleichtert auf. Esther hatte sich nicht in die grauhaarige pensionierte Schulrektorin zurückverwandelt, die ich früher gekannt hatte.

Okay, die Haare zurückzufärben wäre über Nacht wohl schwierig gewesen, aber sie hätte ja ihre ollen dunklen Wollklamotten wieder anziehen können.

Hatte sie aber nicht. Sie trug ihr knallrotes Etuikleid, das offenbar ihr Lieblingsstück war. Ich hatte sie allerdings im Verdacht, zwei oder drei von der Sorte zu besitzen. So oft, wie ich sie darin sah, konnte sie die gar nicht waschen und bügeln.

Dazu Pumps und eine leichte Jacke. Keine noch so

dünne Seidenstrumpfhose. Vermutlich würde sie sich in Norderbüll totfrieren, aber das war ihr dieser Auftritt offenbar wert. Perfekt geschminkt und mit rot lackierten Nägeln stand sie vor mir – ein Bild von einer Frau in ihren allerbesten Jahren.

»Du kannst nicht weg«, platzte es aus mir heraus.

Ihre Stirn umwölkte sich. »Warum? Ist gestern Abend etwas passiert?«

»Gestern? Nein, wieso?«

»Du warst stundenlang weg. Ich habe mir Sorgen um dich gemacht. Und als du endlich heimgekommen bist, hast du nur kurz ›Gute Nacht‹ gesagt und bist in deinem Zimmer verschwunden.«

»Nein, alles gut. Ich habe mich nur mit meinem Onkel unterhalten.«

Esthers Blick durchbohrte mich. »Mit dem Kardinal? So plötzlich? Ich dachte, du willst ihn nicht mehr sehen. Worum ging es?«

»Also …«

Esther ließ mich nicht ausreden. Sie schaute auf ihre Armbanduhr. »Keine Zeit für Erklärungen. Das Taxi wird jeden Moment hier sein.«

»Komm, ich helfe dir mit dem Gepäck«, bot ich an und schnappte mir ihren Koffer, bevor sie protestieren konnte.

»Ich will aber nicht, dass du mit zum Flughafen fährst«, erklärte sie, als sie hinter mir die Treppen hinunterstieg. Auf nackten Fußsohlen, damit Santo nicht aufwachte. »Ich hasse Abschiede an öffentlichen Orten.«

Wahrscheinlich fürchtete sie, die Beherrschung zu verlieren, aber ich fand, da musste sie nun durch. Auf keinen Fall ließ ich sie schon hier von dannen ziehen.

»Auf der Fahrt nach Fiumicino könnte ich dir vom Kardinal erzählen«, warf ich ein.

»Das kannst du auch jetzt.«

»Unmöglich, ist eine lange Geschichte mit einer höchst überraschenden Erkenntnis am Ende.« Ich sagte ja schon, diese Daily Soap färbte auf mich ab.

»Also gut«, gab Esther nach. Ihre Neugier war stärker als ihre Furcht vor einer Szene. »Hauptsache, du kriegst am Flughafen keinen Anfall.«

Oje! Daran hatte ich gar nicht gedacht. Ein skelettartiges Wesen klapperte in meinem Innern leise mit den Knochen.

Teufelchen! Bist du immer noch nicht tot?

Es schüttelte den Kopf und grinste schwach. Ich glaube, ein paar seiner Zähne flogen dabei weg. Ich verspürte so ein Piken in meinem Magen.

»Das wird nicht geschehen«, sagte ich mit fester Stimme und ließ den großen Koffer über ein paar Stufen nach unten poltern.

»Sei doch leise!«, zischte Esther.

»Sorry.« Aber es tat mir gar nicht leid. Ich machte mit Absicht etwas Krach, weil ich hoffte, Santo zu wecken. Mir graute vor der Aussicht, ihm von Esthers Abreise berichten zu müssen. Leider schlief mein Freund wie ein Stein, und als wir an seiner Wohnung vorbeikamen, rührte sich nichts.

Mist!

Und Angelo kam auch nicht von einem seiner nächtlichen Streifzüge zurück, wenn das mal von Nutzen hätte sein können. Draußen wartete bereits das Taxi. Wir stiegen hinten ein, und ich erfüllte mein Versprechen.

»Interessant«, sagte Esther, als ich geendet hatte. »Und

du meinst wirklich, du könntest die beiden Brüder wieder zusammenbringen?«

»Ich will es versuchen«, gab ich optimistischer zurück, als mir zumute war. »Im ersten Anlauf hat es nicht geklappt, aber ich gebe nicht auf.«

»Sag Bescheid, wenn ich in Norderbüll etwas tun kann«, bot sie an.

Hm. Ich war mir nicht sicher, ob Esther in dieser Sache wirklich hilfreich sein konnte oder eher noch mehr Schaden anrichten würde. Aber ich nickte und behielt den Gedanken im Hinterkopf. Gut möglich, dass ich alle Hilfe würde brauchen können, die sich mir bot, um die beiden Sturköpfe miteinander zu versöhnen.

Wir fuhren über die Via Aurelia nach Südwesten. Überall öffneten gerade die Kaffeebars, und durch die Wagenfenster zog der Duft nach frisch gebackenen Croissants und Cremetörtchen herein.

In mir regte sich etwas.

Esther tippte dem Taxifahrer fest auf die Schulter. »Hören Sie mal, was ist das hier für eine alte Kiste? Die klappert ja so laut, dass man Angst haben muss, sie fällt gleich auseinander.«

Der Taxifahrer, ein älterer Mann mit grauem Bart, fluchte auf Römisch vor sich hin.

Davon verstanden wir kein Wort.

Ich hätte beiden gern erklärt, dass der Wagen nichts mit dem Klappern zu tun hatte, aber vermutlich wäre ich dann eingesperrt oder eingewiesen worden.

So etwas in der Art.

Erst als wir eine halbe Stunde später vor der Abflughalle hielten, stellte ich beim Aussteigen fest, dass der hintere Kotflügel halb auf der Straße hing.

Gott sei Dank! Das Auto hatte wirklich geklappert, nicht mein Beelzebüblein. Ich hatte mal wieder an meinem Geisteszustand gezweifelt.

Drinnen in der Halle informierte sich Esther an einem der Computer und marschierte dann zielstrebig auf ihren Check-in-Schalter zu.

Ich blieb dicht hinter ihr und spürte, wie mein kleiner dünner Freund aufmerksam wurde. Große Halle, sehr viele Menschen.

Tatsächlich wurde mir ein wenig schwindelig, aber dann riss ich mich mit aller Kraft zusammen. Wenn ich jetzt einen Anfall bekam, würde Esther es womöglich nicht übers Herz bringen, mich allein zu lassen. Doch ich wollte nicht, dass sie nur aus Mitleid bei mir blieb. Außerdem würde sie es mir vielleicht ständig vorhalten, dass sie wegen mir eine Gefangene der Ewigen Stadt war.

Also biss ich die Zähne so fest zusammen, dass ich Blut schmeckte. Es half ein bisschen.

Eine große Gruppe abreisender Pilger stand Esther im Weg. Ich schätzte, sie kamen aus Südamerika. Einige von ihnen trugen bunte Ponchos, andere unterhielten sich auf Spanisch. Wie immer dachte meine Freundin gar nicht daran auszuweichen, aber etwas an ihrer Ausstrahlung hatte sich verändert. Sie lief auf einen kleinen Mann auf, der erst einen Schmerzensschrei ausstieß und sie dann mit einer Reihe von spanischen Flüchen belegte.

Allmächtiger!

Es wurde verflixt viel geflucht an diesem Morgen.

Konsterniert sammelte sich Esther, fixierte die Gruppe und versuchte noch einmal, mitten hindurchzugehen.

Keine Chance. Niemand machte ihr Platz.

Das war der Moment, in dem ich begriff, dass sie wirklich fortging, dass ein Teil von ihr tatsächlich schon weit weg war.

Ich fing an zu weinen.

Die Südamerikaner bemerkten es, wunderten sich heftig und bildeten dann eine Gasse, durch die Esther und ich schreiten konnten. Sie waren schließlich als Pilger nach Rom gekommen. Da war es für sie bestimmt ein Gebot der Nächstenliebe, eine offenbar orientierungslose ältere und eine todtraurige junge Frau durchzulassen.

Esther ging hoch erhobenen Kopfes voran. Sie hatte nicht mitbekommen, dass meine Tränen uns den Weg geebnet hatten. Für sie war die Welt wieder in Ordnung. Dann gab sie ihr Gepäck auf, erhielt ihre Bordkarte und machte sich auf den Weg zur Sicherheitskontrolle. Ich trottete hinterher.

»Weiter kannst du nicht mitkommen, Sina.«

»Ich weiß.«

Auf bleiernen Beinen blieb ich stehen und sah zu, wie sie sich von mir entfernte.

Ciao, Esther.

Meine Tränen waren inzwischen getrocknet, aber die Traurigkeit, die mich jetzt ergriff, war tief und schwer. Ich ließ mich auf einen der Plastiksessel im Wartebereich fallen und starrte dumpf vor mich hin.

Da sah ich, wie Esther sich noch einmal umdrehte und mich heranwinkte. Ich sprang auf und lief bis zur Absperrung. Kurz flammte Hoffnung in mir auf.

Sie hatte es sich anders überlegt!

Sie würde dableiben!

Sollte ihr Gepäck doch allein nach Hamburg fliegen!

Ein Funken ihres alten Temperaments glomm in ihren

Augen auf. Kein Vergleich zu dem hellen Glitzern der vergangenen Monate, aber immerhin.

»Gib nicht auf, Sina!«, rief sie. »Du wirst es schaffen! Ich glaube an dich!«

Nix da. Sie blieb nicht. Sie impfte mir nur noch ein wenig Mut ein.

»Danke!«, rief ich ihr zu.

Dann war sie endgültig weg.

Ein wenig hoffnungsvoller machte ich mich auf den Weg zum Ausgang. Es gab jemanden, der an mich glaubte. Das half.

Jemand anderes jedoch hatte alle Hoffnung fahren lassen. Sofern man ein eingebildetes Teufelchen als *jemand* bezeichnen konnte.

Ich bemerkte es, als ich vor einer der vielen Kaffeebars in der Abflughalle stehen blieb, um mir einen Cappuccino zu holen.

Hunger hatte ich keinen, aber ich brauchte dringend Koffein.

Direkt neben mir am Tresen stand eine sehr gut genährte Frau mittleren Alters und verleibte sich ein großes Stück *crostata alle mele* ein, die italienische Version des Apfelkuchens.

»Betty, hör auf damit«, bat ein Mann neben ihr, offenbar ihr Ehemann. Er sprach Englisch mit amerikanischem Einschlag. »Wenn du dich ständig vollstopfst, müssen wir bald zwei Sitze im Flieger für dich buchen, und dann reicht unser Geld nicht für die Weltreise. Wir sind doch erst nach Paris und Rom gekommen.«

»Sorry, Darling«, gab sie mit vollem Mund zurück. »Aber du weißt, dass ich meine Flugangst nur unterdrücken kann, wenn ich viel Süßes esse.«

»Und das soll die nächsten drei Monate so weitergehen?«

Betty hob nur die runden Schultern und futterte weiter. Zwischendurch rieb sie sich einmal die Magengegend und machte dabei ein verblüfftes Gesicht.

»Siehst du«, sagte ihr Mann, der sie nicht aus den Augen ließ. »Dir wird schon schlecht von diesem fremden Kuchen.«

»Nein, das ist es nicht.«

»Was dann?«

»Ich … weiß nicht.«

Aber ich.

Mich hatte es auch kurz gezwickt, dann war ein leises Klappern zu vernehmen gewesen, und schließlich spürte ich ganz deutlich, dass Klein-Luzifer mich verlassen hatte.

Konnte ich ihm nicht verdenken. Zumindest die nächsten drei Monate würde er versorgt sein, falls die dicke Betty nicht auf die Idee kam, eine Therapie zu machen. Ich stellte mir vor, wie er wieder Fleisch ansetzte, ein Bäuchlein von der Größe einer Praline bekam und seine knallrote Farbe zurückgewann.

Bye, bye, Teufelchen. Mach's gut.

Ich vergaß den Cappuccino, wandte mich ab und verließ das Flughafengebäude. Ein bisschen einsam fühlte ich mich schon, aber ich redete mir ein, das sei ausschließlich wegen Esther.

Zurück fuhr mich ein junger Taxifahrer, der anscheinend noch Spaß an seinem Job hatte und sich gern als Reiseführer profilierte. Er berichtete mir, dass die Via Aurelia im Jahre 241 vor Christus vom Censor Gaius Aurelius Cotta in Auftrag gegeben worden war und, nachdem sie sich mit anderen Römerstraßen vereinigt hatte, bis hoch nach Arelate führte, dem heutigen Arles in Frankreich.

Als der Verkehr stockte, bogen wir in die Via Aurelia Antica ein, dem ältesten Teil der Straße. Ganz in der Nähe, erzählte er mir wortreich, stand die Villa Doria Pamphili, ein prachtvoller weißer Bau aus der Mitte des siebzehnten Jahrhunderts. Die Villa sei vielleicht nicht so berühmt wie der Petersdom oder das Kolosseum, aber ich müsse sie unbedingt besichtigen. Außerdem sei sie vom größten Park Roms umgeben, der denselben Namen trug. Als Kind habe er viel lieber hier gespielt als in der sonst so beliebten Villa Borghese.

Ich hörte zu, obwohl ich mit meinen Gedanken noch bei Esther war. Na ja, ein winziges bisschen auch bei Teufelchen. Irgendwie fühlte ich mich ausgehöhlt, seit er weg war.

Dann jedoch gewann der Taxifahrer schlagartig meine volle Aufmerksamkeit.

»Und das da«, sagte er und wies zu unserer Rechten auf ein weitläufiges flaches Gebäude aus braunem Stein mit roten Fensterrahmen, »ist die Scuola Germanica. Die Deutsche Schule.«

»Das muss ein Zeichen sein«, flüsterte ich und dachte prompt wieder an Esther. Ausnahmsweise war ich bereit, ebenfalls an einen übernatürlichen Fingerzeig zu glauben.

Wie waren zu schnell vorbei, um mehr als einen flüchtigen Eindruck zu gewinnen, aber ich nahm mir fest vor, an einem der nächsten Tage herzukommen. So weit weg von Borgo war die Schule gar nicht. Jetzt fuhren wir schon auf der Via delle Fornaci auf den Vatikan zu, umrundeten die südöstliche Ecke und bogen in die Via della Conciliazione ein. Wenige Minuten später hielt das Taxi vor unserer Haustür.

Ich zahlte und gab dem Mann ein großzügiges Trinkgeld. Immerhin hatte er mir zu diesem Wink des Schicksals verholfen. Außerdem sah ich mich bereits als gut verdienende Lehrerin an der Scuola Germanica.

Noch bevor ich das Haus betreten konnte, kam Santo heraus und fixierte mich mit seinem Blick.

Sein Gesicht war hochrot, die Hände hatte er zu Fäusten geballt und seine Augen loderten vor Zorn.

So hatte ich ihn noch nie erlebt. Vor Schreck konnte ich mich nicht rühren.

»Wo ist Esther?«, fragte er mit gefährlich leiser Stimme.

Er hielt etwas in der Hand. Ich erkannte ihren Hausschlüssel. Den hatte sie offenbar in seinen Briefkasten geworfen, während ich mich mit ihrem Gepäck abgemüht hatte.

Wie dumm von ihr!

Jetzt wusste Santo bereits Bescheid, und ich hatte keine Chance, ihn sanft von ihrer Abreise in Kenntnis zu setzen. Wie ich das allerdings hätte anstellen sollen, wusste ich auch nicht.

Wie konnte man sanft »Tut mir leid, aber die Frau, die du liebst, ist über alle Berge« sagen?

Ich dachte angestrengt darüber nach, aber mir fiel keine Lösung ein. Also wäre es so oder so ein Schock für ihn geworden.

»Sina!«, schrie er mich an. »Rede mit mir! WO? IST? ESTHER?«

Ich schaute auf die Uhr. »Inzwischen wohl in der Luft«, gab ich leise zurück.

Schlagartig wich aller Zorn aus Santo wie die Luft aus einem kaputten Fahrradreifen.

»Sie hat mich verlassen?«

»Ja. Mich auch.«

»O Dio!« Er schluchzte auf.

Ich konnte regelrecht zusehen, wie ihm das Herz brach.

Dann sammelte er sich mit sichtlicher Mühe und starrte zu Boden, als er langsam sagte: »Du hast es nicht für nötig gehalten, mich vorzuwarnen? Ich dachte, du seist meine Freundin.«

Noch bevor ich antworten konnte, dass ich Esther ein Versprechen hatte geben müssen, ließ er mich stehen und verschwand im Haus.

Er würdigte mich keines Blickes mehr.

Ich stand draußen.

Allein.

Jetzt fühlte ich mich wirklich von allen verlassen.

17
Spaghetti Carbonara

Es war die Einsamkeit, die mich schließlich in Ettores Arme trieb. Genauer gesagt, anfangs in die Arme seiner Großmutter Gelsomina.

Zunächst hatte ich versucht, ein wenig Schlaf nachzuholen, aber es war zwecklos gewesen. Ich hatte mich nur unruhig von einer Seite des Bettes auf die andere gewälzt.

Dann war ich mit Staubsauger, Eimer und Scheuerlappen über die Wohnung hergefallen und hatte sie in ein blitzblankes Schmuckstück verwandelt.

Henriette wäre stolz auf mich gewesen!

Wobei mir das egal war. Es ging um etwas anderes. Die äußere Ordnung in der Wohnung half mir, mich innerlich weniger durcheinander zu fühlen.

Ein halbes Dutzend Mal musste ich Müll nach unten bringen, und jedes Mal schaute ich hoffnungsvoll in die Pizzeria. Nach einer Stunde müsste Santo mir doch vergeben haben. Nach zwei? Nach drei?

Keine Chance. Er wandte sich ab, sobald er mich sah, und zeigte mir nur seinen runden Rücken.

Als es Mittag wurde, tat mir jeder Knochen im Leib weh. Außerdem hatte ich Hunger. Dummerweise waren meiner radikalen Putz- und Ausmistaktion auch die noch guten Lebensmittel zum Opfer gefallen. Kühlschrank und Regale blitzten jedenfalls und waren gähnend leer.

Da erinnerte ich mich an Gelsomina und ihre Einladung.

Bestimmt würde es bei ihr reichlich und lecker zu essen geben. Schon lief mir das Wasser im Mund zusammen.

Also ging ich schnell unter die Dusche, zog Bluse und Jeans an und wollte los.

Als ich schon an der Tür war, fiel mir ein, dass sie mich ja heute Mittag mit ihrem Enkel, dem Busfahrer, verkuppeln wollte.

Emanuele, Enrico … Ettore!

Sollte ich mich eventuell noch schnell nett frisieren und schminken?

Nein, entschied ich. Ein römischer Busfahrer kam definitiv weit hinter einem römischen Priester. Da lohnte sich kein Aufwand.

Ich lief nach unten, blickte sehnsüchtig in die Pizzeria, sah bloß Santos Rücken und seufzte laut und schwer. Er bemerkte mich nicht, oder tat so als ob. Ein, zwei Minuten wartete ich noch, dann gab ich es vorläufig auf, überquerte die Gasse mit fünf langen Schritten und klingelte bei Gelsomina.

Mir öffnete eine winzige alte Frau, die ich nicht sofort sah.

»Da bist du ja«, sagte Gelsomina. »Komm rein. Das Essen ist gleich fertig.«

Ich blickte nach unten und staunte. Ich selbst war ja schon nicht besonders lang geraten, aber diese Nonna reichte mir nur bis zur Schulter. Im Sitzen hatte sie um einiges größer gewirkt.

Sie lächelte schief und leicht beschämt, als sie meine Verblüffung bemerkte.

»Weiche Knochen«, erklärte sie mir. »Bin als Kind

nicht richtig gewachsen. Die Beine sind krumm wie die von ’nem Büffelhirten aus Kampanien.«

Während sie mir durch den Flur voranging, in dem es bereits aromatisch duftete, erklärte sie mir, sie sei in den Zwanzigerjahren geboren worden, in den Zeiten der großen *miseria*, der großen Armut. Ihre weitverzweigte Familie litt viele Jahre lang Hunger und ernährte sich einseitig und vitaminarm. Meistens gab es nur Brot, Pasta ohne alles und manchmal, an Sonntagen, einen Schweinsfuß oder Innereien.

»Aber das ist alles vorbei«, sagte sie fröhlich. »Heute geht es mir gut, und ich kann essen, was ich will. Nur wachsen tue ich natürlich nicht mehr, und die Beine werden auch nicht mehr gerade.« Sie öffnete die Tür zur Küche. »Ettore ist noch nicht da, aber er wird sich nicht verspäten. Der ist pünktlich wie ein römischer Bus.« Sie schickte ein meckerndes Lachen hinterher.

Beklommen fragte ich mich, ob der Enkel auch weiche Knochen hatte und ob ich gleich einem Gnom begegnen würde. Dann aber sagte ich mir, dass er ja wie ich in den Achtzigerjahren geboren war, als die meisten Italiener nicht mehr so bitterarm waren. Trotzdem machte ich mir Sorgen. Vielleicht lag das in der Familie.

In der Küche wies Gelsomina mich an, mich hinzusetzen und ein Glas Rotwein zu trinken. Der war von irgendeinem Verwandten in Sizilien gekeltert worden und hatte schätzungsweise dreißig Prozent Alkoholgehalt.

Oder mehr.

Er stieg mir augenblicklich zu Kopf. Ich hatte gut vierundzwanzig Stunden weder geschlafen noch gegessen. Außerdem vertrug ich nicht viel Alkohol. Das war schon immer so gewesen. Aber da ich das Glas schnell runterkippte, wurde mir von Gelsomina gleich nachgeschenkt.

Wenn das mal gut ging!

Währenddessen bewegte sie sich flink in der Küche umher. Mir fiel auf, dass alle Schränke, Tische und Geräte ungefähr dreißig Zentimeter tiefer als normal angebracht waren. Ein bisschen wie bei den sieben Zwergen hinter den sieben Bergen.

Schon wollte ich kichern, unterdrückte den Drang aber, indem ich ein zweites Glas trank, dann gleich ein drittes hinterher.

Gelsomina zeigte mir ein schönes fettes Stück *guanciale*, Schweinebacke.

»Nur damit darf eine echte Carbonara gekocht werden«, erklärte sie stolz, während sie das leicht glibbrige Teil in ihren knochigen Händen wendete.

Mir wurde ein bisschen schlecht, aber ich ließ mir nichts anmerken.

Sie hackte das Fleisch klein und briet es in Olivenöl an, schlug zwei Eier in die Pfanne, holte aus dem Kühlschrank Sprudelwasser, goss ein wenig davon hinzu und rührte ohne Pause. Gleichzeitig kochten die Spaghetti in einem großen Topf. Schließlich kamen noch schwarzer Pfeffer, Salz und zweierlei Käse an die Soße: Pecorino stagionato, ein harter Schafskäse, und natürlich Parmesan. Dann goss sie geübt die Nudeln ab und mischte sie in die Pfanne. Im gleichen Augenblick betrat ein wunderschöner Mann die Küche. Groß und blond und blauäugig.

Ich hatte eine Vision von Jan Dierksen, sprang auf und warf mich ihm in die Arme.

Okay, ich war hackedicht.

»Nonna«, sagte der schöne Mann und lachte herzhaft. »Du hast mir gar nicht erzählt, wie heißblütig deine Tedesca ist.«

Ettore half mir wieder auf den Stuhl. Das dauerte ein Weilchen, weil ich ihn nicht losließ.

Gelsomina, die mich ja eigentlich mit ihrem Enkel verkuppeln wollte, gefiel mein Betragen wohl nicht. Mit erstaunlicher Kraft knubbelte sie einen meiner Finger nach dem anderen von seinem Nacken, bis meine Hände brav in meinem Schoß lagen.

Ich fragte mich, ob sie mir ein oder zwei Finger gebrochen hatte. Tat ziemlich weh.

Dann knallte sie mir einen Teller mit einem Riesenberg Spaghetti Carbonara vor die Nase.

»Iss!«

Ich tat wie mir geheißen und kämpfte mich tapfer durch die vielen Schweinebackenstückchen, obwohl mein Magen sich nicht so darüber freute.

Immerhin wurde ich ein bisschen nüchtern.

Dann bat ich höflich um etwas mehr Wein und kippte ihn hinterher. Nur zur Verdauung. Tatsächlich ging es mir gleich ein bisschen besser, aber das mit der Nüchternheit hatte sich wieder erledigt.

Wasser!

Ich trank drei Glas hintereinander und schaute dann wieder den Busfahrer an. Obwohl er farblich etwas dunkler war als Jan Dierksen, war die Ähnlichkeit doch frappierend.

»Wieso siehst du aus wie mein nordfriesischer Sportlehrer?«

Das Wort »nordfriesisch« kannte ich nicht auf Italienisch und sagte es daher auf Deutsch. So dauerte es eine Weile, bis er mich verstand. Gelsomina pickte derweil in ihrem Essen herum und schnalzte alle paar Sekunden missbilligend mit der Zunge.

Ettore hingegen betrachtete mich hingerissen und verschlang dabei mit unglaublicher Geschwindigkeit zwei Riesenportionen Spaghetti, ohne auch nur eine einzige Nudel fallen zu lassen. Ich schaute ihm wie hypnotisiert dabei zu. Ein wahrer Spaghetti-um-die-Gabel-wickel-Künstler.

Dann lehnte er sich zurück, goss sich selbst Wein nach, mir leider auch, und erklärte: »Das habe ich den Normannen zu verdanken.«

»Hä?«

Klang jetzt nicht so intelligent.

Ettore führte aus: »Die Normannen, also die Einwohner der heutigen Normandie, die wiederum von den Wikingern abstammten, haben im elften Jahrhundert Sizilien und fast ganz Süditalien besetzt.«

Oha!

Da waren ganz schön viele Informationen in einem einzigen Satz.

»Das ist aber lange her«, murmelte ich. Was zum Kuckuck hatten die Normannen auf Sizilien mit Gelsomina und ihrem Enkel zu tun?

So blau konnte ich doch gar nicht sein!

Dann fiel mir ein, dass Gelsominas Familie einst von der größten italienischen Insel in die Hauptstadt umgesiedelt war, weshalb meine Freundin bis heute bei ihren Nachbarinnen als Zugereiste galt.

»Und wie das so ist mit Eroberern«, erklärte Ettore, »verbrüdern sie sich irgendwann mit der einheimischen Bevölkerung. Denk nur an die vielen schwarzen US-Soldaten nach dem Zweiten Weltkrieg in Deutschland und die deutschen Fräuleins. Deren Kinder sahen dann auch ein wenig anders aus.«

Ich verkniff mir ein zweites »Hä?«, weil ich nicht komplett dämlich wirken wollte, und schaute ihn nur interessiert an.

Na ja, wahrscheinlich guckte ich blöd und hatte den Mund offen stehen. Gelsomina schlug mir jedenfalls von unten so gewaltig gegen das Kinn, dass meine Zähne nur so klapperten.

Aber von den Normannen zu den schwarzen US-Boys war es schon ein ziemlich weiter Weg, fand ich. Außerdem musste ich mich jetzt leider fragen, ob der Busfahrer möglicherweise ein Rassist war. Ich beschloss, später darüber nachzudenken.

Oder morgen.

Wahrscheinlich würde es ein Weilchen dauern, bis mein Alkoholpegel wieder gesunken war.

Ettore lächelte, woraufhin ich an mich halten musste, um ihm nicht auf den Schoß zu klettern.

Mann, war der Mann schön! Er hatte sogar die Grübchen an den richtigen Stellen – Kinn und Wangen. Und die Nase war groß und gerade.

Ich war mir sicher, dass Gelsomina ihren Teil zu dieser Gestaltung beigetragen hatte. Bei Gelegenheit musste ich sie mal fragen, welchen Finger sie für das Kinngrübchen genommen hatte. Von dem hatte sie nämlich bisher noch nicht erzählt.

»Dieses Aussehen«, sagte er und wies bescheiden auf sich selbst, »ist über die vielen, vielen Generationen hinweg immer mal wieder in unserer Familie aufgetreten. Mein Vater hat es nicht geerbt, aber ich.«

»Verstehe«, erwiderte ich und schaute zu Gelsomina,

obwohl das nicht nötig gewesen wäre. Ich wusste ja, dass sie auch nichts Normannisches an sich hatte. Und dazu kamen noch die krummen Beine. Auf einmal tat sie mir furchtbar leid, und ich musste darum kämpfen, nicht vor lauter Mitleid loszuheulen.

Selbst gemachten sizilianischen *vino rosso* vertrug wirklich nicht jeder.

Ettores Lächeln wurde breiter.

Dunnerlittchen!

Ein kleines Schlückchen Wein musste ich noch haben, um meine Hormone wieder unter Kontrolle zu bekommen.

Half bloß nicht viel.

Und Ettore mochte zwar aussehen wie ein eher zurückhaltender und kühler Nordmann, im Herzen aber war er ein temperamentvoller Römer mit eindeutigen Absichten. Ich hatte mein, keinen Schimmer wievieltes, Glas kaum ausgetrunken, da fragte er mich mit gut geübtem Unschuldsblick, ob er wohl bei Gelegenheit meine Wohnung sehen dürfe. Er interessiere sich nämlich sehr für Architektur, und dieses Haus gegenüber sei etwas ganz Besonderes.

Echt jetzt? Das Haus sah doch aus wie alle anderen in unserer Gasse.

Gelsominas Zungenschnalzen klang erst hysterisch, dann wurde es langsamer und verebbte schließlich zu einem resignierten leisen Geräusch.

Arme Nonna. Die hatte mit diesem bildhübschen Enkelsohn bestimmt schon einiges mitgemacht. Kein Wunder, dass er nicht daran dachte, sich fest zu binden. Die italienischen Frauen waren mit Sicherheit ganz verrückt nach ihm.

Tja, nicht nur die.

Spontan beschloss ich, mich voller Freude ins Abenteuer zu stürzen. Frei nach Esthers Motto von den Sünden, die man nicht bereute, sondern nur jenen, die man nicht begangen hatte. Oder so ähnlich. Ziemlich komplizierte Gedanken für einen besoffenen Kopf.

»Jetzt gleich wäre eine gute Gelegenheit«, fügte er hinzu.

Wäre nicht nötig gewesen, ich hatte meine mutige Entscheidung schon gefällt.

»Komm, Jan, ich zeige dir meine Wohnung.«

Der falsche Name fiel nur Gelsomina auf. Das sah ich an dem kurzen Aufblitzen in ihren Augen. Aber sie sagte keinen Ton dazu. Wahrscheinlich hatte sie Zungenmuskelkater.

Ettore zog mich von meinem Stuhl hoch. Da ich dabei ziemlich viel Schwung bekam, legte ich einen Zwischenstopp an seiner breiten, harten, lecker duftenden Brust ein, bevor ich mich durch den Flur zur Wohnungstür ziehen ließ.

Erst als wir schon halb draußen waren, kam wieder Leben in Gelsomina. Auf ihren krummen Beinen tippelte sie mit erstaunlicher Geschwindigkeit hinter uns her.

»Ettore!«, rief sie. »Komm zurück!«

»Später Nonna, ich versprech's dir.«

»Nein! Jetzt!«

»Aber warum denn?«

Sie war außer Atem, gab aber noch nicht auf. »Du musst deinem liederlichen Leben abschwören! Sonst bringst du mich noch ins Grab!«

»Ach, *nonnina*, was dir wieder einfällt! Du wirst uns noch alle überleben.«

Der Meinung war ich auch. So ein starker Rotwein wirkte bestimmt wie ein Konservierungsmittel. Ob ich mir vielleicht noch ein Gläschen gönnen sollte? Ach nein, der Weg zurück zum Tisch war ziemlich weit, und ohne meinen Linienbus fahrenden Normannen wollte ich jetzt auch nicht mehr sein.

Er lächelte sie an, aber sie schmolz nicht dahin. Klar, dieses Lächeln kannte sie seit mehr als dreißig Jahren.

»Nicht böse sein«, bat er. »Aber du weißt ja, ich mag in meinem Privatleben keine Regeln. Ich muss mich schon jeden Tag an den Fahrplan halten.«

Ich nickte, denn ich hielt das für ein ausgezeichnetes Argument. Allerdings wurde mir bei der schnellen Kopfbewegung schwindelig, und ich ließ es schnell wieder bleiben.

Gelsomina stieß eine Reihe von Flüchen aus, die ich erstens noch nie gehört und zweitens dieser kleinen alten Frau niemals zugetraut hatte. Wahrscheinlich schlug in Notzeiten ihr sizilianisches Erbe durch, denn die Wörter klangen sehr nach Dialekt.

»Das wird böse enden«, sagte sie noch.

Jetzt verstand ich sie wieder und war ein bisschen beleidigt. Was sah sie denn in mir? Eine Gefahr für ihren geliebten Enkel?

Also bitte!

Wenn überhaupt, dann war es andersherum.

So langsam hatte ich genug von ihr, außerdem drohte ich, wieder nüchtern zu werden. Was bedeutete, dass mein Mut zum Abenteuer mich jeden Augenblick wieder verlassen konnte. Also winkte ich Gelsomina zu, wobei ich eine kleine Madonnenstatue von ihrem Altar neben dem Eingang fegte, und ließ mich raus und über die Gasse ziehen.

Santos rundem Rücken war nicht anzumerken, ob er wusste, was ich gleich tun würde. Aber eine Sekunde lang glaubte ich, Angelo zu sehen. Mit vor Staunen weit aufgerissenem Mund.

Ha! Der sollte damit mal Gelsomina unter die Augen kommen. Die würde ihm auch kräftig von unten aufs Kinn schlagen!

»Hier ist es aber sauber«, bemerkte Ettore staunend, als wir die Wohnung betraten.

Ich lächelte bescheiden.

In die Küche wollte ich ihn nicht bringen, da hatten zu viele junge Männer rumgesessen, die unverrichteter Dinge wieder gehen mussten. In mein Schlafzimmer jedoch auch nicht. Also nicht sofort. Ein winziger Teil meines Gehirns funktionierte schon wieder. Blieb das Wohnzimmer mit der bequemen Sofalandschaft und den weichen, flauschigen Teppichen.

Okay, wenn ich mich jetzt so umsah, wirkte das auch recht einladend.

Fand Ettore auch. Schon lag ich halb ausgezogen auf dem Sofa. Also, Bluse war hoch- und Jeans runtergerutscht.

Hui! Das ging aber schnell! Okay, wer sich an Fahrpläne halten musste, verlor offenbar keine Zeit, selbst wenn es sich um römische Fahrpläne handelte, die eher großzügig ausgelegt wurden.

Ich beglückwünschte mich noch dazu, dass ich seit dem Debakel mit Angelo immer schön auf meine Körperpflege achtete, als Ettore auch schon über mir lag und zur Sache kam.

Kommen wollte.

Gekommen wäre.

Hätte ihn nicht plötzlich jemand mit Gewalt von mir weggezerrt.

Ich musste mich einen Moment orientieren, bis ich seine Nonna erkannte. Und Mariangela, Gabriella und Evelina.

Demnach hatte Gelsomina die Kavallerie geholt.

Zu viert drückten sie Ettore auf den Boden und schimpften auf ihn ein. Ein paar kräftige Schläge bekam er auch.

Im Hintergrund stand Angelo und beömmelte sich vor Lachen.

Verräter! Der hatte die Rächerinnen reingelassen. Jede Wette!

Ich sah zu, dass ich meine Kleidung wieder in Ordnung brachte. Dann setzte ich mich auf, strich mir durchs Haar und sagte würdevoll: »Mein Liebesleben geht niemanden etwas an.«

Leider wirkte der Wein immer noch, und keiner schien mich zu verstehen. Ach so, ich hatte Deutsch gesprochen, beziehungsweise genuschelt.

Angelo kugelte sich jetzt auf dem Fußboden, direkt neben Ettore, der sich jedoch als Gefangener von vier alten Frauen nicht rühren konnte.

»Lach nicht so blöd«, sagte er.

Brachte nicht allzu viel, aber immerhin beruhigte sich Angelo so weit, dass er dem bedauernswerten Normannennachfahren erklären konnte: »Nimm's nicht persönlich. Mir ist es auch nicht besser ergangen. Männer haben in dieser Wohnung echt keine Chance.«

Ich wollte protestieren, zweifelte aber an meiner Fähigkeit, klare Worte zu formulieren, und beschränkte mich auf einen bösen Blick. Nur komisch, dass ich dabei alles doppelt sah.

In Ettores nordischen Augen loderte südländische Eifersucht auf. »Du hast was mit der Tedesca gehabt?«

»Eben nicht. Ich wurde mit Blumenvase, Nudelholz und Stehlampe davon abgehalten.«

Ettore blickte misstrauisch. Verständlich.

»Und die ganzen anderen jungen Männer sind nicht über die Küche hinausgekommen.«

»Was? Wie viele hatte die Tedesca denn schon?«

So langsam nervte es mich, dass er meinen Namen nicht aussprach.

»Das waren nicht Sinas Verehrer«, klärte Angelo ihn auf. »Sondern Esthers. Die ist aber heute früh abgereist. Leider. Ist eine tolle Frau.«

Ettore guckte so lange interessiert, bis er von Angelo Esthers ungefähres Alter erfuhr. Dann winkte er ab. Beziehungsweise er zuckte mit einer eingeklemmten Hand.

Die beiden vertieften sich jetzt in ein Gespräch über Frauen im Allgemeinen. Währenddessen erlahmten die Kräfte meiner betagten Freundinnen, und sie ließen Ettore nach und nach los. Der schien das jedoch gar nicht zu bemerken. Er blieb bei Angelo auf dem Teppich liegen und unterhielt sich angeregt.

Gelsomina, Mariangela, Gabriella und Evelina verließen die Wohnung. Ich sackte zur Seite und schlief ein.

So endete dieser Versuch, mich zu verkuppeln, ergebnislos. Niemand hätte erwartet, dass ich nur eine Woche später doch noch mit Ettore zusammenkommen würde.

Ich am allerwenigsten.

18

Sex oder Kniebeugen

Der letzte Sonntag im Oktober begann mit einem kräftigen Regenguss – und mit Ettores Bemerkung: »Tut mir leid, meine schöne Tedesca, aber ich muss weg, bevor mich Gelsomina sieht.«

Der arme Mann hatte offenbar ein fieses Trauma erlitten, als seine Nonna samt Freundinnen ihn in meinem Wohnzimmer überwältigt hatten. Deswegen stahl er sich regelmäßig bei Morgengrauen aus dem Haus.

Na ja, regelmäßig war ein wenig übertrieben. Er war jetzt das dritte Mal bei mir, aber wenn es nach mir ging, sollten noch viele Male folgen. Es war angenehm, mit ihm zusammen zu sein, und ich hatte ja eine verflixt lange Durststrecke hinter mir. Außerdem war ich nicht in ihn verliebt, was die Sache noch angenehmer machte. Mein Herz geriet nicht in Nöte, und der Rest meines Körpers kam voll auf seine Kosten.

Allerdings war ich mir nicht sicher, wie viel Zeit Ettore unserer netten Romanze noch gab. In der ersten Woche nach dem denkwürdigen Abend hatte er sich erstaunlich schnell von den Schrecken des Überfalls erholt und mich mit Liebesschwüren überhäuft. Er hatte sogar gedroht, er werde mit seinem Linienbus bis in unsere Gasse fahren, wenn ich ihn nicht erhörte. Wo er dann mit Sicherheit stecken bleiben würde, und das wäre dann meine Schuld.

Ich hatte mich gefragt, wie hoch wohl die Strafe für die Entführung diverser Buspassagiere sein würde, und dann entschieden, dass ich eine derartige kriminelle Entwicklung nicht verantworten konnte.

Okay, okay. Und ich wollte Sex. Guten, ausführlichen, wilden Sex mit einem Normannen.

Also hatte ich ihn erneut zu mir eingeladen. Er war mit reichlich Verspätung eingetroffen, als es schon dunkel war und er sicher sein konnte, dass seine Nonna mit ihren gewalttätigen Freundinnen nicht mehr draußen saß. Wie ein Dieb hatte er sich in die Wohnung geschlichen. Sogar schwarze Klamotten hatte er angehabt und eine dunkle Pudelmütze auf dem Kopf getragen. Hatte ein bisschen lächerlich und kein Stück erotisch ausgesehen.

Das erste Mal war auch nicht so dolle gewesen, weil Ettore immer wieder panisch den Kopf gehoben hatte, um sich umzuschauen und auf verdächtige Geräusche zu lauschen.

Richtig entspannen konnte ich mich dabei nicht.

Beim zweiten Mal wurde es schon sehr viel besser, und letzte Nacht – hach – letzte Nacht war sensationell gewesen!

Nur: Würde es noch mehr davon geben? Oder war Ettore einer dieser typischen Männer, die nach der erfolgreichen Eroberung einer Frau schnell das Interesse verloren?

Mir war schon gestern Abend beim Essen in der Küche aufgefallen, dass er mir keinen zärtlichen Blick zuwarf, mich nicht berührte und kein liebes Wort für mich fand.

Das war vor einer Woche noch anders gewesen. Da hatte er jede Gelegenheit genutzt, um mich anzustrahlen und mir glutvoll in die Augen zu schauen.

Und jetzt wollte er schon wieder flüchten, anstatt

gemütlich mit mir zu kuscheln. Gegen eine zweite Runde hätte ich auch nichts gehabt.

Disgraziato!

»Bleib noch ein bisschen«, bat ich und verachtete mich dafür, dass es so nach Betteln klang. »Es ist doch dein freier Sonntag.«

»Ich würde schon gern, aber nein, lieber nicht. Du weißt doch, Gelsomina …«

»Die kann dir egal sein!«

Familienbande hin oder her. Dass ein Mann über dreißig noch nach der Pfeife seiner Großmutter tanzte, ging wirklich zu weit.

»Eben nicht. Ihr gehört die Wohnung, in der sie wohnt, und sie hat versprochen, sie mir zu vererben, wenn sie mal nicht mehr ist. Hast du eine Vorstellung davon, was Immobilien in diesem Viertel wert sind? Millionen, sage ich dir. Millionen.«

Doppelter *disgraziato*!

Das war mal eine echte Neuigkeit. Davon hatte ich keine Ahnung gehabt. Ganz schön berechnend, mein Normanne.

Mir fiel ein, dass Santo der stolze Besitzer des gesamten vierstöckigen Hauses war, in dem ich lebte.

Ob Esther bewusst war, dass sie einen sehr reichen Mann verschmäht hatte?

Möglich, aber so wie ich sie kannte, war es ihr egal. Sie hatte selbst genug Geld.

Ob ich mich von Santo mal eben adoptieren lassen könnte, damit ich eine begehrenswerte Partie für Ettore wurde?

Nö. So tief wollte ich dann doch nicht sinken. Einen Busfahrer kaufen, damit ich regelmäßig Sex hatte, guten Sex, mega Sex, fantastischen Sex …

Stopp!

Lass gut sein, Sina. Dir bleiben immer noch die Kniebeugen.

»Ach bitte«, sagte er. »Mach kein so trauriges Gesicht. Woran denkst du?«

Wenn du wüsstest, lieber Ettore! Wenn du wüsstest!

»Ist dir zu warm?«

Schlimmer. Zu heiß.

Ich konzentrierte mich wieder auf Gelsomina, um mich abzukühlen.

»Aber deine Nonna hat uns doch miteinander bekannt gemacht«, widersprach ich nach einem Moment.

»Ja, und?«

»Warum sollte sie auf einmal etwas gegen unsere Beziehung haben? Wir tun niemandem weh und sind doch glücklich.«

Dummerweise wusste ich selbst nur zu gut, dass sie sehr wohl was dagegen hatte. Sie schaute mich neuerdings immer so böse an, wenn ich mich zu den Frauen setzte, und redete kein Wort mit mir.

Sie ahnte natürlich, dass Ettore und ich uns sahen, obwohl er sich solche Mühe gab, es vor ihr geheim zu halten. Die Frau war alt, aber nicht dumm. Und erst gestern Abend, als Mariangela bemerkt hatte, ich sähe so verändert, so zufrieden aus, war Gelsomina einfach aufgestanden und im Haus verschwunden.

Na, und ob wir wirklich glücklich waren, war eine andere Frage.

Ettore sah mich geduldig an. »Du verstehst das nicht, bella Tedesca.« Er redete mich immer noch nicht mit Namen an, aber inzwischen war es mir egal.

»Gelsomina schwebt etwas anderes vor«, setzte mein

Liebhaber hinzu. »Eine Verlobung, eine Hochzeit und dann viele Bambini, mit deren Produktion selbstverständlich erst in der Hochzeitsnacht begonnen wird. So gehört sich das in unserer Familie. Eine zwanglose Bettgeschichte passt nicht in ihren Plan.«

»Ach so«, sagte ich lahm.

Irgendwie störte mich der Ausdruck »zwanglose Bettgeschichte«. Obwohl ich doch genau das so angenehm fand. Was mich selbst betraf. Der Mann hatte gefälligst rettungslos in mich verliebt zu sein!

Ettore löste sich von mir, stand auf und ging unter die Dusche. Frustriert blieb ich allein im Bett liegen. Zehn Minuten später drückte er mir einen Kuss auf die Stirn und verschwand.

Es war so früh am Morgen, dass ich am liebsten noch eine Runde geschlafen hätte. Der Regen draußen lud sowieso zu keinem Spaziergang ein. Falls ich denn inzwischen so etwas gewagt hätte.

Wagte ich aber nicht. Nach zweieinhalb Monaten in Rom war ich immer noch nicht viel weiter.

Einschlafen konnte ich nicht mehr, also beschloss ich, Santo einen Besuch abzustatten. Der begann seinen Arbeitstag schon im Morgengrauen, und inzwischen zeigte er mir nicht mehr nur seinen Rücken, sondern meistens ein halbes Lächeln. Darauf gründete sich meine Hoffnung, dass daraus bald ein ganzes Lächeln werden würde.

Nach einem schnellen Kaffee ging ich nach unten.

Ein Plausch mit Santo würde mich davon ablenken, dass mein Liebesleben kurz vor dem Aus stand.

Es war so ungerecht! Endlich hatte ich mal eins, und schon zerrann es mir wieder zwischen den Fingern.

Kaum unten angekommen, begegnete ich im Treppenhaus Angelo.

»So früh schon auf?«, fragte er und zwinkerte mir zu.

»Du ja auch«, gab ich schlecht gelaunt zurück.

»War das Ettore, der da eben aus der Haustür gehuscht ist?«

»Hm«, machte ich nur.

»Immer noch der geheime Liebhaber?«

»Hm.«

»Das ist auf Dauer aber nicht schön.«

Er hockte sich auf eine Stufe, und ich hockte mich zu ihm.

»Sagt der Richtige«, meinte ich und knuffte ihn in die Seite. »Wahrscheinlich warst du heute Nacht gar nicht in deinem Bett. Du bist nicht gerade stadtbekannt für deine ernsthaften Beziehungen.«

Ich fand es nett, hier so mit ihm zu plaudern. Wir sahen uns nicht oft, aber wir verstanden uns prima. Wie gute Freunde. Ein wenig war er auch der jüngere Bruder, den ich nie gehabt hatte. Und es tat mir gut, hin und wieder mit einem jungen Menschen zusammen zu sein, nicht nur mit alten Leutchen.

Ich stutzte. In Wahrheit sahen wir uns überhaupt nicht oft. In letzter Zeit sogar kaum noch. Es fiel mir nur erst an diesem frühen Morgen auf, weil ich natürlich auch intensiv mit Ettore beschäftigt gewesen war.

Aufmerksam schaute ich Angelo an. Er wirkte verändert. Und er lächelte auf einmal so komisch in sich hinein. Nahezu selig, fand ich.

Bevor ich mich fragen konnte, ob er plötzlich zu seinem Glauben gefunden hatte, sagte er: »Das war einmal. Jetzt ist alles anders.«

»Was?«

»Mein ganzes Leben.«

Das war eine Menge, fand ich.

»Seit wann?«

»Seit genau zwei Wochen.«

Ich rieb mir die Schläfen. Vor zwei Wochen hatte die denkwürdige Begegnung mit Ettore stattgefunden. Ich konnte mich nicht daran erinnern, dass da auch eine hübsche junge Frau im Spiel gewesen wäre, die Angelo den Kopf hätte verdrehen können. Nur lauter kampfbereite Greisinnen.

»Nicht in deiner Wohnung«, erklärte er mir, nachdem ich diesen Gedanken laut ausgesprochen hatte. »Aber später. Ich habe mich noch mit ein paar Freunden in einer Bar getroffen. Und da saß sie. Am Nebentisch. Schön. Bezaubernd. Ein Engel.«

Aha!

So schön offenbar, dass er keine ganzen Sätze mehr bilden konnte.

Er versank in seinen Träumereien über den bezaubernden Engel, bis ich ihn erneut knuffte und Einzelheiten verlangte. Der Engel hieß nicht Angela (das wäre jetzt auch echt zu viel gewesen!), sondern Virginia, war fünfundzwanzig Jahre alt und studierte Sprachen.

Und diese Virginia war auch keine typische Italienerin, die nur an Hochzeit und Bambini dachte. Erstens hatte sie eine deutsche Mutter und besaß von Natur aus einen etwas weiteren Horizont. Zweitens war sie eine Weltenbummlerin.

»Stell dir vor, sie ist zwei Jahre durch Australien gereist, bevor sie mit dem Studium angefangen hat. Und nach ihrem Abschluss will sie als Dolmetscherin im Europaparlament arbeiten.«

»In Brüssel kann es ziemlich kalt werden«, sagte ich giftig.

Auf eine Weise, die ich selbst nicht verstand, war ich eifersüchtig. Nicht auf die schöne, kluge Virginia, sondern auf die Tatsache, dass sich da möglicherweise zwei gefunden hatten.

»Ist mir egal«, erklärte Angelo mit glänzenden Augen. »Ich gehe dahin, wo meine große Liebe hingeht, und vorher mache ich selbst meinen Abschluss. Anwälte braucht man auch bei der EU. Deswegen muss ich jetzt auch los. Ich will zu einem Freund. Wir lernen gemeinsam für die nächste Prüfung.«

Wow! Ein strebsamer Student. Ich erkannte Angelo kaum wieder.

»Santo wird froh sein«, sagte ich, als er schon aufstand. »Und stolz.«

»Ja«, gab er zurück. »Nur ein bisschen unglücklich ist er, weil er weiß, dass ich eines nicht allzu fernen Tages fortgehen werde.«

Armer Santo.

Alle verließen ihn. Jeder auf eine andere Art, aber weg war weg. Seine Frau, Esther, sein Sohn. Er würde sich bald genauso fühlen wie ich, als meine Freundin abgereist und er mir böse gewesen war.

»Er wird einsam sein«, gab ich zu bedenken.

»Zum Glück bist du ja da«, sagte Angelo, noch bevor er mich seinerseits knuffte und durch den Hausflur davoneilte. Schon fiel die schwere Tür ins Schloss.

Eine Weile blieb ich noch allein auf den Stufen hocken und dachte über seine unglaubliche Verwandlung nach.

Schon erstaunlich, was die richtige Frau im Leben

eines Mannes bewirken konnte. Sie brachte sogar einen notorischen Frauenhelden und Faulpelz in die Spur.

Schade, dass ich nicht zu dieser Sorte Frauen gehörte. Meinen Busfahrer würde ich nicht mehr lange für mich haben können, das wurde mir hier im dunklen Treppenhaus klar. Der war schon auf dem Weg zur nächsten Haltestelle.

Ich seufzte eine Runde und bildete mir ein, enttäuscht zu sein. War ich aber nicht. Nur wenn ich an Santo dachte, wurde mir das Herz schwer. Ich stand auf und sah zu, dass ich in die Pizzeria kam. Dort duftete es bereits nach Kräutern, frischem Teig und köchelnder Tomatensoße.

»Buongiorno, Sina«, begrüßte mich Santo und schenkte mir ein ganzes Lächeln.

Er hatte mir also verziehen. Darüber hätte ich mich gefreut, wenn er dabei nur nicht so traurig ausgesehen hätte.

Er reichte mir eine Tasse mit *café ristretto*, einem Espresso mit so wenig Wasser, dass er kaum noch flüssig war. Was das betraf, war ich schon eine echte Römerin geworden. Deutscher Filterkaffee war für mich ungenießbar geworden. Hätte Mama mich gehört, hätte sie mir wahrscheinlich eine Kanne über den Kopf gekippt, aber sie war ja weit, weit weg.

»Du hast Angelo getroffen?«, meinte Santo, als ich dankbar den halben Schluck Koffein schlürfte.

»Ja«, gab ich zurück. »Ist es nicht toll, dass er endlich zur Vernunft kommt?«

»Ja, das ist es.«

»Ach, Santo, ich mag dich gar nicht so bekümmert sehen. Warte doch erst mal ab. Angelo hat noch mindestens zwei Jahre Studium vor sich. Das ist eine lange Zeit. Da können sich Pläne noch ändern.«

Das Gesicht meines Freundes hellte sich auf. »Ja, das stimmt. Angelo und Virginia könnten heiraten und Kinder bekommen.«

»Zum Beispiel«, gab ich vorsichtig zurück.

»Und ich werde meinen Enkeln beibringen, wie man die beste Pizza der Welt bäckt.«

»Das wird bestimmt lustig.«

Ich überließ ihn seinen Visionen von einer schönen neuen Zukunft und dachte gar nicht daran, sie ihm zu zerstören. Mein Gefühl sagte mir zwar, dass diese Virginia viel zu ehrgeizig war, um so jung schon Mutter zu werden, aber das behielt ich schön für mich. Es war viel angenehmer, hier mit einem glücklichen zukünftigen Opa zu sitzen als mit einem einsamen geknickten Pizzabäcker.

Die Tür ging auf, und ich blickte mich staunend um. Jeder Mensch hier im Viertel wusste, dass Santo erst um zehn Uhr vormittags öffnete, und jetzt war es noch nicht mal acht. Touristen verirrten sich so früh auch noch nicht hierher.

»Puh!«, rief eine mir wohlbekannte Stimme. »Was ist denn das für ein Schietwetter? Ich dachte, in Rom scheint die Sonne!«

»Mama!«, rief ich und sprang von meinem Hocker. »Was machst du hier? Du müsstest doch weit, weit weg sein.«

»Wat? Kind, bist du duun?«

»Ich hab keinen Alkohol getrunken«, gab ich beleidigt zurück. »Das mache ich nicht mehr seit … na, egal. Jedenfalls, nein. Bloß Kaffee.«

Mama schaute auf mein Espressotässchen. »Da draus? Was ist das? Puppengeschirr?«

Irgendwo hinter ihr ertönte ein lautes Pferdelachen,

bei dessen dröhnendem Klang mein Freund Santo über und über rot wurde.

»Habt ihr nichts Wichtigeres zu besprechen als die richtige Tassengröße?«, fragte Esther. »Dafür habe ich mir diese Reise nicht angetan.«

Sie tat, als sei sie erschöpft, aber auf mich wirkte sie jung und unternehmungslustig. Auf keinen Fall war sie noch die Frau an der Schwelle zum Alter, die Rom vor zwei Wochen den Rücken gekehrt hatte. Dies war wieder die Esther, die in der Heiligen Stadt zum Vorschein gekommen war. Zwar nicht ganz so aufreizend gekleidet, aber das dunkelgrüne knielange Kleid betonte ihre schlanke Figur, und das dezente Make-up passte nach Nordfriesland genauso gut wie nach Rom. Eine echte Lady, dachte ich beeindruckt.

Nach ihr kam Papa herein. Es wurde langsam voll in der kleinen Pizzeria.

Fehlen nur noch Freya und ihre Freundinnen, dachte ich und kicherte. Musste der Schock sein.

»Lass Antje nur«, sagte Papa zu Esther. »Du weißt doch, seit wir den Brenner überquert haben, hadert sie mit dem Kaffee.«

»Ihr seid mit dem Auto gekommen?«, kombinierte ich und dachte mit leichter Beklemmung an Paps uralten Opel Astra. Der hatte locker zweihunderttausend auf dem Buckel. Plus rund eintausendachthundert Kilometer für die Fahrt Norderbüll – Rom.

»Selbstverständlich«, erwiderte Papa, kam zu mir und drückte mich an seine Brust. »Wir setzen uns doch in keine dieser fliegenden Seifenkisten. Hallo, meine Kleine. Schön, dich zu sehen.«

Ich hatte etwas Mühe mit dem Luftholen. Erstens

quoll mein Herz über vor Liebe zu meinen Eltern, zweitens besaß Papa ziemlich viel Kraft. Der konnte mit einer Hand eine Kuh umschubsen.

»Ich ersticke«, röchelte ich.

»Gib die Deern frei!«, befahl Mama. »Guck mal, die rostigen Augen laufen schon rot an.«

Papa tat wie ihm geheißen, und Mama betrachtete mich genauer. »Das mit den rostigen Augen nehme ich zurück«, erklärte sie großzügig. »Sie sind jetzt bernsteinfarben. Astrein! Und dein Haar hat sich endlich entschieden. Es ist blond. Deine Haut ist hübsch gebräunt, und du hast zehn Kilo abgenommen. Rom bekommt dir.«

»Danke, aber ich verstehe immer noch nicht, warum ihr hier seid.«

Mama nahm ihre Finger zur Hilfe, als sie langsam aufzählte.

Zeigefinger: »Deine Freundin Esther geht da oben im Norden ein. Sie verwelkt wie ein Stiefmütterchen. Sie liebt Rom, sie liebt dich und sie liebt den kleinen dicken kahlköpfigen Pizzabäcker da.« Mama zeigte auf Santo, der zum Glück kein Deutsch verstand. Sonst wäre er vielleicht eingeschnappt gewesen. Dass Esther ihn liebte, brauchte ihm hingegen niemand zu übersetzen. Sein und ihr Blick hatten sich ineinander verhakt. »Also habe ich zu Ragnar gesagt, wir müssen die arme Frau wieder nach Italien schaffen.«

Mittelfinger: »Und wenn wir schon dabei sind, kann Ragnar sich gleich mit Thilo versöhnen. Das wird höchste Zeit, und ich habe so das Gefühl, Thilo ist auch nicht abgeneigt. Also mussten Esther und Ragnar nach Rom.«

Ringfinger: »Ich war noch nie im Ausland, außer in Dänemark. Aber das zählt nicht, denn Nordfriesland war ja mal dänisch. Also, richtiges Ausland sollte es schon sein, bevor ich abkratze. Ist auch alles ganz schön, wenn ich nur nicht jeden Morgen diese Plörre trinken müsste.« Angewidert schaute sie auf mein Tässchen.

Dann hob sie ihren kleinen Finger: »Zu guter Letzt wissen wir, dass du immer noch nicht gesund bist. Wir sind hier, um dir zu helfen.«

»Danke«, sagte ich wieder. »Und wie wollt ihr das anstellen?«

Mama schaute mich ganz unschuldig an. »Das werden wir noch sehen.«

In Wahrheit hatten sie schon einen Plan. Zunächst schliefen sie einige Stunden, dann bereitete Mama ein Essen aus Stampfkartoffeln, Schweinekoteletts und buntem Gemüse zu. Sie hatte Esther mit einer Liste zum Einkaufen geschickt.

Derart gestärkt gingen meine Eltern mit mir auf die Straße und hakten mich unter. Mama rechts, Papa links. Dann verschleppten sie mich in die Großstadt.

19

Mit Mama in Roma

Ich wollte Esther um Hilfe bitten, aber sie war nirgends aufzufinden. Es war nicht schwer zu erraten, wo sie sich aufhielt. Bei Santo, der ihr offenbar nicht mehr zu klein, zu dick und zu kahlköpfig war.

Tage nach ihrer Ankunft sollte sie mir verraten, dass Santo sie jeden Morgen und jeden Abend über WhatsApp kontaktiert hatte. Er hatte nicht aufgegeben, bis ihr endlich klar geworden war, dass er erstens keineswegs nur in der Vergangenheit lebte und zweitens sie, Esther, aus vollem Herzen liebte. Als er auf die Idee kam, höchstpersönlich nach Norderbüll zu reisen, um sie davon zu überzeugen, beschloss sie, ihm zuvorzukommen. Sie wollte dem eingefleischten Römer keinen Kulturschock antun. Und da kam es gerade recht, dass auch meine Eltern die Fahrt in den Süden antreten wollten.

Nur blöd, dass sie sofort nach ihrer Ankunft mit ihm verschwinden musste. Ich freute mich für sie, bevor ich mir wieder Sorgen um mich selbst machte. Auch um meine Wirbelsäule. Ich musste ziemlich krumm laufen, weil Mama und Papa so unterschiedlich groß waren.

Der Regen hatte aufgehört, aber ein frischer Wind fegte durch die Gasse. Ich fröstelte. Meine Eltern hingegen schwitzten. Mama schnaufte verhalten, Papa lief der

Schweiß über die Stirn. Klar, für ihre Verhältnisse war es drückend heiß in Rom.

Sie schleppten mich auf direktem Weg zu Onkel Thilos Wohnhaus. Offenbar hatte Esther ihnen eine Wegbeschreibung gegeben. Ich staunte, wie sicher sie sich fortbewegten, wo sie doch nur mal in Flensburg und Kiel gewesen waren. Aber sie taten einfach so, als spazierten wir auf heimischen Weiden, und kamen gut mit mir voran.

Jetzt, am späten Nachmittag, wimmelte es nur so von Touristen im alten Viertel Borgo, und wäre es mit rechten Dingen zugegangen, hätte ich eine Panikattacke nach der anderen bekommen sollen. Erst wunderte ich mich, dass das nicht geschah, dann begriff ich, warum. Mein emotionales Zentrum war von einem einzigen Gefühl so sehr beherrscht, dass für etwas anderes kein Platz blieb. Dieses Gefühl hieß Scham. Ich schämte mich in Grund und Boden.

Vor zweieinhalb Monaten war ich aufgebrochen, die Welt zu erobern.

Na gut. Nicht ganz. Ich hatte mich von Esther unter Drogen setzen und kidnappen lassen. Aber das Ziel war auch gewesen, meinen Eltern eines Tages als gesunder und freier Mensch unter die Augen zu treten.

Sie sollten stolz auf mich sein!

Stattdessen schleiften sie mich jetzt durch die Straßen, weil ich allein nichts gebacken kriegte.

Verdammt!

Während ich vollauf damit beschäftigt war, mich im Stillen selbst schlechtzumachen, erreichten wir Onkel Thilos Haus. Antje klingelte auf Esther-Art Sturm.

Ich hoffte, er wäre nicht zu Hause. Ein Kardinal hatte am Sonntagnachmittag bestimmt wahnsinnig viel zu tun.

Tja, Pech gehabt.

Er fragte durch die Gegensprechanlage, wer da sei, und Mama zwang mich zu antworten.

»Ich bin's nur, Onkel Thilo.«

Also öffnete er.

Als wir oben angekommen waren, sah der Kardinal zunächst mich, dann seinen Bruder, der zwar graue Haare und viele Falten bekommen hatte, sich aber sonst kaum verändert hatte, dann eine füllige Frau mittleren Alters.

Onkel Thilo erschrak heftig, als er begriff, dass diese laute, wuchtige Frau seine einst so geliebte, stille und elfengleiche Antje war.

Ich konnte sehen, wie sich seine Augen weiteten, bis das Weiße hervortrat.

Armer Mann. Mit einem Schlag wurde ihm die Erinnerung an seine schöne Jugendliebe geraubt. Papa hatte immerhin vierzig Jahre Zeit gehabt, die Verwandlung mitzuerleben. Ihm fiel es gar nicht auf, dass seine Antje ein bisschen anders aussah als früher. Er liebte sie wie am ersten Tag.

Thilos über die Jahre gerettete Schwärmerei für seine Jugendliebe jedoch starb in dieser Sekunde einen schnellen, schmerzvollen Tod. Womit das größte Problem dank deftiger deutscher Hausmannskost und dem Vergehen der Zeit gelöst war.

Prima, dachte ich. Der Kardinal guckte jetzt auch schon wieder beinahe normal.

»Das ist aber eine Überraschung«, sagte er aalglatt. »Hallo Antje, hallo Ragnar. Wollt ihr nicht reinkommen?«

»Ich nicht«, erklärte Mama und riskierte, dass die alte Feindseligkeit gleich wieder aufflammte. Aber dann fügte sie hinzu: »Ich hab nichts gegen dich, Thilo. Jedenfalls nicht mehr. Ist Schnee von gestern. Aber ich will in den Petersdom. Jetzt gleich. Sina kommt mit. Gibst du uns zwei von diesen Pässen, damit wir nicht stundenlang warten müssen?«

Esther hatte sie wirklich gut instruiert. Na ja, so eine Autofahrt von Nordfriesland ins Latium war schließlich lang.

Irgendwo lag bestimmt auch noch der Ausweis rum, den der Kardinal mir schon einmal geschenkt hatte, aber ich trug ihn nicht bei mir.

»Ähm … natürlich. Ich … ähm, bin dir gern behilflich.« So ganz hatte er seine Selbstsicherheit noch nicht zurückgewonnen. Aber immerhin ging er jetzt in sein Arbeitszimmer voran, holte zwei Karten aus der Schreibtischschublade und füllte sie aus.

Einen peinlichen Moment gab es noch, als Antje ihren Ausweis las und sagte: »Du Dösbaddel, ich heiße seit vierzig Jahren Wagner mit Nachnamen, genau wie du. Nicht mehr Olafsen.«

Onkel Thilos Gesicht nahm die Farbe seiner schicken Kardinalsrobe an, die nachlässig über einer Stuhllehne hing. Purpurrot.

»Natürlich, Verzeihung.«

»Kein Problem. Kann ja mal vorkommen, wenn man so überrascht wird.«

Zwei Minuten später hielt Mama einen korrekten Ausweis in der Hand.

»Super. Jetzt müssen wir los. Ich hab's wirklich eilig. In einem Land, in dem es keinen vernünftigen Kaffee gibt, kann ich nicht mehr als ein paar Tage bleiben. Und Bauer Lüttjens kann sich auch nicht ewig um das Vieh kümmern.« Sie stellte sich auf die Zehenspitzen und gab Ragnar einen schmatzenden Kuss auf die Wange. »Bis später, mein Großer. Plaudere mal schön mit deinem Bruder über das ganze lateinische Zeug.«

Dann schob sie mich energisch aus der Wohnung und auf die Straße.

»Glaubst du, das geht gut?«, fragte ich bange.

»Natürlich. Thilo hat sich in dem Moment entliebt, als er mich gesehen hat.«

Ich erschrak ein bisschen, aber Mama lachte nur. »Ich bin nicht blöd, Sina. Ich weiß, dass ich nicht mehr so aussehe wie damals. Genau deshalb wollte ich mit herkommen. Dem Mann musste mal sein Hirngespinst ausgetrieben werden. Jetzt können die Brüder endlich wieder normal miteinander umgehen.«

»Meine kluge, liebenswerte Mama«, sagte ich und legte den Arm um ihre Schultern.

Sie lächelte mich an, schüttelte dann meinen Arm ab und hakte mich unter.

Fünf Minuten später standen wir auf dem Petersplatz. Ich sah, wie Mama ein paarmal hart schluckte.

»Ist was anderes als im Fernsehen«, sagte sie dann mit vor Ehrfurcht heiserer Stimme.

Ich musste auch schlucken, aber nicht wegen des bombastischen Anblicks, sondern wegen der vielen Leute, die sich alle nur um mich zu scharen schienen. Sie kamen näher und näher.

Mama merkte, was los war, nahm mich diesmal bei der Hand wie ein kleines Kind und zog mich hinter sich her, ohne auf meine schwachen Proteste zu achten. Anstandslos wurden wir durch die Kontrolle gelassen.

Als wir die Basilika betraten, sagte Mama keinen Ton

mehr. Sie wählte eines der Weihwasserbecken mit den Marmorputten und bekreuzigte sich, und zwar ein bisschen schneller als zu Hause in Norderbüll. Anschließend lief sie andächtig herum.

Ich blieb schön an ihrer Seite, doch erneut durfte ich erleben, wie die erhabene Ruhe der drei großen Kirchenschiffe auch auf mich übergriff.

Zwei Stunden später waren wir wieder draußen.

»Gut«, sagte Mama. »Das war Punkt eins.«

Punkt zwei bestand aus einer Fahrt mit der römischen Metro. Mir wurde heiß und kalt zugleich, als sie nur den Vorschlag machte.

Vorschlag? Von wegen! Das war ein Befehl. Gegen Mama hatte ich mich noch nie durchsetzen können.

Wieder wusste sie den Weg, nur bei den Tickets brauchte sie an der Station Ottaviano meine Hilfe. Ich befand mich mittlerweile in einer Art Schockstarre und bewegte mich wie eine Marionette durch die Menge. Die Metro war voll, und ich kämpfte mit aller Macht gegen eine Panikattacke an. Touristen und Römer standen dicht an dicht. Dann fiel mein Blick auf ein kleines Mädchen, vielleicht acht oder neun Jahre alt, das ganz in meiner Nähe stand. Es wurde von seiner Mama an der Hand gehalten, sah aber nicht so aus, als bräuchte es Schutz. Metro fahren schien für dieses Mädchen das Langweiligste von der Welt zu sein. Mein Herzschlag beruhigte sich, trotzdem war ich froh, als die Fahrt zu Ende ging.

Immerhin wurden wir nicht beklaut, und als wir eine Viertelstunde später an der Haltestelle Flaminio wieder ausstiegen und kurz danach auf der grandiosen Piazza del Popolo standen, war ich zu meiner eigenen größten

Überraschung erstens noch am Leben und hatte zweitens keinen Hunger.

Ich hätte es wissen müssen: Wenn schon ein Pizzabäcker mir die nötige Therapie erklären konnte, dann konnte eine nordfriesische Landfrau diese auch locker in die Tat umsetzen.

»Wahnsinn«, sagte Mama.

Ich brauchte einen Moment, bis mir klar wurde, dass sie nicht mich, sondern die Zwillingskirchen Santa Maria in Montesanto und Santa Maria dei Miracoli meinte.

Mit einer Besichtigung hielt sie sich jedoch nicht auf. »Wenn ich alle dreihundert Kirchen von Rom sehen wollte, müsste ich ein Jahr oder länger hierbleiben.«

Da hatte sie zweifellos recht.

»Nur morgen will ich unbedingt Sankt Clemens sehen. Davon hat mir Esther erzählt.«

»Ich kann dich gern wieder begleiten«, bot ich an. Auch ich hatte die berühmte Kirche mit den drei Schichten noch nicht besichtigt.

Okay, okay, ich hatte abgesehen vom Petersdom noch überhaupt nichts besichtigt. Die Engelsbrücke zählte nicht. Die hatte ich an jenem Abend mit Esther kaum wahrgenommen.

»Das ist lieb von dir«, meinte Mama. »Wird aber nicht gehen. Du hast morgen keine Zeit.«

»Interessant. Und warum nicht?«

Sie ließ die Frage unbeantwortet, und da ich mich im Augenblick über gar nichts mehr wunderte, hakte ich nicht nach.

Wir liefen also weiter, über die Via del Corso, dann zur Spanischen Treppe, zur Fontana di Trevi, zum Pantheon und schließlich zur Piazza Navona. Die großartigen

Barockbauten am ovalen Platz raubten mir den Atem, die Menschenmenge auch. Am Vierströmebrunnen mit der römischen Kopie eines ägyptischen Obelisken brach ich eine Runde zusammen.

»Ich kann nicht mehr.«

»Ich auch nicht«, erklärte Mama schnaufend. »Jetzt verstehe ich die Japaner.«

»Was? Ist dir nicht gut?«

Sie grinste. »Wenn die nach zehn Tagen Europareise wieder zu Hause sind, wissen sie erst wieder, wo sie waren, wenn sie sich die Fotos anschauen.«

Ich grinste ebenfalls. Dann stellte ich fest: »Es geht mir gut.«

»Das sehe ich, mein Kind. Das sehe ich. Viel länger hätte ich jetzt auch nicht mehr durchgehalten. Ich bin am Verhungern.«

»Ich nicht.«

Mama kniff die Augen zusammen und musterte mich kritisch, bevor sie antwortete: »Tja, dann bist du deinen Tick wirklich los.«

Sie sprach von meiner Phobie, als hätte ich bloß jahrelang mal mit dem Augenlid gezuckt.

Auch gut.

Ganz genau verstand ich selbst nicht, warum es mir so viel besser ging, und ein bisschen fürchtete ich mich noch vor den vielen Leuten um mich herum. Touristen, Römer, Artisten und fliegende Händler traten sich gegenseitig auf die Füße, redeten, riefen, gestikulierten.

Aber ich empfand nicht mehr diese entsetzliche Panik, die sich nur mit unkontrolliertem Essen bezwingen ließ. Ich musste auch nicht an Pietro denken, um ruhiger zu werden. Diese Ruhe fand ich jetzt in mir selbst, und ich begriff: Es war nicht der eine lange Ausflug mit Mama, der mich kuriert hatte, sondern es waren die Monate in Rom, die vielen Erfahrungen, die neuen Freunde, meine äußerliche Verwandlung, mein neues Selbstbewusstsein, mein Liebhaber – von allem etwas. Zusammengemischt ergaben diese einzelnen Zutaten das Rezept für meine Genesung.

»Lass uns zurückfahren«, sagte ich. »Santo wird dir die beste Pizza backen, die du in deinem Leben gegessen hast.«

»Das wird eine einfache Übung«, erwiderte Mama und kicherte. »Ich habe in meinem ganzen Leben noch keine Pizza gegessen.«

Ach ja, Mama stand nicht so auf exotisches Essen.

»Du musst sie probieren.«

»Selbstverständlich«, erwiderte sie. »Wenn ich durch die Ewige Stadt latschen kann, dann kann ich wohl auch so einen Teigfladen essen.«

Eine Stunde später saß sie auf einem der drei Hocker am Tresen und biss mit Todesverachtung in ein knuspriges Stück Margherita. Die Basilikumblätter hatte sie vorher abgesammelt. Sie esse keinen Salat auf ihrem Brötchen, hatte sie dazu gesagt.

Santo war wie unter Schmerzen zusammengezuckt, aber Esther hatte ihr Pferdelachen durch die Pizzeria geschickt, hinaus auf die Gasse, wo die alten Frauen hochfuhren, und über das Viertel, wo sich so mancher Einwohner wundern mochte, weil es doch schon lange keine Rösser mehr in der Gegend gab.

Mama kaute, und wir drei schauten fasziniert zu. Papa war noch nicht zurück. Er hatte angerufen und ausrichten lassen, er werde erst spät am Abend wieder da sein. Es gäbe noch viel zu reden mit dem wiedergefundenen Bruder. Es sei auch noch ein guter Freund hinzugekommen, ein gewisser Pietro.

Mama schloss die Augen.

Wir stöhnten auf.

Mama schluckte.

Santo brach der Schweiß aus.

Mama sagte: »Gar nicht so übel. Kann ich noch was haben? Mit Fleisch vielleicht?«

Ich übersetzte nach einigem Zögern.

Santos Gesichtsausdruck wechselte in Sekundenschnelle von Stolz zu Entsetzen.

»Fleisch?«, vergewisserte er sich. »FLEISCH? Auf einer PIZZA?«

Sie fanden einen Kompromiss: gekochten Schinken.

Und da Mama schon mal dabei war, aß sie auch noch ein Stück mit Thunfisch, eins mit Gemüse, eins mit rohem Schinken und eins mit Gorgonzola.

»Fein«, sagte sie. »Jetzt mache ich einen kleinen Verdauungsspaziergang.«

»Soll ich mitkommen?«, fragte ich.

»Lieber nicht. Ich brauche mal meine Ruhe.«

Sie verließ leise rülpsend die Pizzeria. Weit kam sie allerdings nicht, denn sie wurde von meinen betagten Freundinnen abgefangen.

Man bot ihr einen Stuhl an, *meinen* Stuhl.

»Mach dir nichts draus«, sagte Esther, als sie meine düstere Miene bemerkte. »Antje passt besser in die Gruppe als du. Sogar besser als ich.«

»Es ist nicht so, dass sie dich nicht mögen«, verteidigte ich meine Freundinnen. »Sie finden dich nur ein wenig … ähm, anders.«

Esther war kein bisschen beleidigt. »Vorhin bin ich rausgegangen, um sie zu begrüßen«, erzählte sie. »Ich dachte, da ich nun für immer bleibe, stelle ich mich gut mit der Nachbarschaft.«

»Für immer?«, wiederholte ich, da sie diese Neuigkeit so beiläufig in ihrem Satz versteckt hatte. »Du bleibst wirklich in Rom? Bei Santo?«

Sie nickte. »Ja. Ich musste einmal weit weg fahren, um zu erkennen, dass ich nur hier sein will.«

»Wunderbar«, erwiderte ich und zwinkerte ein paar Tränen der Rührung weg. Santo würde nicht mehr von allen verlassen sein. Er würde glücklich sein. Und Esther auch. Und Angelo mit seiner Virginia. Alle außer mir.

»Heulst du etwa?«

»Nein … ja … ich freue mich für dich.«

»Seltsame Art, das zu zeigen. Na, wie auch immer, die alten Frauen waren komisch.«

»Inwiefern?«, wollte ich wissen, obwohl ich so eine Ahnung hatte.

»Die wollten mir an die Nase fassen. Ist das eine Art Initiationsritus, den ich nicht kenne?«

Ich lachte. »So was in der Art.«

»Aha. Zum Glück sind sie allesamt so klein. Da ist keine rangekommen.«

Ich stellte mir bildlich vor, wie Gelsomina & Co. sich nach der Adlernase streckten, und lachte noch ein bisschen lauter.

»Na, egal«, sagte Esther. »Lassen wir Antje bei denen sitzen. Ich gehe da so schnell nicht wieder hin, und du wirst sowieso keine Zeit mehr für einen Plausch in der Gasse haben.«

Wie sie das meinte, führte sie nicht aus, aber ich ahnte,

die gemeinsame Aktion von Familie und Freunden war noch nicht beendet. Mama hatte ja auf der Piazza del Popolo auch etwas in der Richtung erwähnt.

Ich schaute hinaus. Antje setzte sich gemütlich zurecht und fügte sich in die Gruppe, als hätte sie schon immer dazugehört. Äußerlich sah man ihr natürlich die norddeutsche Bauersfrau an – sie war um einiges größer und breiter als die anderen. Aber mit den Italienerinnen verband sie etwas, das international gültig war: Sie waren Ehefrauen, sie waren Mütter, sie kannten das Leben, wussten Bescheid. Gelsomina verschwand kurz im Haus, um mit einer Flasche von ihrem teuflischen *vino rosso* und fünf Gläsern zurückzukehren.

Kurz dachte ich an meinen heißblütigen Busfahrer. Mit diesem Wein hatte alles angefangen. Wenn Mama das wüsste! Die würde über ihre Tochter staunen! Antje hob ihr Glas und sagte »Prost Mädels«, was natürlich keine verstand.

Aber sie bekam ein vierstimmiges *»Salute!«* zurück. Die Tür zur Pizzeria stand offen, um die kühle Abendluft hereinzulassen, und so hörte ich sie gut.

Nach dem zweiten Glas wollten Gelsomina, Gabriella, Mariangela und Evelina alles über Antje und ihr Leben in der norddeutschen Tiefebene wissen. Und gern auch mehr über die Essgewohnheiten, die sie noch nicht von mir erfahren hatten.

Mama guckte, lächelte und schwieg. Unmöglich zu antworten, wenn man schon die Fragen nicht mitbekam.

Ein weiteres Glas später wandte sich das Gespräch zwangsläufig anderen Themen zu. Mamas neue Freundinnen sprachen über den Regen, den sie alle willkommen geheißen hatten, über Evelinas älteste Enkelin, die demnächst heiraten wollte, und über Gabriellas Rückenschmerzen, die ihr schwer zu schaffen machten.

Mama verstand natürlich immer noch kein Wort, aber offenbar fühlte sie sich nach einer Weile bemüßigt, sich an dem Gespräch zu beteiligen. Der Rotwein tat ein Übriges. Also warf sie alle italienischen Worte ein, die sie kannte, wenn eine der Frauen mal eine Pause machte. Auch Worte, die nur italienisch klangen.

Gelsomina freute sich über die frisch gewaschenen Straßen, und Mama sagte: »Miracoli.« Im Deutschen eine Nudelmischung, im Italienischen ein Wunder.

Gar nicht mal so schlecht, fand ich. Nach einem langen und heißen Sommer fiel der Regen wie ein Wunder vom Himmel.

Evelina sprach über die Wahl der Kirche für die Hochzeit, und Mama meinte: »Ave Maria.« Was auch erstaunlich passend war.

Gabriella klagte über Schmerzen in den Lendenwirbeln, und Mama kommentierte: »O sole mio.« Konnte man durchaus als Empfehlung für eine Wärmebehandlung interpretieren. Ich fand, sie wurde immer besser.

Oder auch nicht.

Als Gelsomina plötzlich über ihren unnützen Enkel Ettore schimpfte, sagte Mama: »Fiderallala.«

Esther grölte, und Santo kicherte, während er ein halbes Dutzend Pizzen in Kartons packte.

Ich lief hochrot an, weil mir Mama langsam peinlich wurde.

Dann blieb mir fast das Herz stehen, denn Esther sagte: »Genug amüsiert, Sina. An die Arbeit. Santo, hast du alles fertig?«

»Ja, mein Herz.«

Er reichte mir die dicke rote Tragetasche mit der Aufschrift *Santissima*.

»Was soll ich damit?«, fragte ich, obwohl ich es schon ahnte.

»Austragen«, erklärte Esther.

»Wieso ich?«

»Angelo muss studieren, und du hast lange genug wie die Made im Speck gelebt. Wird Zeit, dass du mal wieder arbeitest.«

»Als Pizzabotin?«, erkundigte ich mich sicherheitshalber. Vielleicht litt ich ja plötzlich unter ähnlichen Verständigungsschwierigkeiten wie Mama.

»Ein Job ist so gut wie der andere«, sagte Esther und reichte mir einen Zettel mit drei Adressen. »Sind alle hier in der Nähe. Das schaffst du schon.«

Ja, dachte ich plötzlich mutig. Warum eigentlich nicht? Ich war heute durch halb Rom gelaufen, da konnte ich auch noch Pizzen hier im Viertel ausliefern.

Ich war stark, ich war unbesiegbar.

»Und morgen«, fügte Esther hinzu, »bringt Angelo dir bei, mit dem Mofa zu fahren. Manche Kunden wohnen ein bisschen weiter weg.«

Mofa fahren.

Ich.

Im Verkehrsgetümmel von Rom.

Stark und unbesiegbar?

Haha.

20

In Deckung!

»Und jetzt Gas geben, Sina, aber sanft, ganz sanft«, befahl Angelo.

Aus einer leichten Drehung des rechten Handgelenks heraus, so wie er es mir gezeigt hatte.

Ich tat es. Das Mofa schoss mit der Geschwindigkeit einer Kanonenkugel vorwärts. Unter dem schweren Schutzhelm flog mein Kopf nach hinten.

»Bremsen!«

Ja, gern, wenn ich noch wüsste, wie.

Um sechs Uhr früh an diesem Montagmorgen war die Gasse vor unserem Haus zum Glück noch menschenleer. Das einzige Hindernis bildeten die Stühle der alten Frauen. Nach ihrer Rotweinsause mit Mama hatten sie gestern Abend wohl nicht mehr die Kraft gehabt, sie reinzubringen. Aber das machte nichts. Die klaute keiner mehr.

Und was sollte den zerschrammten Küchenstühlen sonst schon passieren?

Ich, zum Beispiel.

Zielgenau hielt ich darauf zu, während ich verzweifelt versuchte, mich daran zu erinnern, auf welcher Seite die Bremse saß.

Ach ja, auf beiden.

Zu spät!

Es krachte gewaltig, Holz splitterte, das Mofa kam zum Stehen und kippte um. Mit einem verzweifelten Sprung konnte ich mich gerade noch retten und landete mit dem Po auf dem Pflaster.

»Aua!«

Das Hinterrad drehte sich im Leerlauf, die Stühle boten einen Anblick des Grauens.

Ich war heilfroh, dass niemand darauf gesessen hatte. Wenn ich auch ein bisschen sauer auf meine Freundinnen war, umbringen wollte ich sie nicht. Meine Mama sowieso nicht.

Angelo hielt sich die Seiten vor Lachen.

»Kleinholz!«, rief er.

»Halt die Klappe!«

»Was ist denn hier passiert?« Ettore stand plötzlich über mir und betrachtete verwundert den Schauplatz des Unfalls.

»Ich lerne Mofa fahren«, erklärte ich.

»Offensichtlich wenig erfolgreich.«

Mir fielen ein paar deutsche Schimpfworte ein, mit denen ich ihn belegen wollte, aber dann merkte ich, dass mein linker Ringfinger blutete.

»Aua!«, wiederholte ich.

»Ist nur ein Kratzer«, stellte Ettore fest.

»Woher willst du das wissen? Vielleicht fällt er gleich ab.«

Also lachte er auch, gemeinsam mit Angelo.

Ich rappelte mich hoch.

»Was machst du überhaupt hier?«, verlangte ich zu wissen.

»Ach, weißt du«, meinte er verlegen und schielte zu Angelo. »Meine Schicht fängt erst in zwei Stunden an, und da dachte ich …«

»Du dachtest, weil Gelsomina um die Zeit noch schläft, kommst du mal eben vorbei und schiebst eine schnelle Nummer?«

»Beh …«

»Und du glaubst, ich empfange dich zu jeder Tages- und Nachtzeit mit offenen Armen?«

»Boh …«

Alles klar.

»Verschwinde, Ettore, ich habe zu tun.«

»Die Häuser mit einem Mofa umfahren?«

»Verschwinde!«

Er hob kurz die Schultern und schob dann die Hände in seine Hosentaschen. Ich linste zu ihm hoch und stellte fest, dass er mich immer noch erotisch anzog. Aber wie! Deshalb schaute ich auch schnell wieder weg.

Dann ging er. Ich konnte nicht anders, ich musste ihm nachsehen. Seine Rückansicht zog mich auch erotisch an. Dann seufzte ich schwer.

»Na, tut es sehr weh?«, fragte Angelo.

»Ein bisschen. Er war mein erster Liebhaber seit langer Zeit.«

»Ich meinte den Finger.« Er hatte ein Erste-Hilfe-Köfferchen aus der Pizzeria geholt und begann, mich zu verarzten.

»Ist nur ein kleiner Schnitt«, sagte er, nachdem er die Wunde desinfiziert und verbunden hatte. »Damit kannst du trotzdem fahren.«

»Ich soll noch mal auf dieses mörderische Geschoss steigen?«

»Selbstverständlich. Das ist wie beim Reiten. Wenn man runterfällt, gleich wieder aufs Pferd, sonst wird man den Schock nicht los.«

»Ich bin als Kind bloß auf Kühen geritten«, informierte ich ihn, nahm den Helm ab und befühlte mit der unverletzten Hand meinen Kopf. Schien noch ganz zu sein.

»Auf Kühen«, wiederholte Angelo und betrachtete mich, als befürchtete auch er mindestens eine Gehirnerschütterung.

»Klar, wir hatten keine Pferde.«

Angelo hob seinen rechten Zeigefinger und ließ ihn vor meinem Gesicht hin- und herwandern. »Folge dem Finger mit den Augen.«

»Was soll das?«

»Kein Schimmer. Hab ich mal in einem Film gesehen. Ich glaube, so wird festgestellt, ob eine neurologische Störung vorliegt.«

»Ich verpass dir gleich eine neurologische Störung!«, rief ich und rappelte mich auf.

Angelo hob die Hände, als wollte er sich ergeben. »Frieden«, bat er.

Dann richtete er das Mofa wieder auf und lud mich zur nächsten Probefahrt ein.

»Aber warte einen Moment.«

Er lief noch einmal ins Haus und kam mit einem Helm auf dem Kopf wieder heraus.

»Was soll das?«, wollte ich wissen.

»Nur zur Sicherheit.«

Sah ein bisschen albern aus, wie er da so behelmt in der Gasse rumstand.

Eine Stunde später hatte ich den Dreh halbwegs raus. Ich hatte noch einmal die Stühle umgenietet, war drei Zentimeter vor einem geparkten Auto zum Stehen gekommen und hätte einer dummen Katze um ein Haar den

Schwanz plattgefahren. Dumm, weil das Vieh doch hätte wissen müssen, dass ich Anfängerin war.

»Gut«, lobte mich Angelo.

Inzwischen hatte sich die Gasse bevölkert, und nachdem die ersten Leute panisch vor mir weggesprungen waren, beruhigte sich die Lage allmählich.

Ich war mir sicher, dass ich Mofa fahren konnte.

Also, ziemlich sicher.

Gelsomina trat aus dem Haus und schimpfte los, als sie die Bescherung sah. Ich war ganz froh, dass ich Ettore weggeschickt hatte.

Den armen Mann hätte ich am Ende noch um sein Erbe gebracht. Auf der anderen Seite kamen jetzt auch meine Eltern heraus.

Mama trat auf Gelsomina zu, lächelte sie an und sagte: »Azzurro.«

Himmelblau. Ja, konnte stimmen. Auf Sturm und Regen folgte ein blauer Himmel und brachte Frieden über die Menschheit. Oder so ähnlich.

Gelsomina jedenfalls beruhigte sich sofort und fing mit Mama ein Gespräch über das Wetter an. Leider wusste diese keine entsprechenden Worte mehr und beschränkte sich auf eifriges Lächeln und Nicken.

Papa klaubte inzwischen die zerbrochenen Stühle zusammen und meinte, die könne er schnell reparieren. Aber da zog ihn Mama weg. »Wir haben anderes vor.«

Schon winkten sie mir zu und liefen los, die Stadt zu erobern.

Papa sagte noch über die Schulter: »Übrigens, meine Kleine. Dieser Pietro, also der ist …«

Weiter kam er nicht, da jetzt auch die anderen alten Frauen auf die Straße traten und laut zeterten.

Angelo musste ihnen schließlich versprechen, gleich in ein Möbelgeschäft zu fahren und Ersatz zu besorgen.

»Währenddessen drehst du eine Runde im Viertel, Sina. Zum Üben.«

Ogottogott!

Ich überlegte, in welche Richtung ich fahren sollte. Richtung Westen würde ich wahrscheinlich ACHim an der Porta Sant'Anna umnieten, Richtung Südosten in den Tiber plumpsen.

Ich entschloss mich zu einer besonderen Taktik. Ein Mofa konnte umkippen, weil es nur auf zwei Rädern fuhr. Also musste ich ihm mehr Stabilität verleihen. Ein Mofa konnte Unheil anrichten, wenn man zu schnell fuhr. Also wählte ich eine angemessene Geschwindigkeit.

Ich begriff bloß nicht, warum sich die Passanten, an denen ich vorbeikam, vor Lachen bogen. Ich fuhr mit maximal zwei Stundenkilometern und lief rechts und links mit den Beinen mit.

Hey, Leute! Würden alle so fahren wie ich, gäbe es viel weniger Unfälle. Es sei denn, der eine oder andere Gaffer erstickte an einem Lachanfall.

Zwei Stunden später kehrte ich sehr zufrieden zum Startpunkt zurück. Von Angelo war nichts zu sehen, wahrscheinlich besorgte er die Stühle. Dafür winkte mich Santo zu sich herein.

Es dauerte eine Weile, bis ich zu ihm gelangte, denn ich brauchte ungefähr einhundert Anläufe, um mein Mofa aufzubocken. Dann stand ich vor ihm, selbstbewusst und glücklich.

Zehn Sekunden später verwandelte ich mich in ein Häufchen Elend.

Da hatte mir Angelo nämlich die Pizzatasche gereicht.

»Via Crescenzio«, sagte er dazu. »Dreimal Margherita, zweimal *prosciutto e funghi.*« Schinken und Pilze, lecker.

Ich kannte die Straße. Sie verlief nördlich von hier und führte schnurgerade vom Vatikan zur Piazza Cavour. Schnell warf ich einen Blick auf die Adresse. Musste irgendwo hinter der Engelsburg sein. Das war verdammt weit weg. Und es handelte sich um eine viel befahrene Straße.

»Wer zur Hölle will morgens um neun Pizza essen?«, fragte ich.

»Du sollst nicht fluchen«, mahnte Santo und wies mit dem Finger nach oben.

Pah!

Der liebe Gott hatte bestimmt Wichtigeres zu tun. als eine Pizzabotin zu bestrafen, die das Heim seines ewigen Feindes erwähnte.

Andererseits – es konnte nicht schaden, sich mit dem da oben gut zu stellen. Ich fuhr lieber mit als ohne seinen Segen Mofa.

»Entschuldigung«, sagte ich daher sehr laut. Nur zur Sicherheit, damit es im Himmel auch ankam.

Santo zuckte erschrocken zusammen. »Warum schreist du so?«

»Entschuldigung«, wiederholte ich, diesmal leiser. Dann formulierte ich meine Frage um: »Wer um Himmels willen will morgens um neun Pizza essen?«

Klang schon viel besser.

»Das sind natürlich Touristen«, erklärte Santo überzeugt. »Ein Römer tut so etwas nicht.«

Okay, aber das half mir nicht viel. Mein Freund erwartete trotzdem, dass ich gleich losfuhr.

»Wo ist Esther?«, fragte ich schnell. Vielleicht konnte sie mich noch irgendwie retten.

»Sie … schläft noch.« Dabei überzog eine leichte Röte seine Wange.

Mamma mia! Santo und Esther hatten also ausgiebig Wiedersehen gefeiert.

»Wir haben …«

Schnell hob ich die Hand, um ihn zu unterbrechen. Allzu genau wollte ich das jetzt nicht wissen.

»Bin schon weg.«

Ich schnappte mir die Tasche und schnallte sie auf den Gepäckträger des Mofas. Dann hatte ich eine Weile damit zu tun, es zu starten und loszufahren. Schön mit den Füßen am Boden, versteht sich.

»Sieh zu, dass du vor morgen dort ankommst!«, rief Santo mir nach.

Mir blieb keine Wahl. Ich musste richtig fahren. Und – hey – nach einer Weile ging es ganz gut. Sogar auf der belebten Via Crescenzio kam ich voran. Allerdings bremste ich ein paarmal ziemlich heftig und fuhr an den Ampeln etwas ruckartig an. Schätzungsweise waren danach alle fünf Pizzen mit Schinken und Pilzen belegt. Endlich lieferte ich sie ab, wurde bezahlt und bekam von einem sommersprossigen Engländer fünf Euro Trinkgeld.

Anständig!

Und so begann sie, meine Karriere als Pizzabotin, und bald tat ich nichts anderes mehr.

Anfangs hatte ich den Verdacht, dass ein paar der Leute im Viertel nur deshalb bei Santo bestellten, weil sie sehen wollten, wie ich scheiterte. Aber nach ein paar Tagen hatte sich das erledigt, und im Laufe der Woche fühlte ich mich, als hätte ich nie etwas anderes getan, obwohl noch so einiges schiefging. Zum Beispiel besaß das Mofa kein Navi, und so landete ich mehrmals bei Adressen, an denen mir die Leute erklärten, sie hätten ganz bestimmt keine Pizza bestellt. Schon gar nicht mit Salami, sie seien nämlich Veganer. Dieser Trend schien auch in Italien mehr und mehr um sich zu greifen.

Aber immerhin! Die menschenscheue Sina Wagner, die zu Panikattacken neigte, wenn zu viele Personen auf einmal um sie herum waren, raste mit einem Mofa durch die proppenvolle Stadt und lieferte Pizza aus.

Santo hatte recht gehabt. Ich musste einfach rein ins Gewühl. War die ersten Tage nicht leicht gewesen, und ich war mehr als einmal mit labbrigen Pizzen und schweißgebadet zurückgekommen. Unfähig, noch einen Meter weiterzufahren. Außerstande, den Verkehr auf der Via della Conciliazione zu meistern.

Santo hatte eine Engelsgeduld an den Tag gelegt. Anders als bei seinem Sohn. Er hatte mich einfach wieder mit frischen Pizzen losgeschickt. Jeden Tag aufs Neue. So lange, bis es klappte.

Natürlich fuhr ich nicht durch ganz Rom, es gab reichlich Konkurrenz für uns, aber im Borgo und darüber hinaus gehörte ich bald zum Straßenbild. Und ich lachte herzhaft, wenn mir ein paar Bauarbeiter oder Straßenhändler bewundernde Pfiffe nachschickten. Ich dachte nicht mehr, dass sie mich verwechselt haben mussten, ich fand, sie hatten einen guten Geschmack.

Und ich war glücklich. Endlich fühlte ich mich wie ein vollwertiges Mitglied der Gesellschaft, nicht nur wie ein Schmarotzer.

Ich vergaß sogar Ettore und war abends sowieso viel zu müde, um mich nach ihm zu sehnen.

Kaum lag ich in meinem Bett, schlief ich auch schon tief und fest.

Meine Eltern reisten nach drei Tagen in der Ewigen Stadt wieder ab. Mama hatte alles gesehen, was sie wollte, inklusive San Clemente, und Papa hatte sich noch zweimal mit Onkel Thilo getroffen. Mit vor Stolz geschwellter Brust erzählte er, wie sehr sein großer Bruder gestaunt habe, dass er sich so gut in dessen Arbeit auskannte. Und sogar ein wenig Latein beherrschte! Er hätte einsehen müssen, dass Ragnar nicht bloß ein dummer Bauer war. Und sie hätten einen Gegenbesuch schon fest eingeplant. Thilo sei nämlich ein bisschen blass um die Nase und müsse mal raus.

Das freute mich, denn ich machte mir nach wie vor Sorgen um meinen Onkel. Und mit Antje würde er wohl klarkommen. Die Rosskur hatte geholfen. Da waren bestimmt keine fehlgeleiteten Gefühle mehr übrig.

Meine Eltern waren also zufrieden mit dem Ausgang ihrer Reise, und sie waren sogar stolz auf die todesmutige Pizzabotin, vermutlich mehr als auf die ängstliche Lehrerin.

Aber nun rief die Heimat. Mama vermisste ihren Kaffee, Papa seine Kühe.

Sie drückten mich fest, wobei Papa mir vermutlich zwei Rippen brach, und winkten mir dann zu, als sie in dem alten Opel abfuhren.

Dann bremste Papa noch einmal und beugte sich aus dem Autofenster. »Ich habe was vergessen, Sina!«, rief er. »Ich wollte dir noch von Pietro sagen, dass …«

»Tschüss, Papa!«, schrie ich schnell. »Gute Fahrt!«

Ich wollte nichts hören. Ebenso wie Ettore würde ich auch Pietro aus meinen Gedanken verbannen. Zu dumm nur, dass mit dem einen Mann partout nicht klappen wollte, was mit dem anderen so anstandslos funktioniert hatte.

An diesem Sonntagabend Anfang November saß ich im Wohnzimmer auf dem Sofa. Esther lebte inzwischen bei Santo, und ich hatte die große Wohnung wieder für mich allein. Was mir nicht besonders gefiel. Aber ich wusste nicht, was ich daran ändern sollte. Vielleicht Mitbewohner aufnehmen? Doch mir graute vor Touristen, die ganz neu in der Stadt waren und wer weiß wie viel Hilfe von mir brauchten.

Ha!, dachte ich. Ganz schön eingebildet geworden, Sina! Aber ich fühlte mich inzwischen eben mehr als Römerin denn als Ausländerin.

Müde streckte ich die Glieder. Es war schon bald Mitternacht, und ich war zehn Stunden lang unterwegs gewesen. Richtig ausruhen konnte ich mich erst morgen. Ich hatte darauf bestanden, dass der Montag als Ruhetag wiedereingeführt wurde. Die Leute in Borgo waren ja sowieso noch immer davon überzeugt, dass die Santissima an diesem Tag geschlossen war, und das Geschäft lohnte sich nicht.

Ach ja. Ich würde wahrscheinlich den ganzen Tag lang nicht aus dem Bett steigen. Andererseits – der Montag war auch wie geschaffen für längere Ausflüge. Ich könnte Ostia Antica, die versunkene Hafenstadt, besichtigen, oder Castel Gandolfo, die Sommerresidenz des Papstes.

Oder ich schaute mir endlich San Clemente an.

Andererseits wäre es auch nett, einfach mal mit meinen betagten Freundinnen abzuhängen. Die waren mir inzwischen alle wieder wohlgesonnen. Sie besaßen jetzt nagelneue Stühle in schwedischem Design, und Gelsomina hatte mitbekommen, dass ihr Enkel sich nicht mehr zu mir verirrte. Also lächelte sie mir wieder zu und schnalzte nicht mehr mit der Zunge. Ich war mir allerdings sicher, dass mich keine der vier noch einmal mit einem Enkel würde verkuppeln wollen.

War mir auch recht.

Seit Mama abgereist war, blieb der fünfte Küchenstuhl leer. Esther dachte gar nicht daran, sich da hinzusetzen. Sie fürchtete nach wie vor um ihre Adlernase. Also ja, dachte ich, es wurde Zeit, dass ich ihnen mal wieder Gesellschaft leistete.

Kurz bevor ich auf dem Sofa in einen tiefen Schlaf fiel, ging mir noch etwas anderes durch den Kopf, das ich unbedingt erledigen wollte. Ich wusste nur nicht, ob ich schon den Mut dazu aufbringen würde. Und ich fürchtete mich vor Santos Reaktion.

Gut möglich, dass ich in Zukunft nur noch seinen Rücken sehen würde.

21
Eine Ohrfeige für Pietro

Am darauffolgenden Tag betrat ich gegen Mittag die Pizzeria. Meine Schritte waren verhalten, und ich war noch ganz erfüllt von dem, was ich an diesem Vormittag erlebt hatte. Noch konnte ich es selbst kaum glauben.

Santo putzte gerade den Ofen und sah mich erstaunt an.

»Was machst du denn hier? Ich dachte, wir müssten heute den Ruhetag einhalten?«

»Das stimmt auch«, gab ich zurück. Ich hielt den Blick gesenkt, weil ich nicht so recht wusste, wie ich ihm die Neuigkeit beibringen sollte, ohne ihn zu verletzen. Die Neuigkeit, die ich selbst erst seit etwas mehr als einer Stunde kannte.

Ich hatte ihm so viel zu verdanken, und nun sah ich mich gezwungen, seine Freundschaft zu verraten.

Na, vielleicht war es nicht ganz so dramatisch, aber es fühlte sich so an.

»Also, was willst du dann hier?«

»Genau«, stimmte Esther ein, die mit einem Eimer voller Schmutzwasser aus der Speisekammer kam. »Was willst du hier?«

Mist! Ich hatte gehofft, Santo erst mal allein sprechen zu können. Wäre einfacher gewesen. So aber sah ich mich jetzt einer doppelten Front gegenüber.

Leise knirschte ich mit den Zähnen, setzte mich auf meinen Lieblingshocker und suchte nach den richtigen Worten. Ich musste es ihm irgendwie diplomatisch beibringen.

Santo schob mir einen Espresso hin.

»Danke. Ich kündige.«

Ach ja, diplomatisch.

»Bist du irre?«, fragte Esther und umklammerte fest den Henkel des Eimers. »Ausgerechnet jetzt, wo es einigermaßen gut läuft? Wieso willst du schon wieder aufgeben?«

Santo sagte nichts, wartete nur ab.

»Ich bin dir wirklich sehr dankbar«, versuchte ich es erneut. »Aber ich werde das nicht mehr schaffen, weil … weil ich einen anderen Job habe.«

»Bei der Konkurrenz, oder wie?«, fragte Esther streng. »Santo hat dir alles beigebracht, und nun läufst du zum Feind über.«

Ich fand das ziemlich übertrieben, schließlich entwickelte ich keine künstliche Intelligenz und baute auch keine Nuklearwaffen. Aber ich wartete, bis sie noch eine Runde geschimpft hatte, bevor ich leise sagte: »Ich werde wieder in meinem Beruf arbeiten.«

Esther starrte mich an. »Als Lehrerin?«

»Genau.«

»Das heißt, du willst weg? Zurück nach Norderbüll? Dann war ja alles umsonst!« Sie sah aus, als ob sie mir gleich den Eimer mit Schmutzwasser über den Kopf gießen wollte.

»Ähm, nein. Ich bleibe hier.«

»Jetzt kapier ich gar nichts mehr.« Wenigstens stellte sie den Eimer ab.

»Man hat mir eine Stelle an der Deutschen Schule

in Rom angeboten«, begann ich und redete hastig weiter. »Vorerst nur ein paar Stunden in der Woche zur Probe, und natürlich auch erst, nachdem ich mich offiziell beworben habe. Aber ich bin vorhin einfach mal vorbeigefahren und habe mich vorgestellt. Tatsächlich fehlt ihnen eine Lehrkraft in Kunst, und ich könnte schon Mitte des Monats anfangen. So viel Glück muss man erst mal haben …« Ich brach ab, weil mir die Luft ausging.

Ein, zwei Sekunden lang herrschte absolute Stille in der Küche. Ich fühlte mich gar nicht gut dabei.

Gleich würden sie mich für verrückt erklären, mir sagen, dass ich mich überschätzte, dass ich mir viel zu viel vornahm. Bloß weil ich mich inzwischen als Pizzabotin ganz gut schlug, könne ich doch nicht gleich in einem richtigen Beruf arbeiten.

Doch dann hob Santo die Hände und applaudierte mir, während Esther ein Indianergeheul vom Stapel ließ, das sehr viel schlimmer war als ihr Pferdelachen.

Okay, das hieß wohl, sie waren stolz auf mich.

Von draußen schauten ein paar entsetzte Gesichter durch das Schaufenster herein.

Als meine Freunde sich wieder beruhigt hatten, fügte ich hinzu: »Es tut mir so leid, dass ich dich im Stich lasse, Santo.«

»Das macht nichts«, erklärte Esther. »Den Job übernehme ich.«

»DU?«

»Klar, traust du mir das etwa nicht zu?«

Einen Moment lang stellte ich mir die lange, knochige Esther auf dem eher kleinen Mofa vor, wie sie das Viertel aufmischte. Aber dann strahlte ich sie an. »Dir traue ich alles zu.«

»Dann wäre das ja geklärt«, sagte sie, kippte den Eimer mit Schmutzwasser draußen aus, woraufhin die Schaulustigen das Weite suchten, und machte sich wieder ans Werk. Santo auch.

Ich schaute von einem zum anderen und liebte sie beide sehr.

Eine Woche lang arbeitete ich noch als Pizzabotin. Ich musste sowieso noch meine Bewerbungsunterlagen für die Schule zusammenstellen und sollte erst Mitte des Monats dort anfangen. Außerdem brauchte Esther ein wenig Zeit, um sich einzugewöhnen. Ich staunte allerdings und war ein bisschen neidisch, weil sie so schnell mit dem Mofa zurechtkam und auch keinerlei Probleme hatte, sich in den Straßen und Gassen zu orientieren. Nicht ein einziges Mal klingelte sie bei der falschen Adresse.

»Ich habe ja nicht monatelang auf der Dachterrasse rumgelegen«, erklärte sie, als ich sie darauf ansprach. »Ich kenne meine Stadt.«

»Aber Trinkgeld bekommst du keines«, sagte ich mit leiser Schadenfreude.

»Stimmt, das verstehe ich wirklich nicht«, gab sie düster zurück.

»Vielleicht solltest du ein wenig freundlicher zu den Leuten sein.«

»Papperlapapp! Die können froh sein, dass eine ehemalige Schulrektorin sie überhaupt bedient.«

Ich zog es vor, nicht weiter darauf einzugehen.

Der Herbst hatte inzwischen auch in Rom Einzug gehalten, aber noch immer gab es sonnige, warme Tage, und es fiel mir schwer zu glauben, dass es bereits Mitte November war.

Der folgende Sonntag war ein solcher Tag. Ein weiter und wolkenloser Himmel wölbte sich über die sieben Hügel der Ewigen Stadt, die Luft war mild, nachdem es ein paar Tage lang richtig kalt gewesen war, und die Menschen ließen ihre dicken Jacken und Mützen wieder im Schrank, wenn sie auf die Straße gingen.

Am Vormittag hatte es keine Bestellungen gegeben. Der November gehörte neben dem Januar zu den Monaten, in denen nur wenige Touristen nach Rom kamen. Und das waren meistens Kenner der italienischen Lebensart, die erstens wussten, dass sie in diesen Wochen leichten Zutritt zu den verschiedenen Sehenswürdigkeiten bekamen, und zweitens, dass sie vormittags selbstverständlich nur einen Cappuccino und ein *cornetto*, ein süßes Hörnchen, zu sich nehmen durften.

Also lungerte ich eine ganze Weile tatenlos erst in meiner Wohnung und dann unten bei Santo rum. Ich überlegte, irgendwas zu unternehmen. Noch immer hatte ich vieles in Rom nicht gesehen. Doch ein Ausflug war nicht möglich, da ich ja in Bereitschaft bleiben musste.

Endlich, gegen Mittag, traf die erste Bestellung des Tages ein.

»Fünf Pizzen in die Vatikanstadt«, sagte Santo eine halbe Stunde später und reichte mir die Tasche. »Hier hast du die Adresse, und ich habe für dich auch wieder Zettel draufgeklebt.«

Ich nickte. Santo schrieb mir immer auf, für wen welche Pizza war. Das sparte viel Zeit. Er selbst behauptete zwar, er könne durch den Karton riechen, um welche Sorte es sich handelte, aber das glaubte ich ihm einfach nicht. Für mich rochen sie alle gleich, mal abgesehen von der mit Thunfisch und Zwiebeln. Die konnte sogar ich von den anderen unterscheiden.

Ich fuhr los, direkt auf die Porta Sant'Anna zu. Dort wurde ich anstandslos durchgelassen. Man kannte mich, und ich brauchte auch keinen Ausweis mehr.

Selbst ACHim hielt mich nie auf. Vielleicht erkannte er mich nicht, oder es war ihm egal. Auch Schweizergardisten waren scharf auf Santos Pizzen.

Leise kichernd fragte ich mich, wie es Esther wohl ergehen würde, wenn sie das erste Mal hierherkam. Aber so wie ich meine Freundin kannte, würde sie auch das schaffen.

Dann fuhr ich langsam durch das Tor, wobei ich darauf achten musste, einer großen schweren Limousine auszuweichen, die mich sonst zerquetscht hätte.

Wieder einmal staunte ich, wie normal es in der Vatikanstadt aussah. Die ganze Abschottung ließ die Fantasie der Menschen blühen, die noch nie einen Blick hatten hineinwerfen dürfen. Als normaler Besucher der vatikanischen Museen bekam man ja lediglich eine Ecke der wunderschönen Gärten zu sehen. Manche erwarteten vielleicht, dass die Straßen hier mit Gold gepflastert waren, die Einwohner zehn Zentimeter über dem Boden schwebten und die Häuser mit Edelsteinen geschmückt waren. Doch die Gassen des Vatikans sahen kaum anders aus als die Gassen von Rom. Die hohen sandfarbenen Gebäude wirkten eher schlicht, und die Passanten trugen mehrheitlich dunkle Soutanen. Und mit ihren robusten schwarzen Schuhen traten sie fest auf den Boden auf. Da schwebte niemand.

Jedoch herrschte hier eine gewisse Ruhe, und es kam mir bei jedem Besuch so vor, als befände ich mich auf einer friedlichen Insel inmitten der lauten, geschäftigen Großstadt.

Trotzdem fand auch innerhalb der dicken Mauern das ganz normale Leben statt. Es gab mehrere Kaffeebars, einen Zeitungskiosk und Handwerksbetriebe, zum Beispiel eine Schneiderwerkstatt und einen Schuhmacher. Es gab sogar einen Supermarkt und eine Apotheke.

Genau dorthin fuhr ich jetzt, zur Farmacia Vaticana. Ich dachte mir, ich müsste in eine der Wohnungen darüber, aber dann stellte ich fest, dass genau die Apotheke mein Ziel war.

Auch gut.

Ich bockte mein Mofa auf, schnappte mir die Liefertasche und ging hinein.

Dann blieb ich erschrocken stehen, weil ich ein paar Männer sah, die hinter dem Verkaufstresen standen und in ein Gespräch vertieft waren.

Zwei von ihnen kannte ich nur zu gut.

»Ich glaube, unsere Pizzen sind da«, sagte Pietro, ohne aufzublicken. »Lasst uns Pause machen.«

»Gut«, erwiderte Onkel Thilo. »Über das neue Medikament können wir nachher noch sprechen.«

Später – also, sehr viel später – sollte ich erfahren, dass der Kardinal und seine Mitarbeiter schon seit Monaten über einer besonderen Rezeptur brüteten. Sie bestand vorwiegend aus Kräutern und sollte künftig als »heiliges Mittel« in der Farmacia Vaticana verkauft werden. Also: Wer die Kräuter zu sich nahm, sollte ein besserer Mensch werden, vielleicht sogar ein Heiliger.

Na ja. Business as usual im Vatikan.

Und auch, wie Pietro in der Sache mit drinhing, sollte ich dann verstehen.

»Es sei denn, der Pizzabote weigert sich, die Lieferung bei uns abzugeben«, fügte Pietro lachend hinzu und sah mir jetzt in die Augen.

Dann stutzte er, als er mich erkannte.

»Sina«, sagte er. »Was machst du denn hier?«

Seit wann duzte er mich? Auch egal. Klang gut.

Onkel Thilo bemerkte mich ebenfalls.

Die anderen drei Männer wunderten sich nur und schauten verwirrt von einem zum anderen.

»Hallo«, sagte Onkel Thilo, der sich schnell von seiner Überraschung erholte. Er wusste offensichtlich über meinen Job Bescheid. Schätzungsweise hatte Papa ihm davon erzählt.

Mir hatte es die Sprache verschlagen.

»Ich sehe, dir geht es gut«, sagte er.

Ich schwieg und stand wie festgetackert in der Tür.

»Komm rein«, forderte der Kardinal mich auf.

Keine Chance. Seit einer kleinen Ewigkeit hatte ich Pietro nicht mehr gesehen, und nun war er hier, keine zwei Meter von mir entfernt, und mein Körper, mein Herz und meine Seele reagierten so heftig auf ihn, dass es einem eine Riesenangst einjagen konnte.

Ich krallte meine Finger in die Pizzatasche und rührte mich nicht.

Mein Onkel verlor die Geduld. Oder er hatte einfach Hunger. »Sina, was soll dieses alberne Getue?«

Er kam zu mir und wollte mir die Tasche aus den Händen reißen. Ging bloß nicht. Dafür hätte er Gelsominas Hilfe gebraucht. Die war gut darin, einem die Finger zu verbiegen.

Er zog also … und ich hielt eisern fest. Bevor einer der anderen eingreifen konnte, riss die Tasche in der Mitte durch. Santo benutzte die wohl schon ziemlich lange.

Fünf Pizzaschachteln fielen zu Boden. Zum Glück schienen sie heil geblieben zu sein, denn auch unter Schock hatte ich meinen Stolz als Pizzabotin.

Nur von einem der Kartons fiel der Klebezettel ab.

Die Männer stürzten sich buchstäblich auf ihre Pizzen.

Als Letzter griff Pietro nach dem zettellosen Karton, wobei er mich nicht aus den Augen ließ.

»Sina …«

Endlich konnte ich mich wieder bewegen. Wie in Zeitlupe drehte ich mich um und wollte fliehen, als ich auf den Klebezettel trat. Ich bückte mich, während hinter mir die Kartons schon geöffnet wurden.

Ich hob den Zettel hoch, las, was draufstand, wirbelte herum und holte aus.

Pietro, der gerade in ein saftiges Pizzastück beißen wollte, bekam die Ohrfeige seines Lebens.

Dann wurde ich ohnmächtig.

War ja lange nicht mehr passiert. Aber ich hatte meine Gründe.

22
Pizza mortale

Als ich wieder zu mir kam, lag ich auf dem Boden der Apotheke, schaute direkt in Pietros Gesicht und nahm jede Einzelheit in mich auf, als sähe ich ihn zum ersten Mal. Die hellen Augen unter den dunklen Locken, die edle Nase über dem kantigen Kinn, der Blick, der so warm und zärtlich war, der volle Mund, der jetzt leicht lächelte, weil ich wach war. Mein Herz tat, was es immer tat, wenn es ihn sah, aber diesmal war es auch mit Glück erfüllt, weil ich den Mann gerettet hatte, den ich liebte. Genauer gesagt den Mann, den ich nicht lieben durfte.

Außer uns war nur noch Onkel Thilo da. Die anderen Würdenträger hatten sich verkrümelt.

Samt ihrer Pizzen.

Ganz schön mutig, fand ich.

Ich setzte mich auf. Stehen traute ich mir noch nicht zu. Pietro kniete neben mir.

»Was ist passiert?«, wollte er wissen. Auf seiner linken Wange zeichnete sich der Abdruck meiner Hand ab, doch er schien mir deswegen nicht böse zu sein. Vielmehr schaute er mich wieder einmal so an, wie er mich nicht anschauen durfte.

»Der Zettel«, röchelte ich.

Onkel Thilo kam mit einem Glas Wasser. Ich trank.

»Danke.«

Inzwischen hatte Pietro den Klebezettel gefunden und las ihn aufmerksam. Dann noch einmal. Aber er schien nicht zu verstehen.

»Ja, und?«, fragte er schließlich.

»Ich habe es verhindert«, sagte ich und spürte, wie ein mächtiger Stolz in mir aufstieg. Zwar fehlte ein Glied in der Kette meiner Schlussfolgerungen, aber ich achtete nicht weiter darauf. Ob ich wohl eine Belohnung bekommen würde? Oder wenigstens einen schicken Orden? Würde sich vielleicht Onkel Thilo schon zu meinen Lebzeiten mit mir befassen müssen? Ging das überhaupt? Konnte ein Lebender heiliggesprochen werden?

»Was hast du verhindert?«, erkundigte sich Pietro, bevor ich den Kardinal danach fragen konnte. Ich stellte mir schon vor, wie ich als die Heilige Sina nach Norderbüll zurückkehren würde. Der blöde Jan Dierksen würde Augen machen!

Ich wunderte mich kurz. Jan Dierksen? Was hatte der noch in meinen Gedanken zu suchen? Der Mann war so was von unwichtig geworden. Weg mit dem! Und nach Norderbüll würden mich meine Wege bestimmt nicht so schnell führen.

Vielleicht besser so. Katholische Heilige waren in Nordfriesland nicht besonders hoch angesehen.

»Sina«, mahnte Pietro und wiederholte seine Frage: »Was hast du verhindert? Kannst du mir das bitte erklären?«

Der war aber schwer von Begriff! Egal, ich liebte ihn trotzdem. Durfte eine Heilige eigentlich einen einfachen Priester lieben? Wir würden dann doch irgendwie über allem Weltlichen stehen, oder?

»Da steht es doch«, sagte ich geduldig und zeigte auf

den Zettel. »*Pizza mortale per il papa*. Tödliche Pizza für den Papst.«

Ich bemühte mich um einen bescheiden-heiligen Gesichtsausdruck.

Onkel Thilo gab seltsame Geräusche von sich, dann prustete er los.

»Bist du verrückt geworden?«, fragte ich ihn. »Findest du es etwa lustig, dass jemand unseren Heiligen Vater ermorden will? Wahrscheinlich mit einer ganzen Ladung Gift, die der arme Santo unwissentlich auf die Pizza geschmiert hat?«

Denn das war mir sofort klar gewesen: Santo kam als Mörder nicht infrage. Er war nur das ahnungslose Werkzeug. Wer der wahre Schuldige war, wusste ich natürlich nicht. Aber da gab es bestimmt einige Kandidaten.

Um Pietros Mundwinkel zuckte es jetzt auch.

Ich stieß meinen Finger in seinen Oberarm unter dem schwarzen Hemd. Der Fingernagel brach beinahe ab, weil ich auf knallharte Muskeln traf. »Wie kommst du überhaupt dazu, die Pizza für den Papst zu essen? Du hättest sterben können! Und dann … und dann …«

»Was dann?«, fragte er sehr sanft. »Wärst du traurig gewesen?«

Bevor ich antworten konnte, wischte sich Onkel Thilo mit einem Zipfel seiner Soutane die Lachtränen aus dem Gesicht und sagte: »Hör mal, Sina, du hast da etwas falsch verstanden. *Mortale* heißt in diesem Fall nicht wirklich tödlich, sondern nur sehr, sehr scharf.«

»Du willst mich wohl verschaukeln. Dann würde *pizza alla diavola* draufstehen.« Was so viel hieß wie teuflisch scharf.

Er nickte. »Das stimmt schon, aber wir ziehen es vor,

diesen Namen innerhalb der Mauern des Vatikan nicht zu erwähnen.«

Oha! Ich verstand. Das war wie mit Lord Voldemort in Hogwarts.

»Aber der *papa* ist immer noch der Papst«, sagte ich, um wenigstens einen Teil meiner Selbstachtung zu bewahren. Wie es korrekt war, betonte ich *papa* auf dem ersten »a«.

»Da hast du aber den Akzent übersehen«, konterte Onkel Thilo gnadenlos. »Da steht *papà*, nicht *papa*.« Mit Betonung auf dem zweiten »a«.

»Hä?« Mit Betonung auf dem einzigen »ä«.

»Papà«, sagte Onkel Thilo noch einmal. »Wie Vater.«

»Quatsch. Wer soll denn hier der Vater sein? Unter lauter Priestern?«

»Ich«, sagte Pietro.

»Er«, sagte Onkel Thilo und deutete auf Pietro.

Eine neue Ohnmacht wäre jetzt willkommen gewesen, aber selbst dazu war ich viel zu geschockt.

»Du … du hast … mit einer Frau …«

»Ja, mit einer Frau«, sagte er schmunzelnd. »So funktioniert das normalerweise.«

»Wieso bist du nicht exkommuniziert und aller Würden beraubt worden?«

Onkel Thilo trat näher. »Ich glaube, sie hat sich den Kopf gestoßen.«

»Nein«, entgegnete Pietro, der plötzlich aussah, als würde er einen ganz wichtigen Zusammenhang begreifen. »Sie glaubt, ich bin ein Priester.«

Der Kardinal wurde rot. »Ach, du meine Güte. Als sie das erste Mal bei mir aufgetaucht ist, dachte ich das auch. Aber ich war davon überzeugt, das hätte sich inzwischen geklärt. Spätestens mein Bruder wollte ihr doch sagen, dass …«

Er kam nicht weiter, weil ich abrupt aufsprang und vor den beiden Männern zurückwich.

»Du bist kein Priester?«, fragte ich Pietro tonlos.

»Nein«, sagte er. »Und ich hatte keine Ahnung, dass du davon ausgegangen bist.«

»Nun, du wohnst in einem Haus mit lauter Kardinälen, du trägst schwarze Klamotten, du trainierst eine Fußballmannschaft der Kirchengemeinde, du hältst dich im Vatikan auf, du kennst dich mit Arzneien aus wie ein Mönch, du …«

Ich biss mir fest auf die Innenseite meiner Wange, bevor ich das Foto erwähnen konnte.

»Gedeckte Kleidung ist hier erwünscht«, entgegnete er. »Und die Wohnung, in der ich lebe, gehört einem Verwandten, der tatsächlich ein Mann der Kirche ist. Was meinen Beruf angeht«, er warf einen Blick zu den Regalen mit Medikamenten, »ich bin der Apotheker der Farmacia Vaticana.«

Eine verflixt logische Erklärung, zu der ich vielleicht auch hätte gelangen können, wenn ich nicht so verblendet gewesen wäre.

Ich schloss kurz die Augen und dachte scharf nach, bevor mich die Scham übermannen konnte.

Wie war ich bloß darauf gekommen? Okay, das Foto. Die Priester auf dem Petersplatz, und bei ihnen Pietro in schwarzen Klamotten. Die Vermutung, er sei ebenfalls ein Diener Gottes, hatte wirklich nahegelegen. Esther hatte das ja ebenfalls so gesehen und dann ständig von Pater Ralph und den *Dornenvögeln* angefangen. Tja, und bei den Gelegenheiten, bei denen wir uns begegnet waren, hatte nichts auf etwas anderes hingedeutet.

Allein sein Name! Der heilige Petrus. Und die Leute,

die mich hätten aufklären können, hatten es nicht getan. Allen voran Onkel Thilo. Aber auch Santo und sogar Papa. Okay, Santo und Papa hatten es versucht, aber ich hatte sie nie zu Wort kommen lassen. Und ja, auch Onkel Thilo, als ich ihm und Pietro vor ihrem Haus begegnet war.

Trotzdem. Sie hätten sich durchsetzen müssen!

Und Onkel Thilo. Ha! Der hatte es mir am Anfang bestimmt aus purer Gemeinheit verschwiegen.

Ich starrte ihn an, bis die Luft vor meinen Augen rot flimmerte.

Alle hatten mich hintergangen!

Und jetzt hatte ich mich so unglaublich lächerlich gemacht!

Kaum hörte ich noch, wie Pietro sagte: »Ich bin übrigens geschieden, mein Sohn Francesco ist zehn Jahre alt.« Da war ich schon halb aus der Apotheke raus, sprang auf mein Mofa und legte einen Kavalierstart hin.

Hui! Fast hätte ich mich überschlagen!

Aber dann kippte es wieder nach vorn, und ich düste los. Die Schweizergardisten sprangen zur Seite, während ich durch die Porta Sant'Anna und in das Straßengewirr Roms schoss. Ich hatte keine Ahnung, wohin.

Nach Hause wollte ich nicht. Niemand sollte heute mehr Gelegenheit haben, über mich zu lachen.

Sonst kannte ich niemanden so gut, dass ich einfach bei demjenigen hätte klingeln können. Mir fiel auch niemand ein, der sich nicht über meine Dummheit schlappgelacht hätte. Selbst Santo oder Esther würden sich vielleicht nicht zurückhalten können. Wie hatte ich auch nur so blöd sein können! Der Papst, der eine Pizza in die Apotheke bestellte? Hallo? Der hatte ja wohl seinen Privatsekretär, der so etwas für ihn erledigte und die Pizza dann in die Privatgemächer kommen ließ. Und ein potenzieller Mörder, der seine Absicht auch noch auf einen Zettel schrieb? Ebenfalls nicht nachvollziehbar. Es gab nur eine Erklärung für diesen peinlichen Aussetzer in meinem logischen Denken: Ich hatte unter Schock gestanden. Nur wusste ich nicht, wie ich das jemandem erklären sollte.

Ich fuhr und fuhr, bis mir der Sprit ausging. Erst da kam ich wieder zu mir.

In einiger Entfernung erhob sich das Kolosseum.

Ich ließ das Mofa liegen und lief los. Sollte jemand es doch klauen. Santo hatte es nicht anders verdient.

Kurz bevor ich die antike Arena erreichte, bog ich ab, weil mir plötzlich ein passenderes Ziel einfiel. Nur gut, dass ich in meinen ersten Wochen, als ich das Haus nicht verließ, Google Maps so intensiv studiert hatte, dass ich die Sehenswürdigkeiten wie meine eigene Westentasche kannte.

Ab und an meinte ich hinter mir eine Stimme meinen Namen rufen zu hören, aber ich hatte keinen Nerv für einen weiteren Streich meines Geisteszustandes. Jetzt, wo ich endlich Teufelchen losgeworden war.

Als ich zehn Minuten später San Clemente erreichte und eintrat, hatte ich keinen Blick für das prachtvolle Kircheninnere mit den schönen Mosaiken übrig. Ich suchte und fand den Weg nach unten, hielt mich aber auch in der Säulenbasilika aus dem vierten Jahrhundert nicht auf, sondern stieg zum römischen Wohnhaus hinab und betrat schließlich den Tempel des Mithras.

Dort in der Grotte hockte ich mich verschwitzt und atemlos auf eine der Sitzbänke an der Wand und starrte auf den lehmigen Boden.

Eigentlich hätte ich eine offizielle Führung abwarten

müssen, das wusste ich von Heinz und Henriette, aber es war niemand in der Nähe gewesen, und so hatte ich mich allein nach unten schleichen können. Vermutlich hätte mich auch niemand aufhalten können. So groß war mein Bedürfnis, tiefer und tiefer zu gelangen. Bis mich kein Mensch mehr sehen konnte. Bis niemand mehr über mich lachen konnte.

Alternativ hätte ich mich in den Katakomben von Rom verkriechen können, überlegte ich, aber vielleicht war es Schicksal, dass mein Mofa hier in der Nähe verreckt war. Immerhin verspürte ich seit meiner Ankunft in der Ewigen Stadt eine magische Anziehung zu San Clemente.

Natürlich wusste ich dank Heinz auch, dass es vor Jahrhunderten verboten worden war, Mithras anzubeten, aber inzwischen herrschte Religionsfreiheit. Konnte ich vielleicht hier unten ganz im Geheimen meinen Glauben wechseln? Eigentlich war dieser Mithras doch klasse gewesen. Hatte Wohlstand und Reichtum über die Welt gebracht, als er den Stier tötete, dessen Blut den Boden befruchtete.

So ungefähr. Ich erinnerte mich nicht mehr an alle Einzelheiten aus dem Studium.

Auf jeden Fall wollte ich dem Katholizismus abschwören. Das waren doch sowieso bloß alles Lügner und Heuchler.

Ein kleiner verstohlener Gedanke wollte sich trotzdem hartnäckig in meinen Kopf schleichen.

Ein Gedanke über Pietro, der gar nicht zölibatär leben musste und den ich nun doch lieben durfte.

Aber ich drängte ihn beiseite. Ich war viel zu verletzt, viel zu beschämt.

Wie viel Zeit vergangen war, bis ich Schritte auf den

Steinstufen hörte, wusste ich nicht. Mir war inzwischen kalt geworden, und ich klapperte mit den Zähnen. Doch ich konnte mich nicht vom Fleck rühren.

»Sina«, sagte Pietro leise.

Für einen Moment glaubte ich an eine Erscheinung.

Hatte mein neuer Gott Mithras Erbarmen mit mir gehabt und ihn mir geschickt?

Dann rieb ich mir die Augen und kam wieder zu Verstand.

»Woher wusstest du, wo ich bin?«

In dem niedrigen Gewölbe musste er den Kopf einziehen, als er auf mich zukam.

»Das wusste ich nicht, aber ich bin dir nachgefahren.«

»Auf einem Mofa?«

Er lächelte. »Nein, in meinem kleinen alten Auto. War nicht ganz einfach, an dir dranzubleiben. Du bist ja gefahren wie eine Verrückte. Als du dein Mofa dann zurückgelassen hast, wurde es schwierig. Ich habe so schnell keinen Parkplatz gefunden, und dann warst du weg. Aber ich habe Esther angerufen, und die wiederum hat nach Deutschland telefoniert. Als Antje erfuhr, in welcher Gegend du bist, hat sie sich daran erinnert, dass du oft von San Clemente gesprochen hast. Also bin ich hergekommen. Einen Versuch war es wert.«

Ich schwieg, als er sich neben mich auf die Sitzbank hockte. Mein Herz hatte vor Schreck aufgehört zu schlagen, jetzt klopfte es wieder, aber äußerst vorsichtig.

»Verzeih mir«, bat Pietro, als ich immer noch nichts sagte. »Ich dachte, du wolltest einfach nichts mit mir zu tun haben. Du bist mir nur noch aus dem Weg gegangen. Also war ich schließlich davon überzeugt, dass du meine Gefühle nicht erwiderst.«

Ich musste hart schlucken. »Welche Gefühle?«

Er zögerte, aber dann nahm er seinen ganzen Mut zusammen. »Ich liebe dich, Sina.«

»Seit wann?«

Großartig!

Ich hätte mir selbst eine knallen können. Was war das denn für eine Frage? Ein Mann – der Mann meiner Träume – erklärte mir endlich seine Liebe, doch statt glücklich in seine Arme zu sinken, fragte ich, wie lange schon.

Pietro legte die Stirn in Falten, dann lächelte er. »Seit dem ersten Tag, an dem ich dich gesehen habe. Es war der Morgen bei deinem Onkel.«

Ich erinnerte mich sehr gut an diesen Morgen.

Jetzt, Sina! In die Arme sinken!

Nö.

»Ich bin nicht mehr die Frau, die ich damals war.«

Hallo? Geht's noch?

Die Versuchung, mich selbst zu ohrfeigen, wurde so groß, dass ich meine Hände ineinander verknoten musste.

»Wie meinst du das?«, fragte er vorsichtig zurück.

»Damals war ich unsicher und ängstlich. Ich litt unter einer psychischen Störung, ich hatte keine Zukunft und ich war sehr … hilfsbedürftig.«

»Das bist du heute nicht mehr.«

»Nein.«

»Gott sei Dank.«

Irgendwo im Untergrund grollte etwas. Entweder war es Mithras, der den Namen seines Nachfolgers nicht erwähnt haben wollte, oder die Metro.

»Ich bin unabhängig und selbstbewusst«, erklärte ich.

»Lobet den Herrn!«, rief Pietro mit einem Augenzwinkern.

Wieder das Grollen.

Die Metro. Bitte die Metro. Sonst bekam ich es gleich mit der Angst zu tun.

»Ist das okay für dich?«, fragte ich nach. »Willst du kein ängstliches Mädchen vom Land, das du beschützen kannst?«

»Ehrlich gesagt, nein. Eine starke Partnerin ist mir lieber. Aber was ist mit dir? Ich bin ein alleinerziehender Vater. Meine Frau ist schon vor Jahren nach Mailand gezogen und hat Francesco bei mir gelassen. Kannst du damit klarkommen?«

»Wie wär's, wenn du mich erst mal fragen würdest, ob ich dich überhaupt liebe?«

Meine Hände zuckten.

»Liebst du mich?«

Da sprang ich auf und breitete meine Arme aus. »Na klar!«

Hoffentlich fragte er mich nicht, seit wann. Die Sache mit dem Foto war mir ein bisschen peinlich.

Aber Pietro fragte nicht. Er sprang ebenfalls auf ... und knallte mit dem Kopf gegen die Decke.

Zum Glück besaß er einen harten Schädel, denn er schüttelte sich bloß einmal, dann nahm er mich in die Arme und küsste mich.

Wir küssten uns sehr, sehr lange.

Keine Ahnung, was Mithras davon hielt. Vielleicht guckte er einfach weg.

Nach einer Ewigkeit löste sich Pietro von mir, hielt mich auf Armeslänge von sich und betrachtete mich mit gerunzelter Stirn.

Das war's, dachte ich. Der hat schon genug von mir.

Und ich? Tja, ich musste mir eingestehen, dass ich

vielleicht doch noch nicht so selbstsicher war, wie ich mir einredete. Schon stellte ich mir vor, wie er mich gleich verlassen würde. Wie sollte ich das ertragen?

Einmal kurz glücklich gewesen. Einmal aus der Welt gefallen und wieder zurück.

Nur mein Stolz blieb mir noch.

Ich musste hier weg, bevor ich noch auf die Knie fiel und ihn anflehte, bei mir zu bleiben. Vorsichtig schielte ich zum Aufgang. Zwei, drei Sekunden würde ich nur brauchen, und dann raus. Raus und in den verwinkelten Gassen verschwinden.

»Hast du was?«, fragte Pietro.

»Nö.« Bloß entsetzliches Herzweh.

Er ließ mich los, nahm aber so schnell meine Hand, dass jeder Fluchtversuch zwecklos war.

»Komm«, sagte er nur und zog mich hinter sich her.

Was sollte das? Wollte er mir lieber auf der Erdoberfläche mitteilen, dass er sich leider geirrt hatte? Dass er lieber eine andere küssen würde?

Ich ging mit, stieg schicksalsergeben die Stufen hinter ihm hoch, trat mit ihm aus der Kirche und bemerkte in meinem Nebel aus Kummer, dass er einen uralten Fiat fünfhundert ansteuerte, der aussah wie ein verrostetes liegen gelassenes Spielzeugauto.

Aber Pietro schloss auf, half mir beim Einsteigen und klemmte sich selbst hinters Steuer. Den Kopf musste er einziehen, und seine Knie ragten rechts und links am Lenkrad vorbei.

»Hat mal meiner Mutter gehört«, erklärte er. »Ich brauche in Rom nur selten ein Auto. Meistens steht es ungenutzt vor der Apotheke rum, aber manchmal ist es doch hilfreich.«

»Das Ding ist fahrtüchtig?«, erkundigte ich mich vorsichtig.

Im nächsten Moment drehte er den Zündschlüssel, und der Fiat sprang an. Klang ein bisschen wie mein Mofa.

Dann zuckelten wir los. Ich bekam nicht viel von der Außenwelt mit, weil ich mich erstens fragte, wann die winzige Klapperkiste unter uns zusammenbrechen würde, und zweitens, ob Pietro mich aus Rom rausbringen wollte, um mich irgendwo auszusetzen, damit ich ihm bloß nicht mehr in die Quere kam.

Immerhin war ich mittlerweile klar genug im Kopf, um Esther eine kurze Nachricht zu schicken. »Es geht mir gut. Mach dir keine Sorgen.« Mehr nicht. Wusste nicht, was.

Der Cinquecento dachte gar nicht daran, sein Leben auszuhauchen, und als ich nach einer Weile meine Umgebung wieder bewusst wahrnahm, stellte ich fest, dass wir auf der Via Cristoforo Colombo nach Südwesten fuhren und die Stadt allmählich hinter uns ließen.

Und noch immer fuhr der Fiat. Ich bemerkte, dass meine Angst und mein Kummer nur einen Teil meiner derzeitigen Empfindungen ausmachten. Viel, viel größer war die Aufregung. Beziehungsweise Erregung. Ein einziger Kuss hatte genügt, um Ettore zusammen mit Stein Junior in die Tonne zu treten. Mit Pietro, das ahnte ich, würde ich die höchsten Gipfel der Lust erklimmen.

Mist! Mein erotisches Vokabular ließ ähnlich zu wünschen übrig wie meine Erfahrung.

Na, ich würde es schon lernen.

Ja klar, ausgesetzt in der Walachei, irgendwo zwischen der Ewigen Stadt und dem Mittelmeer.

Ich traute mich kein Wort zu sagen, doch als ich zu Pietro blickte, schien ihn das nicht zu stören. Er lächelte nur selig vor sich hin. Verdammt, war der Mann schön. Aber was hatte er bloß vor?

Dann fuhr er so plötzlich von der Straße ab, dass ich einen überraschten Schrei ausstieß. Und gleich einen zweiten hinterher. Wir fuhren auf einer holprigen Landstraße, und ich klammerte mich am Haltegriff fest, der nach ein paar Sekunden mit einem leisen Knacken abbrach.

In der zunehmenden Dunkelheit sah ich, wie Pietros Blick sich verdüsterte. Wahrscheinlich würde er Schwierigkeiten haben, seiner Mama den Schaden zu erklären.

Die Landstraße ging in einen Feldweg über, der einen steilen Hügel hinaufführte.

»Kann sein, dass wir aussteigen und schieben müssen.«

»Was?«

»Der Wagen schafft die Anhöhe nicht immer. Kommt darauf an, wie schwer wir sind.«

Ich schaute angestrengt aus dem Seitenfenster. Wenn Pietro mich nach meinem Gewicht fragen wollte, würde er auf eine Mauer des Schweigens treffen.

Wie gesagt, meine Selbstsicherheit war noch nicht genügend ausgebildet.

»Früher lag diese Gegend unter dem Meeresspiegel«, erklärte mir mein Fahrer, mein Entführer, mein eventuell bombastischer Liebhaber, mein Was-auch-immer. »Zu jener Zeit war Ostia Antica eine blühende Hafenstadt. Wenn man hier übers Land streift, kann man versteinerte Meeresbewohner finden.«

Hm. Sollte ich mich jetzt darauf freuen, dass ich Seepferdchen und Muscheln sammeln durfte?

Ich schwieg lieber weiter.

Der Fiat schaffte die Anhöhe. Ich hatte mich auch wirklich ganz leicht gemacht.

Dann erreichten wir ein Haus. Es war ein flaches Gebäude mit einer rundlaufenden Veranda. Genau wie das Auto hatte es seine besten Jahre hinter sich. Es wirkte verwittert, und doch fand ich es bezaubernd.

Pietro hielt direkt vor dem Eingang. »Villa Bufetti«, sagte er.

»Bufetti?«

»So heiße ich mit Nachnamen.«

»Ach.« Mir war noch nie aufgefallen, dass ich seinen Namen nicht kannte.

»Das ist das Wochenendhaus meiner Eltern«, erklärte Pietro weiter. »Sie nutzen es aber nicht mehr oft, weil sie seit ein paar Jahren lieber ans Meer fahren. Deshalb ist es ein wenig vernachlässigt.«

Restlos verunsichert folgte ich ihm ins Haus. Im Wohnzimmer zog Pietro Bettlaken von den schlichten aber schönen Möbeln. Dann ließ er mich allein und verschwand in der Küche. Plötzlich war ich so erschöpft, dass ich auf das breite Sofa sank und auf der Stelle einschlief.

Ich kam erst wieder zu mir, als der Duft nach Spaghetti aglio e olio mir in die Nase stieg.

Langsam setzte ich mich auf und sah durch das große Panoramafenster nach draußen. Inzwischen war die Sonne untergegangen, und nur noch ein letzter Rest Tageslicht lag über dem einstigen Meeresboden.

»Tut mir leid«, sagte Pietro und reichte mir einen Teller mit dampfenden Nudeln. »Mehr hat die Küche nicht hergegeben.«

Ich stellte fest, dass ich am Verhungern war.

Dann stellte ich fest, dass ein anderes Verlangen stärker war.

Also stellte ich den Teller ab, zog Pietro zu mir herunter und küsste ihn. Der kurze Schlaf hatte mich wieder mutiger gemacht. Außerdem: Welcher Entführer kochte schon für sein Opfer?

Wir fielen übereinander her, wir küssten uns, wir liebten uns, und als ich nach einer Weile aufs angenehmste entspannt wieder einen einigermaßen klaren Gedanken fassen konnte, dachte ich über das Klischee nach, Italiener seien die besten Liebhaber der Welt. Von wegen Klischee. Ich konnte nur sagen: *Viva l'Italia!*

Dann aßen wir die kalten Spaghetti, was für jeden Italiener einer Todsünde gleichkam, aber wir widmeten uns ohnehin lieber wieder den anderen Sünden.

Danach liebten wir uns wieder. Danach gab es Dosenpfirsiche. Danach …

Irgendwann nach dem vierten oder fünften Mal – die Sonne ging schon hinter den Hügeln auf – fragte ich Pietro, warum er mich aus San Clemente verschleppt und in die Villa Bufetti gebracht hatte.

Er zierte sich ein bisschen, aber dann gestand er mir, er habe sich dort unten nicht wohlgefühlt.

»Als ob mich jemand beobachten würde«, sagte er.

Mithras, klar.

Ich kicherte leise und fragte mich dann, ob Pietro jetzt wohl mal eine Pause brauchte.

Brauchte er nicht.

Nachwort

Dieser Roman ist eine Komödie. Ich möchte jedoch klarstellen, dass ich mich nicht über Menschen mit psychischen Störungen lustig mache.

Aus dramaturgischen Gründen ist Sinas Phobie hier auch sehr vereinfacht dargestellt.

Als junge Frau hatte ich selbst so meine Probleme, wenn auch anderer Art. Und es gibt mir nahestehende Menschen, die ebenfalls durch tiefe Täler gehen mussten.

Wenn ich aber eines gelernt habe, dann ist es dies: Manchmal hilft es, herzlich zu lachen.

Ihre
Brigitte Kanitz